ars vivendi
Krimi

VEIT BRONNENMEYER

RUSSISCHE SEELEN

Albach und Müller: der erste Fall

Kriminalroman

ars vivendi

Jubiläumsausgabe, Juli 2013
3. Auflage

www.arsvivendi.com

Lektorat: Sabine Cramer
Umschlaggestaltung: ars vivendi verlag unter
Verwendung einer Fotografie von Gerd Grimm
Druck: CPI Ebner & Spiegel, Ulm
Printed in Germany

ISBN 978-3-86913-304-1

RUSSISCHE SEELEN

Für meinen Großvater

INHALT

I.
1985 – EIN NEBENFLUSS DER WEICHSEL?

Pfeifenrauch quoll in trägen Schwaden nach oben und bewegte sich unter der Decke in einem unförmigen Orbit um die Lampe. Zigarettenrauch stieg von der anderen Seite auf und bildete die Ausläufer des Spiralnebels. Etwas frische Luft hätte der Amtsstube gut getan. Auch die eine oder andere Grünpflanze auf dem Fensterbrett oder einem der Aktenschränke. In dem Raum befanden sich zwei Männer, die beide hart mit ihren Dienstpflichten zu kämpfen hatten. Der Jüngere hämmerte auf eine dunkelgrüne Triumph-Adler ein, die auf einem in Ehren angestaubten Resopal-Schreibtisch stand. Der Ältere hatte das Eichendekor seines Arbeitsplatzes mit einer Tageszeitung bedeckt und brütete über der Rätselseite. In der Ecke stand ein Beistelltisch, auf dem eine Kaffeemaschine brodelte, und das Kofferradio auf dem niedrigen Regal daneben spielte aktuelle Unterhaltungsmusik.

»Atlantis is calling – SOS for love«, kreischte es aus dem kleinen Lautsprecher.

»Atlantis«, murmelte Herbst, die Pfeife im Mundwinkel, »mythischer Kontinent. Passt.«

»Das ist gerade der letzte Schrei«, sagte Alfred von seiner Schreibmaschine aufblickend. »Modern Talking. Letzte Woche musste ich meinem Sohn die Platte kaufen.«

»Atlantis is calling from the stars above …«

»Immer diese englische Singerei …«, brummte Herbst. »Nelkengewächs, Vogelkraut … wo doch die deutsche Sprache so schön ist. Und es gibt so viele Wörter.«

Alfred lenkte seine Gedanken wieder zurück auf den Bericht. Er fragte sich ein Mal mehr, ob es richtig war, die Ermittlungen aufgrund fehlender Indizien und nicht erfolgter Identifizierung des Toten vorläufig einzustellen, und ob sie tatsächlich alles Mögliche und Unmögliche versucht hatten, um den Mörder zu finden. Wenn das Opfer wirklich ein Osteuropäer war, konnte in absehbarer Zeit tatsächlich nicht mit neuen Hinweisen gerechnet werden. Andererseits gab es keine Verjährungsfrist für Mord, und ungelöste Mordfälle blieben manchmal Jahrzehnte bei der Staatsanwaltschaft auf Wiedervorlage … Warum war es in der heutigen Zeit immer noch möglich, dass ein Toter so völlig unbekannt blieb? Warum empfand er so etwas als Misserfolg? Und warum gab es noch kein Tipp-Ex, das die zwei Durchschläge gleich mit korrigierte?

»Die basteln jetzt schon an Schreibmaschinen, wo man eine ganze Seite im Voraus tippen und dann noch einmal korrigieren kann, bevor sie geschrieben wird«, sagte Herbst, als er sah, wie Alfred sich mit dem kleinen weißen Papierstreifen abmühte.

»Du wirst es kaum für möglich halten, aber es gibt auch Computer«, entgegnete Alfred, »mit denen kann man hundert Seiten schreiben, immer wieder korrigieren und dann ausdrucken, sooft man will.«

»Ja, ja«, Herbst stopfte seine Pfeife nach und nichts in seinem Gesichtsausdruck ließ erahnen, was er dachte.

»Was meinst du?«, fragte Alfred, »haben wir die Ermittlungen aufgegeben oder bis auf weiteres eingestellt?«

»›Jetzt bringt den Russen endlich unter die Erde‹«, zitierte Herbst, »das waren doch die Worte vom Staatsanwalt, nicht wahr?«

»Ja, schon …«

»Also, dann lass ihn in Frieden ruhen! Wir haben schließlich noch genug andere Arbeit.«

»Wir könnten doch wenigstens versuchen, ob wir damit zu Aktenzeichen XY kommen«, schlug Alfred vor. »Das sehen jedes Mal zig Millionen Zuschauer. Danach können wir ihn ja immer noch abschreiben.«

»Glaubst du, die da drüben würden so einen Aufwand wegen einem von uns treiben?«, Herbst gestikulierte mit dem abgekauten Mundstück der Pfeife in Alfreds Richtung. »Es gibt eben so ungeschriebene Gesetze und wir tun gut daran, sie zu beachten, glaube mir. Wahrscheinlich könnten wir mehr für ihn tun, wenn er von einem anderen Stern wäre. Übrigens, kennst du einen Nebenfluss der Weichsel?«

Der Tote war in den Morgenstunden von einem Waldläufer entdeckt worden. Der Hund des Joggers hatte unweit des Tiergartens die vorgesehene Route verlassen und sich an einem Haufen Laub und trockenem Holz zu schaffen gemacht. Der Mann war zur nächsten Telefonzelle gerannt und hatte die Polizei gerufen. Die Routine-Maschine war bereits angelaufen, als Herbst und Alfred in ihrem 3er BMW vorfuhren. Der Tote lag anscheinend schon zwei bis drei Wochen im Wald und war nicht mehr im besten Zustand.

»Russe!«, hatte Herbst am Fundort gesagt, seinen Blick in die Umgebung schweifen lassen und festgestellt: »Da schau her, wir haben Juni und es gibt schon Maronen.«

Alfred hatte seinem Kollegen verwundert nachgeschaut, als dieser mit gezücktem Taschenmesser die direkte Umgebung des Geschehens verließ. Er wusste jetzt schon, dass es wieder ihn treffen würde, bei der Obduktion dabei zu sein. Von daher konnte er sich auch gleich den Magen verrenken und sich intensiver mit dem Anblick der Leiche beschäftigen. Es war offensichtlich, dass der Mann nicht hier im Wald zu Tode gekommen war. Er war völlig nackt, von seinen Kleidern keine Spur. Sein Körper wies viele kleine Wunden und Narben auf, die aber schon älter waren. Die Todesursache schien ein sauberer Genickschuss zu sein, womöglich eine Hinrichtung? Leider hatte es in den letzten vierzehn Tagen ziemlich viel geregnet, auf Spuren konnte man daher kaum hoffen. Es schien jedenfalls so, als ob der Täter reichlich Zeit gehabt hätte, denn der Leichnam war sorgfältig versteckt worden. Der oder die Täter hatten Äste, Zweige, Laub und Moos nicht einfach auf ihn draufgeschaufelt, sondern den Grabhügel geschickt in den Waldboden integriert.

»Nun, junger Freund«, Herbst stand hinter ihm. Er hielt seine braune Strickweste wie einen Sack in der linken Hand und aus einem Armloch lugten ein paar junge Waldpilze, »kannst du die Sprache dieses Todes verstehen?«

»Ich weiß nicht«, Alfred blickte aus der Hocke abwechselnd Herbst und den Kollegen der Spurensicherung an. »Er hat viele kleine Wunden und Verletzungen überall am Körper.«

Alfred richtete sich auf und sah Herbst in die blassblauen Augen, die, wie es ihm vorkam, seine Gedanken lesen konnten.

»Das war keine Folter«, sagte Herbst, »das können schon eher Kriegsverletzungen sein oder nähere Bekanntschaft mit einem Stacheldrahtverhau. Vielleicht war er ja Soldat. Außerdem Folter und dann gleich ein Genickschuss? Nein, nein.«

Viele Fragen blieben offen. Warum hatte der Mörder sein Opfer zum Beispiel nicht gleich tief vergraben? Anscheinend spielte es keine Rolle, ob man die Leiche entdeckte oder nicht. Alles, was der Täter brauchte, war wohl etwas Zeit gewesen, um wieder zu verschwinden. Einen Tag, vielleicht zwei. »Warum sich also mit dem schwierigen Waldboden abmühen?«, fragte Herbst rhetorisch.

Kurz darauf war Staatsanwalt Eckstein auf der Bildfläche erschienen. Er war schon im vorgerückten Alter und hatte eine wesentlich jüngere Frau geheiratet, die größten Wert auf ein modisches Erscheinen ihres Gatten legte. Was an sich ja noch kein Malheur gewesen wäre. Nur leider war Staatsanwalt Eckstein von Geburt an farbenblind und konnte sich so nicht gegen die gestalterischen Ambitionen seiner Frau wehren. Heute trug er eine hellblaue Bundfaltenhose zu einem ebensolchen Sakko, das an der Taille etwas knapper, dafür an den Schultern etwas ausladender geschnitten war. Die Schulterpartie wurde außerdem durch großzügige Polster zusätzlich aufgewertet. Darunter trug er ein pinkfarbenes Hemd mit einer dünnen Lederkrawatte. Seine Füße steckten in weißen Slippern der Größe 45. Alfred wusste nicht genau, mit wem er mehr Mitleid haben sollte, mit der Leiche oder mit Staatsanwalt Eckstein. Dem Zeitgeist und seinem noch jungen Alter zum Trotz war Alfred ein Bewahrer von klassischem Stil und Eleganz. Mit Schwarz, Weiß und Grau konnte man nichts falsch machen. Dazu ein paar Farbtupfer in möglichst natürlichen Tönen, fertig – war doch nicht so schwer. Die modischen Kapriolen der letzten Jahre konnte er nicht nachvollziehen, er verstand aber langsam den Sinn von schwarzen Roben als Dienstkleidung vor Gericht.

»Na, das ist ja wieder mal typisch«, hatte Eckstein gestöhnt, als er sich mit den wesentlichen Umständen des Falles vertraut gemacht hatte, »andere bekommen Serienmorde, einen reichen Erbonkel oder wenigstens einen Prostituiertenmord. Nur ich muss mich immer mit so was herumschlagen. Herbst!«

»Herr Staatsanwalt?«

»Und wer sind jetzt Sie?«, wandte sich Eckstein an Alfred.

»Kommissar Albach, Herr Staatsanwalt«, antwortete er zackig.

»Ja, natürlich. Sie wurden aber erst kürzlich zur Mordkommission überstellt, oder?«

»Aber Herr Staatsanwalt«, sprang Herbst ein, »Kollege Albach ist doch schon seit fast fünf Jahren bei uns. Sie erinnern sich doch sicher an den Fall Wegener, den er fast alleine gelöst hat.«

»Selbstverständlich. Da hatten Sie aber noch längere Haare und einen Schnauzbart«, befahl Eckstein.

Alfred, der Bärte jeder Art schon immer verabscheut hatte und die Haare seit der unsäglichen Föhn-Frisuren-Welle immer betont kurz trug, widersprach nicht. Es war allgemein bekannt, dass Eckstein nicht über das beste Gedächtnis verfügte und auch sonst ein eher zerstreuter Zeitgenosse war. Herbst zufolge war das aber keine Alterserscheinung, sondern schon immer so gewesen. Seine Erfolge verdankte Eckstein größtenteils dem Umstand, dass er sich immer sehr für die Belange der Polizisten und seiner anderen Mitarbeiter einsetzte. Er sah sie nicht als Erfüllungsgehilfen oder Handlanger an und war so in der glücklichen Lage, immer nur mit zufriedenen und motivierten Leuten zusammenzuarbeiten. Geschätzt wurde an ihm außerdem, dass er die Mordkommission nicht zwang, sich in aussichtslose Fälle zu verbeißen. Nichts war frustrierender, als monatelang hinter einem Fall her zu ermitteln, nur um ihn dann ohne Ergebnis zu den Akten zu legen. Zu Ecksteins zahlreichen Vorzügen gehörte weiterhin, dass er die Einschätzung über aussichtslose Fälle meistens der Polizei überließ.

»Tun Sie alles, was üblich und notwendig ist«, hatte er zu Herbst und Alfred gesagt, »von mir aus beziehen Sie die Presse mit ein. Irgendwelche Ergebnisse bitte ich, mir umgehend mitzuteilen. Ansonsten kommen Sie in vierzehn Tagen zu mir. Dann werden wir weitersehen. Noch Fragen?«

»Nein, Herr Staatsanwalt«

»Gut. Weitermachen!«

Es zeigte sich schon bald, dass Herbst und Eckstein Recht behalten sollten. Bei der Autopsie wurde der Genickschuss als Todesursache bestätigt. Gebiss und Schädel lieferten Hinweise, dass es sich bei dem Opfer um einen Osteuropäer, wahrscheinlich einen Russen handelte. Die morphologischen Feinheiten in der Anatomie konnten aber nur als Anhaltspunkte, nicht als Beweis gewertet werden. Es gab lediglich eine gewisse Wahrscheinlichkeit für die Herkunft des Toten, die auch vom Zustand der Leber und der Lunge zwar unterstützt, nicht aber abgesichert wurde. Der Mann hatte in seinem Leben auf jeden Fall schon ziemliche Mengen Alkohol genossen und außerdem Tabak geraucht, der durchschnittliche Europäer wie Herbst und Alfred schon längst umgebracht hätte. Die üblichen Maßnahmen zur Identifizierung unbekannter Toter brachten keine Ergebnisse. Fingerabdrücke, öffentliche Anschläge »Wer hat diesen Mann schon einmal gesehen?« blieben ebenso erfolglos wie Anfragen bei Interpol. Auch das charakteristische Gebiss verhalf der Leiche nicht zu einem Namen. Es war offensichtlich, dass er aus einer Gegend der Welt kam, wo die zahnmedizinische Versorgung noch stark unterentwickelt war. Etliche Zähne waren gezogen, ein Eckzahn durch ein Imitat aus Edelstahl ersetzt worden. Auch dieses Indiz wies

Richtung Osten. Laut Gerichtsmedizin ließen sich hier typische Behandlungsmethoden von Militärärzten des Warschauer Paktes erkennen.

Was übrig blieb, war ein großes Rätsel und zwei Polizeibeamte auf der Terrasse des Café Kröll. Die Terrasse befand sich im ersten Stock, zu ihren Füßen lag der Hauptmarkt mit seinen berühmt-berüchtigten Marktfrauen sowie dem Schönen Brunnen und der Frauenkirche. Unablässig trieben die städtischen Fremdenführer Schulklassen und Touristen verschiedenster Nationalitäten über die Szenerie.

Alfred hatte sich ein Kännchen Kaffee gegönnt, während Herbst seinen obligatorischen Pfefferminztee trank. In der Tat hatte Alfred ihn kaum je etwas anderes als Pfefferminztee trinken sehen. »Kaffee«, pflegte er zu sagen, »Kaffee ist gar nicht gut.« Alfred hatte es schon längst aufgegeben, Herbst in allen Einzelheiten verstehen zu wollen. Er gefiel sich anscheinend in der Rolle des Sehers, der in dichte Rauchschwaden gehüllt rätselhafte Prophezeiungen von sich gab. Viele Kollegen bezeichneten Herbst als schwierig, einige sogar als vollkommen verrückt. Aber seine Erfolge waren nicht zu bestreiten. Das Unheimliche an ihm war wohl, dass kaum jemand seine Methoden, Vorgehensweisen oder gar Gedanken nachvollziehen konnte. Alfred hatte nach einiger Zeit der Verwunderung einfach beschlossen, Herbst nicht dauernd zu hinterfragen, sondern einfach zu beobachten und sich auf ihn einzustellen. So hatte er herausgefunden, dass Herbst meistens eine simple Verwirrungsstrategie anwandte. Er fragte Hauptverdächtige nach ihrem Namen, dem Mädchennamen der Mutter und Großmütter und hielt ihnen Vorträge über die Nachteile von modernem Mineralwasser. Dieses sei nämlich tot und damit grundsätzlich von Übel. Er empfahl ihnen nachdrücklich in der U-Haft nur Leitungswasser zu trinken. Alfred hatte schon mehr als ein Mal erlebt, dass Verdächtige nach nur wenigen Tagen – dem Wahnsinn nahe – unaufgefordert Kapitaldelikte gestanden hatten, nur um von Herbst und seiner absurden Kommunikation befreit zu werden. Seine sonderbare Art verunsicherte Täter, Mitwisser, Angehörige und Zeugen und ließ sie schnell Geheimnisse ausplaudern und Fehler machen. Ähnlich verhielt er sich seinen Kollegen gegenüber, so dass er zwar kaum Freunde, aber auch keine Feinde im Polizeipräsidium hatte. Man ließ ihn einfach in Ruhe seine Arbeit machen. Über mehrere Ecken hatte Alfred erfahren, dass Herbst sogar einmal Lehraufträge an der Beamtenfachhochschule der Polizei wahrgenommen hatte. Diese Art von Sendungsbewusstsein hatte er jedoch schon lange abgelegt und beschränkte sich nun darauf, als einfacher Kommissar Mordfälle zu lösen. Alfred ließ er am Geheimnis seines Erfolges teilhaben, erklärte es ihm aber nicht. Sein Kollege hatte diese Herausforderung begriffen und angenommen und manchmal, aber nur manchmal, schaffte es Alfred, auch einmal Herbst zu verwirren.

»Ich glaube«, sagte Alfred in seinem Kaffee rührend, »wir überschreiten gerade eine ethische Grenze.«

»Ethische Grenze?«, Herbst unterbrach die Arbeit mit dem Pfeifenstopfer für einen Moment und sah Alfred fragend an.

»Es scheint ein Urbedürfnis des Menschen zu sein, Tote zu identifizieren. Das Rote Kreuz öffnet heute noch Massengräber aus dem Zweiten Weltkrieg, nur um herauszufinden, wer sich darin befindet, und die Überreste den Verwandten zu überstellen, damit sie ordentlich begraben werden können.«

»Davon habe ich gehört«, nickte Herbst, seine Pfeife anzündend.

»Wie kann es dann sein, dass wir diesen Mann nach wenigen Wochen als Unbekannten verscharren. Da stimmt doch was nicht, oder?«

»Junger Freund«, antwortete Herbst sanft, »stimmst du mit mir darin überein, dass wir zwei hier nichts mehr tun können?«

»Ja.«

»Dann glaube mir, ich verstehe deinen Konflikt, aber du musst schon die vom Roten Kreuz fragen, warum sie sich lieber um unbekannte, seit Jahrzehnten tote Soldaten kümmern als um die frische Leiche unseres Russen. Er hat eben das Pech, dass er in einem kalten Krieg ums Leben gekommen ist.«

»Kalter Krieg«, Alfred begann, eine Zigarette zu drehen, »eben. Und jetzt frage ich dich, als erfahrenen Kollegen: Müssen da nicht die Geheimdienste ihre Finger im Spiel gehabt haben? Sprich zu mir Herbst, du weißt, ich halte dich für einen Weisen!« Es war ein relativ zuverlässiges Erfolgsrezept, Herbst wie einen mythologischen Seher zu behandeln, ähnlich dem alten, zahnlosen Theresias oder dem Orakel von Delphi. Alfred hatte vor einiger Zeit bemerkt, dass sich Herbst in solchen Zusammenhängen manchmal zu einer halbwegs deutlichen Aussage hinreißen ließ. Allerdings antworteten Orakel auch oft in Rätseln:

»In Dänemark gibt es Fischer«, Herbst zückte ein Taschentuch und fuhr sich damit über die Halbglatze. Alfreds Appell schien er nicht gehört zu haben.

»Und?«

»Die finden in regelmäßigen Abständen Leichen in ihren Netzen. Das sind fast immer Bürger der Deutschen Demokratischen Republik, die versuchten, über die Ostsee in die westliche Welt zu fliehen. Wie viele davon werden auch nur als DDR-Bürger identifiziert?«

»Sag du es mir.«

»Nahezu keiner. Die DDR würde doch niemals zugeben, dass jemand aus ihrem gelobten Land fliehen möchte, und wir können nur etwas tun, wenn die Leichen einigermaßen erhalten sind und von Verwandten oder Bekannten im Westen erkannt werden. Da ist nicht nur eine Mauer zwischen uns, Kollege, wir leben in verschiedenen Welten.«

»Junge, Junge«, sagte Alfred nach mehreren Schweigeminuten, »wir müssten einfach mehr über Agenten, Geheimdienste und Spionage wissen.«

»Geheimdienste, Spionage«, wiederholte Herbst, »das ist gar nicht gut.«

»Nun, Alfred«, sagte Herbert Göttler tags darauf in der Kantine, »wie ich höre kannst du immer noch nicht von deinem toten Russen lassen?«

»Und wie ich höre bist du in die Partei eingetreten, die wir in Bayern als staatstragend bezeichnen«, entgegnete Alfred. Er verspürte wenig Lust, sich von seinem Freund aus Bepo-Tagen wieder seinen Idealismus vorhalten zu lassen.

»Und das solltest du auch tun«, Herbert lehnte sich zurück und strich seine Krawatte glatt. »Ich meine es nur gut mit dir, Alfred. Wenn du weiter vergeblich nach den Mördern von toten Kommunisten suchst, wirst du hier nicht weiterkommen.«

»Irgendwie glaube ich nicht, dass die mich dabeihaben wollen«, erwiderte Alfred müde und fragte sich, seit wann Herbert eigentlich Krawatten trug.

»Musst du das gleich wieder ideologisch überfrachten«, stöhnte Herbert. »Was du für eine Meinung hast, spielt dabei doch keine Rolle, Hauptsache, du lässt dich zu den richtigen Zeiten an den richtigen Orten blicken und sagst an den richtigen Stellen ›ja‹, ›bitte‹ und ›danke‹. So sind nun mal die Spielregeln. Anders kommst du nicht weiter!«

»Du solltest dich mal hören«, Alfred schüttelte den Kopf, »bei dir geht's nur noch um Beförderung und Höhergruppierung.«

»Was ist gegen Ehrgeiz zu sagen?«

»Nichts, solange er der Sache dient!«, Alfred stand auf und nahm sein Tablett.

»Du wirst in zwanzig Jahren noch auf der Stelle treten, mein Freund!«, rief Herbert ihm nach.

Zwei Tage später ordnete Eckstein an, die Ermittlungen einzustellen. Eine mögliche Verstrickung von Geheimdiensten wollte er dabei nicht näher erörtern. »Sie könnten ja Recht haben, Herr Albert«, hatte er gesagt, »aber aus dieser Liga hat Deutschland sich vor vierzig Jahren verabschiedet. Wir haben zwar noch ein Stadion und auch Zuschauertribünen, aber wir stellen keine Mannschaft mehr.« Eckstein versicherte ihnen, den Fall lieber mit der Putzfrau zu besprechen, als den BND um Rat zu fragen. Er versprach Alfred wesentlich dankbarere Fälle, an denen er sich austoben könne, auch wenn sie sich gerade in einer Art Sommerloch befänden. »Außerdem wissen Sie ja«, hatte Eckstein noch angefügt, »dass wir ungelöste Mordfälle nie ganz abhaken. Ich werde mir die Akte jedes Jahr wieder ansehen und wenn ich gehe, wird sich mein Nachfolger damit vergnügen, so lange habe ich ja nicht mehr!« Herbst hatte wissend genickt. Alfred war immer noch frustriert. Er war sich sicher, dass Eckstein diesen Fall in spätestens zwei Monaten wieder vergessen haben würde, sah aber keine Möglichkeit, der geballten Urteilskraft der beiden zu widersprechen, und erklärte sich bereit, einen abschließenden Bericht zu verfassen. Er fragte sich nur, wie der Tote beerdigt werden würde: Sarg oder Leichentuch? Erd- oder Feuerbestattung? Katholischer oder orthodoxer Priester? Beim Verlassen von Ecksteins Büro verspürte er ein seltsames Ziehen im linken Ohr.

II.
DIE FLINTE IM KORN

»Armer Drugajew«, sagte Nikolai auf einem Baumstumpf sitzend, die Pistole lässig in der linken Hand, »jetzt hast du dich so lange versteckt und es hat doch nichts genützt. Russland will nichts mehr von Andropows Profis wissen und du hast in den letzten zwölf Jahren dein Gehirn mit Wodka so vernebelt, dass du unvorsichtig geworden bist. Du hast einige Grundregeln der Tarnung missachtet. Eigentlich sollte ich dich gar nicht erschießen. Es wäre eine viel größere Befriedigung, deinen Verfall weiter zu beobachten. Aber es hilft nichts. Willst du noch etwas sagen? Du hast das letzte Wort, auch wenn es niemand hören will!«

Drugajew würgte und lallte ein versoffenes »Fick dich!« Er war viel zu blau, als dass er noch mehr herausgebracht hätte. Männern wie ihm bedeutete ihr Leben nicht viel. Hätte er auch nur einen Furz auf die üblichen menschlichen und ethischen Werte gegeben, wäre er nicht so schnell aufgestiegen. Es brauchte schon besondere Männer für diesen Job. Männer, die in der Lage waren, in kürzester Zeit das Vertrauen anderer zu gewinnen und es ebenso schnell wieder zu missbrauchen. Es war notwendig, mit den Ängsten und Gefühlen von Menschen zu spielen, die tiefsten Abgründe ihrer Seelen zu erforschen, damit man sie später ein für alle Mal zerbrechen konnte.

»Willst du mir mit einer Pistole Angst einjagen, du Arschloch?« Drugajew hatte sich und sein näheres Umfeld auf der rechten Seite des Baums, an dem er saß, bereits ausgiebig voll gekotzt. Nikolai versetzte ihm einen Tritt, so dass er bäuchlings in seine Kotze klatschte, setzte ihm die Pistole in den Nacken und drückte ab.

Dann machte er seine Zigarette am Baumstumpf aus und steckte den Stummel in die Tasche. Er verließ das Unterholz und ging auf dem Schotterweg in Richtung Tiergarten. Nikolai saugte die kühle, feuchte Waldluft tief in seine Lunge. Er fühlte sich von einer jahrzehntealten Last befreit. Jewgenji war seit ihrer gemeinsamen Zeit bei den Fallschirmspringern in Rjasan sein bester Freund gewesen. Leider war er nicht nur ein scharfer Analytiker, charismatischer Redner und kluger Stratege gewesen, sondern auch ein Träumer. Nur so war es möglich gewesen, dass Drugajew ihn gefunden hatte.

Nikolai war vollkommen ahnungslos, als Jewgenji eines Abends im Frühsommer 1985 an seine Tür in Bernau klopfte. Er wirkte gehetzt und hatte ziemlich abgenommen seit ihrem letzten Treffen in Moskau vor zwei Jahren.

»Sie schicken mich mit einer Geheimsache nach Prag«, hatte Jewgenji erklärt, »vorher musste ich noch in die Botschaft nach Berlin. Und da ist mir ein alter Freund eingefallen, den ich auf dem Weg besuchen könnte.«

»Seit wann bist du Major?«, hatte Nikolai gefragt, während sie in seinem abgedunkelten Wohnzimmer saßen, Gurken aßen und Wodka tranken.

»Ach das«, er wirkte verärgert, »das war diese Myschinski-Geschichte vor knapp zwei Jahren.«

»Sie haben dich befördert, weil Myschinski geflohen ist?«, hatte Nikolai gelacht.

»Dafür hätten sie mich schon zum Oberst machen müssen«, lächelte Jewgenji hektisch, »ich konnte aber noch verhindern, dass er für den Nobelpreis nominiert wurde!«

»Was ist los mit dir? Du bist blass, unruhig, und abgemagert bist du auch«, stellte Nikolai nach kurzem Schweigen fest und blickte seinem Freund besorgt in die Augen.

»Wahrscheinlich trinke ich zu wenig.«

»Im Ernst«, Nikolai schenkte ihnen Wodka nach.

Jewgenji ging zum Fenster und blickte in die Nacht. Er zündete sich eine Belomor an und wurde kurz darauf von einem Hustenkrampf geschüttelt. Nikolai tat nichts. Er wusste, dass sein Freund immer der Erste war, wenn es darum ging, anderen zu helfen. Sich selbst helfen zu lassen hatte er sich jedoch nie angewöhnt. Nikolai konnte das gut nachvollziehen. Wenn man, wie sie beide, die Hölle in Afghanistan überlebt hatte, dann hatte man gelernt, sich nicht auf andere zu verlassen. Wenn du in einem Hochtal des Hindukusch in einen Hinterhalt der Mudschaheddin gerätst, dann springst du schnell hinter einen Felsen und wartest nicht darauf, dass ihn jemand vor dich rollt.

»Ich weiß nicht, wie lange das noch weitergehen soll«, Jewgenji drehte sich wieder um. Nikolai sagte nichts, sondern wartete, bis er von selbst weitersprach.

»Weißt du, uns geht es jetzt gut. Wir sind Offiziere, haben ein bisschen Einfluss, genug zu essen, brauchen nicht zu frieren ... nicht einmal der Wodka geht mehr aus. Aber zu Hause gibt es immer noch tagelang kein Brot, mein Vater hat seit zwei Jahren eine schwere Bronchitis und bekommt keine Medikamente und in Afghanistan sterben jeden Monat Hunderte von Soldaten, die noch keine zwanzig sind!«, er setzte sich wieder in seinen Sessel.

»Wem sagst du das«, Nikolai dachte an den Granatsplitter in seinem Oberschenkel.

»Und wir ackern und ackern, aber es ändert sich nichts«, seufzte Jewgenji, »wir schütten mehr und mehr Benzin in ein Auto, das trotzdem nicht von der Stelle kommt.«

»Vielleicht hat es ein Loch im Tank«, Nikolai nahm sich noch eine Gurke.

»Vielleicht liegt es auch an der Benzinleitung«, Jewgenji gestikulierte mit den Armen, »es könnte aber auch der Vergaser sein, womöglich ist ja auch der Motor kaputt!«

»Es könnte auch jemand die Reifen gestohlen haben.«

»Du sagst es, alter Freund«, er nahm einen tiefen Zug und hustete wieder, »irgendwann fliegt uns das alles hier um die Ohren!«

»Wir sind Russen«, Nikolai machte eine schicksalsergebene Geste, »unser Volk hat schon Schlimmeres überstanden und wir beide auch, meinst du nicht?«

»Das schon.«

»Hier«, Nikolai warf Jewgenji eine alte Zeitung samt Bleistift zu, »schreib den Namen auf von der Medizin für deinen Vater. Ich habe gute Beziehungen zur Stabsapotheke.«

Ein paar Wochen später erfuhr Nikolai, dass sein Freund in der Nähe der westdeutschen Stadt Nürnberg tot aufgefunden worden war. Als KGB-Offizier hatte er Zugang zur Presse des Klassenfeindes. Jewgenji war erschossen und anschließend im Wald verscharrt worden. Die zuständige Polizei tappte im Dunkeln, sie war nicht einmal in der Lage, die Nationalität oder gar den Namen des Toten zu ermitteln. Nikolai schnitt die Pressemeldungen aus und steckte sie zunächst in das kleine Fotoalbum, in dem er ihre gemeinsame Zeit als Kadetten und Frontoffiziere dokumentiert hatte – Jewgenjis düstere Prophezeiung war eingetreten.

»Das sind seine Straßen, von jeher«, jaulte es aus dem Radio. Alfred und Renan hatten sich in ihr Büro zurückgezogen, weil ihnen gerade nichts anderes übrig blieb als zu warten. Die Momente, in denen man komplett von Informationen und der Arbeit anderer abhängig war, lagen jedes Mal wie Blei auf einer laufenden Ermittlung. An diesem Nachmittag begingen sie nun Totschlag. Das Opfer hieß Zeit. Die Tatwaffen waren eine alte, dunkelgrüne Schreibmaschine und eine alte Zeitung. Alfred hatte beschlossen, den Dienstreiseantrag für die Fortbildung nächsten Monat auf althergebrachte Weise auszufüllen, nachdem das Computer-Netzwerk am dritten Tag hintereinander zusammengebrochen war, ebenso wie die Nerven des Systemadministrators, der sich mittlerweile im Krankenstand befand. Renan tat, was sie schon seit zwei Jahren vorhatte: Fenster putzen. Sie sprühte gerade eine saftige Ladung Glasreiniger auf die Scheibe am Kopfende der Schreibtische und verrieb die Flüssigkeit mit einer Doppelseite der Süddeutschen – *»Euere schlecht befestigten Wege machen es dem Thronwagen schwer«* –, als ihr endgültig der Kragen platzte.

»Das ist unerträglich, Alfred!«, wetterte sie.

»Hm«, nickte er – Tschack – ohne seine Konzentration von der Tastatur abzuwenden.

»Könntest du vielleicht den Sender wechseln?«

»Aber das ist deutscher Soul, Kollegin« – Tschack, tschack –, »weißt du, wie lange die Nation auf so etwas gewartet hat?«

»Das Gewinsel geht mir aber ordentlich auf den Keks«, und dein Getue auch, ergänzte sie gedanklich.

»Du hast ja Recht ... Hey!«, protestierte er, als ihn Renans feuchtes Zeitungsknäuel am Kopf traf. Im Gegensatz zu ihr konnte er derartigen Leerlaufphasen sehr viel abgewinnen. Früher hatte er damit auch Probleme gehabt. Es war dieses Gefühl, nicht alles Menschenmögliche zu tun, wenn man nicht zwölf Stunden am Tag rastlos von A nach B und von Verdächtigen zu Zeugen zu Experten hetzte. Mittlerweile war er fünfzig und konnte damit umgehen – einer der Vorzüge des fortschreitenden Alters.

»Glaubst du, das wird noch was?«, fragte sie, eine neue Doppelseite zerknüllend.

»Ich drehe den Sender gleich weiter«, beeilte er sich zu versichern, »muss nur noch den Reisezweck angeben.«

»Nein, ich meine die Aushänge, Bilder in der Zeitung, Anfragen bei Interpol und BKA. Immerhin ist heute Freitag!«

»Fertig«, freute sich Alfred und zog den Antrag aus der Schreibmaschine. Es war doch gut, dass er die alten Maschinenformulare nicht weggeworfen hatte, als die gesamte Verwaltung auf EDV umgestellt worden war.

»Du hast wahrscheinlich Recht«, antwortete er, während er das Formular liebevoll unterschrieb, »das ist weiß Gott kein spektakulärer Fall. Unser Direktor interessiert sich gerade überwiegend für den Wahlkampf seiner Parteifreunde und Hinweise auf einen Serientäter haben wir auch nicht – sieht so aus, als ob wir uns diesmal ein komplettes Wochenende gönnen dürften.«

»Falls nicht, müsste ich das jetzt auch wirklich langsam wissen«, Renan kniete mittlerweile auf ihrem Schreibtisch und bearbeitete die untere Hälfte des Fensters. Nachdem sie Hausmeister und Putzdienst etwa zwanzig Mal auf die verdreckten Scheiben hingewiesen hatte, war ihr der Geduldsfaden gerissen.

»Du hast wohl was Wichtiges vor am Wochenende?«, Alfred drehte ein paar Zigaretten auf Vorrat.

»Von wegen«, blaffte sie, »ich muss meinen Eltern im Betrieb helfen. Die haben einen wichtigen Auftrag, mit dem sie nicht rechtzeitig fertig werden. Ich werde mein Wochenende wahrscheinlich mit Schleifpapier, Lack und Pinsel verbringen.«

»Oje«, sagte Alfred, »aber du kannst ja behaupten, dass du hier unabkömmlich bist. Ich gebe dir ein wasserdichtes Alibi.«

»Und was mache ich mit meinem schlechten Gewissen?«, seufzte sie. »Ich gehe schon lieber hin, dann kann ich mich wenigstens ärgern … und meine Schwester ist natürlich gerade auf Abschlussfahrt in London!«

»Dann lass uns noch mal rekapitulieren«, er stützte sich mit den Ellenbogen auf seinen Schreibtisch, »wir haben einen Toten, Mitte vierzig, ohne Papiere. Keine sonstigen Identifikationsmerkmale. Wahrscheinlich Russe, auf jeden Fall aber von slawischer Herkunft. Er wurde ohne sichtbare Gegenwehr erschossen und hatte drei Komma vier Promille im Blut. Bei uns noch nicht aktenkundig … so einen Fall hatten Herbst und ich vor vielen Jahren schon einmal.«

»Echt?«, Renan stieg vom Schreibtisch ab und schloss das nunmehr saubere Fenster. »Und was ist damals dabei herausgekommen?«

»Nichts. Null Komma nichts. Der Fall wurde ziemlich schnell aufgegeben. Waren eben andere Zeiten. Kein genetischer Fingerabdruck, eine dicke Mauer und ein kalter Krieg. Das hat mich damals ziemlich frustriert.« Nicht lange nach der Besichtigung des Tatorts und der Leiche war die verdrängte Niederlage seiner Anfangsjahre wieder in Alfreds Bewusstsein gedrungen. Er hatte Renan nicht sofort eingeweiht, weil er die beiden Fälle erst mal ein paar Tage in Ruhe vergleichen wollte. Außerdem war Renan ohne diese Information eine objektivere Beobachterin. Leider hatte aber auch ihre Objektivität die Ermittlungen nicht maßgeblich weitergebracht, so dass es jetzt langsam an der Zeit war, ihr die alte Akte zu zeigen. Wegen dieser Verzögerung hatte er sich auf eine Strafpredigt eingestellt – doch sie blieb aus.

»Aber heute haben wir über eine Million russische Aussiedler hier«, sagte Renan, »da werden wir doch von irgendwoher ein paar Hinweise bekommen!«

In diesem Moment klingelte das Telefon. Es war die Sprechstundenhilfe eines Allgemeinarztes, die vermeldete, dass ihr Chef das Bild des Ermordeten in der Zeitung erkannt hatte. Der Tote war einmal zur Behandlung in der Praxis gewesen. Der Herr Doktor könne aber leider nicht ins Präsidium kommen, die Polizei müsse sich schon herbemühen.

»Herr Doktor, die Herrschaften von der Polizei sind jetzt da.«

»Sollen gleich reinkommen. Wir sind gerade fertig!« Dr. Braun verabschiedete gerade einen Patienten und wünschte ihm halbherzig alles Gute, als Renan und Alfred das Sprechzimmer betraten.

Nach dem üblichen Begrüßungsritual kam er schnell zur Sache:

»Ich habe diesen Mann schon einmal gesehen«, der Arzt hielt die Tageszeitung mit dem Foto des Toten hoch, »und dachte mir, dass das für Sie vielleicht von Interesse sein könnte.«

»Das interessiert uns natürlich sehr«, entgegnete Renan, während Alfred Stift und Notizblock zückte, »wir haben nämlich immer noch keinen Namen, geschweige denn eine Adresse von ihm. Er scheint eine Art Phantom gewesen zu sein.«

»Nun ja, zumindest hatte er menschliche Knochen«, sagte der Mediziner, »ich habe ihn wegen eines Armbruchs behandelt. Eigentlich wollte ich ihn ja in die Unfallklinik schicken, aber da hat er sich geweigert. Ich sollte ihn sofort behandeln und er würde bar bezahlen.«

»War er nicht krankenversichert?«, Alfred zog die Augenbrauen hoch.

»Offenbar nicht. Er gab an, nichts zu arbeiten, aber auch keine finanziellen Probleme zu haben, was mich umso mehr verwunderte. Er sprach ja mit starkem russischem Akzent.«

»Ja, wir sind bisher auch davon ausgegangen, dass es sich um einen Osteuropäer handelt«, nickte Alfred, »haben Sie Namen und Adresse von ihm erhalten?«

»Ja, schon. Ich schreibe sie Ihnen gerne auf, ob das stimmt, wage ich allerdings zu bezweifeln. Der Mann war sehr verschlossen und hat mit uns nur das Nötigste gesprochen. Aber bei diesen Russlanddeutschen wundert mich schon seit vielen Jahren nichts mehr. Ich habe nicht viele von denen in meiner Praxis, die leben ja überwiegend in Langwasser. Aber denen müssen Sie immer jede Einzelheit ihrer Krankengeschichte aus der Nase ziehen, von sich aus reden die fast gar nichts!«, er riss ein Blatt von seinem Rezeptblock ab und reichte es Renan.

»Kochstraße«, las sie, »das ist auch nicht gerade der kürzeste Weg.«

»Wie gesagt«, der Arzt hob die Arme, »ich bin in erster Linie verpflichtet, einem Verletzten zu helfen. Die Überprüfung seiner Angaben überlasse ich gerne der Polizei.«

»Weiter ist Ihnen nichts an ihm aufgefallen?«, fragte Renan, »besondere Merkmale, Kleidung, Schmuck oder Ähnliches?«

»Tut mir Leid«, der Arzt schüttelte den Kopf.

Alfred beendete seinen Dienst am darauffolgenden Tag auf der Terrasse des Café Kröll. Er war seit Herbsts Pensionierung nicht mehr hier gewesen. Heute verspürte er ein Ziehen im linken Ohr und hatte das starke Gefühl, ein Déjà-vu-Erlebnis aufarbeiten zu müssen. Es war heiß, er trank einen Kaffee (draußen nur Kännchen) und rauchte eine frisch gedrehte Zigarette. Renan hatte er zum Arbeitsdienst nach Hause geschickt. An diesem Wochenende würde er eine Art Notbereitschaft aufrechterhalten. Das hieß: Mobiltelefon immer dabeihaben, täglich zumindest eine Stunde im Büro verbringen und Hinweisen nachgehen, sofern sie halbwegs vielversprechend waren. Dies fiel Alfred umso leichter, als sein Sohn Willy, der am Konservatorium Klavier und Cello studierte, sich gerade zu Hause auf ein Konzert moderner Zwölftonmusik vorbereitete und seine Frau Irmgard mit ihrer Schulklasse im Ferienlager war. Von Irmgard war ihm als Hausaufgabe aufgetragen worden, sich die verschiedenen Stoff- und Tapetenmuster anzusehen, die sie in den letzten Wochen zusammengetragen hatte. Sie bewohnten nun schon seit sieben Jahren ein Jugendstilgeschoss in Johannis und seine bessere Hälfte hatte aus einer ihrer Frauenzeitschriften erfahren, dass es nun an der Zeit wäre, den Geschmack zu ändern. Alfred seufzte. Er spürte, wie eine schwere Lethargie von ihm Besitz ergriff, und musste sich mal wieder eingestehen, dass nicht gerade er es war, der Schwung, Leben und Abwechslung in die Welt brachte. Es waren Frauen wie Renan oder Irmgard, die ihn zwangen, nicht einzurosten, sich immer wieder auf Unerwartetes einzustellen und die alten, geerbten Möbel aus der Zeit der Jahrhundertwende zu verteidigen.

»Wenn es nach dir ginge, säßen wir immer noch im Gelsenkirchener Barock der frühen Achtziger«, hatte Irmgard ihn vor ihrer Abreise getadelt, »hier muss jetzt mehr Licht hinein, frische Farben und klare Formen. Und du könntest dir endlich abgewöhnen, dauernd alles mit deinem Tabak voll zu krümeln!«

Was den holländischen Tabak, seinen treuen Begleiter seit dreißig Jahren, anbelangte, war Alfred kompromisslos. Bezüglich der Möbel setzte er sich massiv für den Abschiebestopp von Großmutter Marthas Wohnzimmer ein, konnte aber nur zwei Anrichten und zwei Sessel retten. Den »Kolumbus von Sofa« und den dazugehörigen – ergonomisch vollständig missratenen – Tisch würde er auf den Dachboden stellen oder seinem Bruder aufnötigen müssen. Immerhin hatte er bei der Farbauswahl ein kleines Mitspracherecht erhalten. Wenn er sich jetzt nicht bis spätestens morgen auf das kleinste Übel festlegte, hätte er diese letzte Chance zur Mitgestaltung verspielt und Irmgard würde nächste Woche Nägel mit Köpfen machen. Insgeheim war er ja sogar dankbar für ihre Energie und Tatkraft, wenn das nur nicht immer mit Unruhe, Bautätigkeiten, ständig neuer Sach- und Fachliteratur und oft genug auch unberechenbaren Launen einhergehen würde.

»Warum muss das bei dir immer so gehen?«, hatte er gefragt und mit seiner Zigarette eine stark ausschlagende Sinuskurve angedeutet.

»Weil es bei dir immer nur so geht«, hatte sie entgegnet und dabei mit dem Zeigefinger eine Flatline in die Luft gezeichnet. »So ist das mit uns. Du bist mein Valium und ich dein Herzschrittmacher!«

Alfred beschloss ein Mal mehr, dass er ohne seine Frau nicht mehr leben könnte, und lenkte seine Gedanken wieder auf den aktuellen Fall.

Der Name und die Adresse, die sie von Dr. Braun bekommen hatten, waren natürlich falsch gewesen. Der Tote hieß nicht Eugen Kress und wohnte auch nicht in der Werderau. Bei der Adresse handelte es sich um ein Mietshaus, in dem eine albanische, zwei türkische, eine italienische und drei deutsche Parteien wohnten. Niemand kannte den Mann auf Alfreds Foto oder hatte ihn auch nur gesehen. Es war wahrscheinlich, dass er einem kriminellen oder zumindest zwielichtigen Milieu zuzuordnen war. Allerdings hatten die Routineanfragen in anderen Kommissariaten und Dezernaten – Drogen, Milieukriminalität, Raub und Erpressung usw. – keine Hinweise gebracht. Auch die Kollegen konnten Alfred und Renan nicht weiterhelfen.

Die Duplizität der Ereignisse verwirrte Alfred mehr und mehr. Hätten wir damals nicht so schnell die Flinte ins Korn geworfen, wäre dieser Fall wahrscheinlich einfacher, dachte er bei sich. Er fühlte sich, als ob er noch eine alte Schuld zu begleichen hätte, und musste sich eingestehen, dass ihm ein paar wichtige Kleinigkeiten entgangen waren – wie zum Beispiel der Umstand, dass Schmidt und Heinrich, zwei Kollegen von den Sexualdelikten bzw. der Drogenkriminalität, gerade noch im Urlaub waren und Montag ihren Dienst wieder aufnehmen würden. Dieses Mal wird nicht so schnell aufgegeben. »Ich schwöre«, sagte er laut zu sich selbst und zur Verwirrung der beiden Damen am Nebentisch.

Renan schuftete seit sieben Uhr früh. Erwin, ihr Adoptivvater, und sein Kompagnon Thomas unterhielten einen gut laufenden Schreinerei- und Raumausstatterbetrieb. Zurzeit arbeiteten die beiden Chefs alleine mit je einem Azubi, weil der ehemalige Schreinergeselle zur Bundeswehr eingezogen worden war und sich der Raumausstattergeselle nach wiederholtem Diebstahl von Werkzeug und Arbeitsmaterial erneut auf Stellensuche befand. Vor einem Jahr hatten sie einen ziemlich großen Auftrag an Land gezogen. Bei der Renovierung der städtischen Bühnen war im Zuschauerraum des Schauspielhauses ein neues Parkett zu verlegen und die Bestuhlung neu zu polstern. Wie auf solchen Baustellen üblich, hatten sich die Handwerker, die vor ihnen dran waren – vor allem Maler und Elektriker – reichlich Zeit gelassen und so den Plan für die später Kommenden – vor allem Schreiner und Raumausstatter – im Prinzip zunichte gemacht. Und so kam es, dass Samstag nächster Woche die renovierten Örtlichkeiten feierlich wiedereröffnet werden sollten, während die Firma Müller & Gebhardt GmbH, Inneneinrichtungen aus einer Hand, noch nicht einmal zur Hälfte mit ihrer Arbeit fertig war. Renans Mutter Gülten war mit Erwin und dem Raumausstatter-Lehrling mit der Polsterung der Sitze beschäftigt, während Renan zusammen mit der Schreiner-Auszubildenden Irina Thomas zuarbeitete. Es waren noch etwa dreihundert Meter Sockelleisten zu beizen. Danach folgten Grundierung, Zwischenschliff und Lackierung, bis sie, voraussichtlich in den frühen Abendstunden, zur Baustelle hetzen und mit der Montage beginnen würden.

Renan hatte schon als Kind immer wieder in der Werkstatt helfen müssen und dabei eine gewisse Abneigung gegen handwerkliche Tätigkeiten entwickelt. Am meisten hasste sie Schleif- und Lackierarbeiten. Die Temperatur unter dem Plexiglasdach der Schreinerei war unerträglich. Ebenso der Holzstaub, der sich hartnäckig auf Haut und Haaren, aber auch in der Nase hielt. Von dem Nebel, den Thomas mit der Spritzpistole im Lackierraum erzeugte, bekam sie Kopfschmerzen und ihr Rücken tat weh vom dauernden Bücken. Erfahrungsgemäß reichten nur wenige Stunden im elterlichen Betrieb vollkommen aus, um jegliche Zweifel an ihrer Polizeiarbeit in Wohlgefallen aufzulösen. Irina, eine quirlige Aussiedlerin von siebzehn Jahren, schien das alles jedoch nicht zu stören. Sie schliff ohne zu jammern hingebungsvoll die grundierten Leisten glatt und trug sie bündelweise zu Thomas zum Ablackieren. Renan gefielen ihre Disziplin und ihr slawischer Akzent. Sie war offen und lebendig, ohne aufgedreht oder affektiert zu sein. Eigentlich wirkte sie schon sehr erwachsen. Dass man sie trotzdem kaum älter als siebzehn schätzen konnte, lag wohl an ihrer Größe und den stark blondierten Haaren.

»Na, ihr scheint ja ganz gut voranzukommen«, sagte Erwin, als sie eine kurze Mittagspause einlegten.

»Die zwei Mädels funktionieren wie eine gut geölte Maschine«, lobte Thomas und nahm einen tiefen Schluck aus der Bierflasche.

»Also, bei meiner Tochter bin ich mir da nicht so sicher«, sagte Gülten, mehr amüsiert als vorwurfsvoll.

»Hm«, Renan schluckte den Bissen Pizza Speziale hinunter und nickte zustimmend, »ich fühle mich auch mehr verstaubt als geölt! Aber dir scheint das ja wirklich nichts auszumachen«, sie gab Irina einen freundschaftlichen Schubs.

»Ach, ich habe mich daran gewöhnt«, Irina blickte mit einer Mischung aus Ehrfurcht und Sympathie zu Renan auf, »und es ist so schön, wenn du dir raues Holz vorstellst und dann wird daraus eine ganz glatte Fläche.«

»Ja, mit der Irina haben wir wirklich Glück gehabt«, Thomas schaufelte sich noch ein Stück Pizza auf den Teller, »eine echte Perle!«

»Und ich bin mit meinem Marco auch zufrieden«, ergänzte Erwin und haute seinem Lehrling auf den Rücken, »einen Geschwindigkeitsrekord wird er zwar nie aufstellen, aber was er macht, kann sich sehen lassen, gell?«

»Ja, schon«, sagte der Junge und lugte verschüchtert unter seinem Käppi hervor.

»Er ist halt kein großer Redner«, sagte Erwin, »aber darauf kommt es ja auch nicht an.«

»Also, wir machen das jetzt so«, sagte Thomas und rülpste, »Entschuldigung – ich bin so in einer Stunde mit der Lackiererei fertig. Dann packen wir die Teile, die schon trocken sind, in den Transporter, ich fahre auf die Baustelle und fange schon mal an. Und ihr zwei«, er deutete auf Renan und Irina, »könnt noch ein, zwei Stunden beim Polstern helfen und kommt dann nach, wenn die restlichen Leisten trocken sind. Alles klar?«

»Ach bitte, trinken Sie doch einen Tee mit uns, Frau Müller«, sagte Irinas Mutter.

»Nein, wirklich nicht«, wehrte Renan ab, »ich habe Irina nur schnell nach Hause gefahren, damit sie nach der Sonntagsarbeit nicht auch noch nachts mit der U-Bahn fahren muss.«

»Sagen Sie nicht Nein«, beharrte Frau Balenkow, »wir sind ja so froh, dass unsere Tochter bei Ihren Eltern eine Ausbildung machen kann. Mein Mann wird sich auch sehr freuen!«

»Frau Balenkow, ich …«, sie überlegte kurz, »na gut, aber ich muss noch schnell etwas aus dem Auto holen.«

Sie ging noch einmal zurück zum Fiat-Fiorino der Firma Müller & Gebhardt und holte ihre Umhängetasche.

»… und schließlich habe ich gesagt, wenn das Mädchen Schreiner werden will, dann soll sie machen«, knarrte Irinas Vater. »Das hat sie von einem Onkel meiner Frau. Der hatte ein kleine Werkstatt in Kasachstan. Sie ist viel dort gewesen als kleines Mädchen.«

»Das Arbeitsamt hat immer gesagt, sie soll Friseurin werden oder Verkäuferin für Wurst«, Frau Balenkow öffnete den Hahn des Samowars und schenkte Renan Tee ein. Obwohl ihr Mann deutschstämmig war und sie Russin, sprach sie schon besser Deutsch als er. Herr Balenkow war groß, hatte schütteres blondes Haar und einen Schnauzbart. Er thronte auf einem farblich sehr gewagten Sessel und rauchte eine unsäglich stinkende Zigarette. Die Eltern wohnten mit Irina und ihrem älteren Bruder in einer Vier-Zimmer-Wohnung aus den sechziger Jahren. Die Decken waren niedrig und die Fenster winzig. Die Möbel schienen zum großen Teil vom Gebrauchtwarenhof zu stammen. Renans Respekt vor der kleinen Irina wurde immer größer, je länger sie auf dem Sofa neben der Mutter saß.

»Wie lange sind Sie denn schon in Deutschland?«, fragte sie.

»Dreieinhalb Jahre«, antwortete Balenkow. »Wir wollten schon viel früher gehen, aber mein Vater nicht. Ich habe ihn nicht alleine lassen wollen. Er ist gestorben vor vier Jahren.«

»Dreieinhalb Jahre erst?«, Renan war erstaunt. »Da haben Sie ja noch nicht viel Zeit gehabt. Also, ich meine, die Sprache lernen, Arbeit finden, Schulbildung für Irina …«

»Und erst für ihren Bruder«, ergänzte Frau Balenkow, »wissen Sie, wir Frauen kommen immer zurecht, aber wenn die Männer nichts zu tun haben, ist es wirklich schlimm!« Frau Balenkow war schwarzhaarig, blass und zierlich. Trotz ihrer geringen Körpergröße strahlte sie eine gewaltige Energie und Entschlusskraft aus. Sie sagte ein paar kurze Worte auf Russisch, woraufhin ihr Mann die eben entnommene Zigarette wieder zurück in die Schachtel steckte und seiner Frau dafür das Teeglas reichte. Irina erhielt einen knappen Befehl, verschwand in der kleinen Küche und kehrte mit einem Teller eingelegter Gurken zurück.

»Aber über Waldemar, meinen Mann, kann ich mich nicht beschweren – nehmen Sie eine Frau Müller –, er trinkt fast nie Wodka und er hat vom ersten Tag an Arbeit gesucht. Aber es war sehr schwer!«

»Die sind ja salzig«, Renan hatte in eine der Gurken gebissen.

»In Deutschland die Gurken sind immer so sauer«, die Russin verzog das Gesicht, »aber bei uns zu Hause isst jeder nur salzig. Schmeckt Ihnen nicht?«

»Das ist wahrscheinlich nur Gewöhnungssache«, lächelte Renan.

»Papa sagt immer, ohne uns Kinder wäre er wahrscheinlich nicht weg aus Kasachstan«, nahm Irina das ursprüngliche Thema wieder auf.

»Tatsächlich«, Renan wurde neugierig, »und warum?«

»Wir haben es nicht so schlecht gehabt«, brummte Balenkow, »vielleicht kein Bad für uns alleine, nicht so viele Sachen zu essen oder zum Anziehen. Aber irgendwie ist immer gegangen. Leute haben sich geholfen. Aber ist keine Zukunft für Kinder. Sie lernen keinen Beruf und dann werden immer mehr Drogen ...«, er brach im Satz ab und blickte nachdenklich auf die Gurke in seiner Hand.

»Es ist schon besser so«, nickte Irinas Mutter, »jetzt bekommen unsere Kinder beide eine Ausbildung, wir haben sofort Möbel bekommen und es geht kein Wind durch die Fenster. Und mein Mann hat jetzt auch eine richtige Arbeit gefunden, in einer Schlosserei.«

»Wo haben Sie denn bisher gearbeitet?«, Renan wollte langsam zur Sache kommen, da sie sich aus einem bestimmten Grund hatte überreden lassen, mit den Balenkows Tee zu trinken.

»Wenn du gar nichts anderes findest, gehst du zu Güterbahnhof. Auf der Straße stehen und warten. Manchmal kommt jemand und hat Arbeit für einen Tag.«

»Und dort stehen jeden Tag mehrere Aussiedler?«, Renan kramte in ihrer Tasche.

»Dreißig, manchmal vierzig Leute«, nickte Balenkow, »nur Russen.«

»Kennen Sie zufällig diesen Mann?«, sie hielt ihm das Foto des Mordopfers hin. Sie hatte sich spontan entschlossen, einen Schuss ins Blaue zu riskieren.

Er nahm das Bild und sah es sich genau an, dann schüttelte er den Kopf:

»Nein, ich glaube nicht, dass ich ihn schon einmal gesehen habe. Aber sieht sehr russisch aus.«

»Ja, davon, dass er Russe war, können wir mit Sicherheit ausgehen«, Renan reichte das Bild Irinas Mutter. »Sie wissen ja, dass ich Polizistin bin. Dieser Mann steht in Zusammenhang mit einem meiner Fälle und wir konnten ihn leider bisher nicht identifizieren.«

»Wenn Sie wollen, fragen wir gerne noch andere Leute«, bot Frau Balenkow an, »wir kennen viele. Mein Mann kann auch zum Güterbahnhof gehen und ich kann im Wohnheim fragen, wo wir zuerst gelebt haben …«

»Das ist sehr nett«, lächelte Renan, »aber das muss ich schon selbst tun. Auf jeden Fall vielen Dank für die Tipps. So, jetzt muss ich aber wirklich gehen.«

»Wenn du mir noch so ein Bild gibst, kann ich auch meinen Bruder fragen«, sagte Irina.

»Gute Idee. Du kannst das hier behalten. Und lass dich nicht so ausbeuten von den zwei Sklaventreibern«, sie wuschelte der Kleinen zum Abschied in den Haaren.

»Es hat uns sehr gefreut, Frau Müller«, die Mutter begleitete Renan zur Tür, »und sagen Sie uns, wenn wir Ihnen doch helfen können. Auch wenn Sie nur einen Übersetzer brauchen.«

»Ja«, Renan hielt kurz inne, »darauf komme ich vielleicht wieder zurück. Danke!«

III.
MÄNNERWIRTSCHAFT

Die Arbeitswoche begann für Renan mit entsetzlichem Muskelkater. Sie hatte das private Autofahren schon vor einiger Zeit aufgegeben. Einerseits war es ihr zu teuer und andererseits zu nervig. Unberechenbare Verkehrsteilnehmer und eklatante Parkplatznot erleichterten ihr die Entscheidung, nur noch Fahrrad zu fahren. Heute hasste sie sich dafür. Ihre Beine schmerzten infernalisch vom dauernden Hinknien und wieder Aufstehen im Schauspielhaus. Im Präsidium angekommen, benutzte sie sogar den Aufzug in den zweiten Stock. Sie fand Alfred in ein Rundschreiben der Gewerkschaft vertieft. Ansonsten herrschte die übliche Montagmorgen-Atmosphäre: Die Kaffeemaschine brodelte, das Radio schepperte und die Neonröhren blendeten. Es würde abermals ein heißer Sommertag werden.

»Guten Morgen«, sagte Alfred leicht vorwurfsvoll, als sie die Deckenbeleuchtung ausschaltete. Er wirkte gut erholt. Unter seinem lichtgrauen Sommersakko trug er ein frisch gebügeltes dunkelgrünes Hemd. Zudem war er ein Typ, der schon nach fünf Minuten an der Sonne tiefbraun wurde. Für sein Alter eine ganz stattliche Erscheinung, nur mit dem Aftershave hatte er es mal wieder übertrieben.

»Morgen«, entgegnete sie, humpelte zu seinem Schreibtisch und knipste die kleine Lampe an, »so ist es besser!«

»Hast du dich verletzt, Kollegin?«

»Wie würde es dir gehen, wenn du zwei Tage in einem Arbeitslager verbracht hättest?«

»Ich würde mich wahrscheinlich sehr zufrieden und ausgeglichen fühlen. Körperliche Arbeit hat meist den Vorteil, dass man sehr schnell Ergebnisse und Erfolge sieht, ganz im Gegenteil zu unserer Tätigkeit hier. Und gegen Muskelkater hilft tschechischer Franzbranntwein!«

»Witzig!«

»Ich meine das ernst. Morgen bringe ich dir eine Flasche mit.«

»Sehr freundlich«, Renan ließ sich auf ihren Stuhl fallen und rieb sich die Oberschenkel, »gibt's was Neues?«

»Unser zuständiger Staatsanwalt – Herr Klatte – ist wohl ernsthaft erkrankt.«

»Womöglich hat ihm beim Golfspielen wieder ein Ball am Kopf getroffen«, der Gedanke daran, wie dieser arrogante Fatzke von einer kleinen weißen Kugel gefällt wurde, amüsierte sie so sehr, dass sich ihre Stimmung abrupt zu heben begann.

»Ja, das war früher beim alten Eckstein noch anders«, erinnerte sich Alfred, »der hat sich jeder sportlichen Betätigung enthalten und war meines Wissens nicht einen Tag krank. Manchmal könnte einem himmelangst werden, wenn man sieht, was da so nachkommt.«

»Na ja, vielleicht hast du ja Glück und diese rassige Schwarzhaarige wird auf den Fall angesetzt«, neckte Renan, »du weißt schon, die, in deren Gegenwart du dich immer so affig benimmst.«

»Ich pflege ein gutes, aber ausschließlich kollegiales Verhältnis zu Staatsanwältin Schwarz«, entrüstete sich Alfred.

»Jaja«, Renan winkte betont energisch ab, »hat sich sonst noch was getan am Wochenende?«

»Mir ist am Samstag noch eingefallen, dass Schmidt und Heinrich bis heute im Urlaub sind«, Alfred ging zur Kaffeemaschine und schenkte sich eine Tasse ein. Auf dem Weg zurück zu seinem Schreibtisch blieb er vor dem Spiegel über dem Waschbecken stehen und zupfte seinen Hemdkragen zurecht.

»Und?«, fragte Renan.

»Wir haben doch routinemäßig die anderen Abteilungen informiert und um Überprüfung des Fotos von unserem toten Russen gebeten. Die zwei Kollegen waren aber zu der Zeit nicht im Dienst und nun könnte es doch sein, dass ausgerechnet einer von ihnen dieses Gesicht schon einmal gesehen hat … langer Rede kurzer Sinn: Heinrich vom Kommissariat 44 hat sich tatsächlich an ihn erinnert.«

»K44«, sie kniff die Augen zusammen, »was machen die noch mal?«

»Drogen- und Beschaffungskriminalität.«

»Sag bloß, das war ein Drogendealer«, sie richtete sich auf und sah ihrem Kollegen direkt in die Augen.

»Das wissen wir nicht«, er nahm einen Schluck aus der Tasse, »Heinrich hat sich daran erinnert, dass sie vor einem halben Jahr eine Razzia in einer privaten Wohnung gemacht haben. Hauptsächlich jugendliche Konsumenten von harten Drogen. Unser Mann war auch dabei, ist jedoch durch ein Fenster über den Hinterhof entkommen. Heinrich hat versucht, ihn zu verfolgen, und ist leicht verletzt worden, als der Mann eine Pistole zog und schoss.«

»Um Gottes willen«, Renan riss die Augen weit auf, »wo hat der andere ihn denn getroffen?«

»Nirgendwo«, Alfred winkte ab, »Heinrich hat im Eifer des Gefechts nicht auf den Weg geschaut, ist über einen Wäschekorb gefallen und hat sich eine Platzwunde an der Stirn zugezogen. Auf jeden Fall hat er mir versprochen, sich noch einmal die Jugendlichen von damals vorzunehmen, wenn ich mich dafür mal wieder bei der Gewerkschaft blicken lasse. Bist du eigentlich Mitglied?«

»Du machst mich wahnsinnig, wenn du dauernd vom Thema abkommst«, meckerte Renan, »die Kollegen haben doch damals sicher alle anderen festgenommen und verhört. Haben sie dabei irgendwas über den Mann erfahren können? Wenn er in derselben Wohnung war, kann er für sie ja kein Unbekannter gewesen sein, oder?«

»Das möchte man meinen, aber«, Alfred hob den Zeigefinger, »von den vier festgenommenen Jugendlichen will ihn tatsächlich keiner gekannt haben. Jeder glaubte, ein anderer würde ihn kennen.«

»Und was war das für ein Treffen? Eine russische Tee-Party, gemeinsames Fixen, Pflege russischer Folklore mit ner Nase voll Koks?« Alfred hatte einige Charakterzüge, die Renan ganz besonders hassenswert fand. Ganz oben auf dieser Liste stand seine Freude daran, sich wichtige Einzelheiten aus der Nase popeln zu lassen.

»Friss mich nicht gleich auf«, Alfred hob abwehrend die Hände, »ich konnte heute früh nur kurz mit Heinrich reden, dann musste er in die Morgenbesprechung und anschließend in den Außendienst. Er rührt sich heute Abend noch mal. Zur Not gehe ich nach Feierabend noch ein Bier mit ihm trinken.«

»Natürlich«, stöhnte sie, »die alten Kungelrunden. Wie konnte ich das nur vergessen!«

Obwohl Renan sich für eine überaus moderne Frau hielt und immer ein entkrampftes Verhältnis zum anderen Geschlecht gepflegt hatte, brachte sie die alteingesessene Männerwirtschaft bei der Polizei doch manchmal zum Verzweifeln. Vor allem dann, wenn ihr Kollege Albach sie scheinbar unreflektiert pflegte. Es konnte doch nicht sein, dass die Weitergabe von wichtigen Informationen davon abhing, mit wem man schon alles besoffen unter dem Tisch gelegen oder wen man 1980 bei der Wahl zum Personalrat unterstützt hatte oder ob man in der Gewerkschaft war oder im Polizeisportverein … Ansonsten hatte sie von Anfang an wenig Probleme mit dem Polizei-Chauvinismus gehabt, weil sie mit beiden Beinen im Leben stand, nicht auf den Mund gefallen war und dadurch handfest Kontra geben konnte. Dumme Witze oder Macho-Sprüche entlockten ihr meist nur ein mitleidiges Lächeln. Wirkliche Probleme auf der persönlichen Ebene hatte sie bisher eher mit Frauen gehabt. Und Alfred Albach war ein ganz spezieller Fall: Eigentlich war er ein offener, toleranter, fairer und intelligenter Mann, der vor allem daran interessiert war, im Teamwork gute Arbeit zu leisten. Eingedenk dieser Vorzüge konnte sie ihm seine Eitelkeit, seine Belehrungen, die Pedanterie und das Theaterspielen verzeihen – nicht aber seine gelegentlichen Abstürze in alte Männer-Seilschaften. Sollte etwa der Erfolg einer Ermittlung davon abhängen? Einmal mehr trieb ihr der Gedanke die Zornesröte ins Gesicht.

»Willst du vielleicht mitkommen?«, fragte Alfred kleinlaut.

»Nein!«

Alfred kratzte sich am Kopf und machte sich nochmals auf den Weg zur Kaffeemaschine. Am Radio blieb er stehen und verstellte den Sender. Nach einer halben Ewigkeit des Rauschens und Knackens hatte er einen halbwegs klaren Empfang. Ein Lokalsender brachte die aktuellen Charts. Gerade kam der höchste Neueinstieg. Von null auf drei: das Remake einer uralten Schote von Modern Talking.

Nikolai stand wieder mal am Güterbahnhof. Gesprochen wurde kaum. Ein zentraler russischer Charakterzug war, dass man zwar reden konnte, es aber nicht unbedingt tat. Er stand schon seit sechs Uhr früh an dieser Ecke und rauchte. Die anderen um ihn herum taten dasselbe. Er kannte die meisten vom Sehen und von gelegentlichen Unterhaltungen. Er wusste ihre Vornamen und die erlernten Berufe der Männer. Der Rest war sowieso mehr oder weniger identisch. Was machte es da für einen Sinn, sich Lebensläufe zu erzählen? Sie waren alle in der Sowjetunion geboren, ihre Eltern waren von Stalin nach Kasachstan oder Sibirien deportiert worden. Dort hatten sie ein normales Leben geführt, ohne Chancen auf einen gesellschaftlichen Aufstieg, ziemlich früh geheiratet, Kinder bekommen und ihre Arbeit gemacht. Das Leben war geprägt von Routine, Mangel, Improvisation und einem seltsamen Gefühl von Geborgenheit. Als sie hierher gekommen waren, war eigentlich alles gleich geblieben, nur die Geborgenheit war der intensiven Empfindung von Unsicherheit gewichen und dem dunklen Verdacht, absolut unwichtig und überflüssig geworden zu sein. In diesem Land wurden keine Knochenarbeiter und keine Improvisationskünstler gebraucht, sondern Maulaffen. Die Männer hatten über Jahrzehnte Traktoren und Maschinen am Laufen gehalten mit nicht viel mehr als ein paar Metern Draht, drei verrosteten Schraubenschlüsseln und einem Vorschlaghammer mit selbst geschnitztem Stiel. Sie hatten ihren Platz in der Welt gehabt und konnten ihre Familien ernähren. Die Frauen waren mit wenig zufrieden gewesen und über Gefühle brauchte nicht gesprochen zu werden. Hier sorgte ein Amt für Frauen und Kinder und die Männer hatten nie gelernt zu reden. Auch ein Arbeitsloser konnte seine Familie lieben, aber wie verdammt noch mal sollte man das ausdrücken?

Die Routine am Güterbahnhof war heute durch einen Mann und eine Frau unterbrochen worden. Polizisten. Sie zeigten den Männern ein Bild von Drugajew und versuchten, Informationen über ihn zu bekommen. Der Mann hatte ein gelbes Wörterbuch dabei und sprach ein paar Worte Russisch mit grauenhafter Betonung, aber auch das hatte ihnen nichts geholfen. Seine Landsleute waren noch einsilbiger als sonst und auch er hatte vorgegeben, kein Deutsch zu verstehen. Kurz gezuckt hatte er nur, als der Mann auch noch ein Foto von Jewgenji aus der Tasche zog und es ihm unter die Nase hielt. Er hatte aber auch da nur den Kopf geschüttelt und die beiden möglichst gleichgültig angesehen. Es beunruhigte ihn ein wenig, dass die Polizei so schnell auf diesen Zusammenhang gestoßen war. Auch wenn er es innerlich nie ausgeschlossen hatte, hatte er doch damit gerechnet, dass sich keiner mehr an diese alte Geschichte erinnern würde – aber im Prinzip war es ja auch vollkommen egal. Ein deutsches Gefängnis war immer noch luxuriöser als ein russisches Mittelklassehotel. Das Einzige, was ihn davon abhielt, sich der Polizei zu stellen, waren seine Frau und ein Rest von Berufsethos. Valentina hielt immer noch treu zu ihm, obwohl er sich auch ihr nicht mitteilen konnte. Große Teile seiner Vergangenheit dürfte sie sowieso nie erfahren. Er hatte alles darauf angelegt, aber sie trennte sich einfach nicht von ihm. Es wäre leichter gewesen, hätte er sicher sein können, dass sie nach ihm mit jemand anderem richtig glücklich und zufrieden leben würde … nein, diese Ehe verlief überhaupt nicht nach Plan. Als ehemaliger Tschekist hatte er den Anspruch, ein Profi zu sein.

Dieses war der zweite Grund: die Berufsehre. Ein Plan musste eingehalten werden, sonst taugte er nichts. Und ein geplanter Mord – durfte nicht von der Polizei aufgeklärt werden.

»Scheiße«, Renan stocherte lustlos in ihrem Salat, während Alfred ein Stück Schweinebraten zersäbelte.

»Ein Griff ins Klo mehr oder weniger …«, Alfred zuckte die Achseln.

»Was bist du denn jetzt so schlecht drauf?«, Renan hasste es, wenn Alfred den Unbeteiligten spielte, obwohl sie beide ganz genau wussten, dass er sich innerlich grün und blau ärgerte.

»Ich bin nicht schlecht drauf«, mit einem etwas zu lauten Klirren legte Alfred sein Besteck auf dem Tellerrand ab und versuchte seine Augen kleine spitze Pfeile schießen zu lassen.

»Ach, bin's jetzt ich wieder, oder was?«, sein schwarzäugiges Gegenüber veranstaltete gerade einen Crashkurs, wie man am schnellsten einen Streit vom Zaun bricht.

»Auszeit«, sagte Alfred streng, »es ist Mittag, und wir nutzen das Essen, um etwas Abstand vom Tagesgeschäft zu gewinnen. Wenn du dich streiten willst, stehe ich dir in einer halben Stunde wieder zur Verfügung, o. k.?«

Ein leises Schnauben auf der Gegenseite deutete er als Einverständniserklärung.

Alfred versuchte den Krautsalat und stellte befriedigt fest, dass Renan Müller ihn nicht mehr so leicht auf die Palme bringen konnte wie noch vor einem Jahr. Am Anfang schien sich ihre Zusammenarbeit zu einem latenten Kleinkrieg zu entwickeln. Der Alters- und Temperamentsunterschied hatte schnell tiefe Schützengräben aufgerissen, die unüberwindbar schienen. Alfred hatte eine gewisse Zeit gebraucht, um zu erkennen, dass er Renan nicht anleiten oder heranziehen konnte, wie es Herbst mit ihm gemacht hatte. Außerdem hatte es ihm bald gedämmert, dass diese Teambildung ein Schachzug seines Intimfeindes, Kriminaldirektor Göttler, war. Nach einem halben Jahr zäher Waffenstillstandsverhandlungen hatten sie ihre gegenseitigen Stärken und

Schwächen identifiziert und begonnen, sich damit zu ergänzen. Eigentlich war es ja auch gar nicht so schwer. Wenn man Renans offene und geradlinige Art eine Zeit lang auf sich wirken ließ, konnte man feststellen, dass ihr eine Eigenschaft fehlte, die sonst viele andere Personen im Polizeidienst charakterisierte: Sie war nie nachtragend, auch wenn sie manchmal cholerisch und voreilig reagierte. Eine gute Basis, um Konflikte offen anzusprechen und zu lösen. Heute hatte Alfred keine Lust sich zu streiten.

»Lass dich nicht hängen«, sagte er aufmunternd, »diese Spur ist ja noch nicht konsequent zu Ende verfolgt.«

»Wie meinst du das?«, Renan sah ihn fragend an.

»Nun ja. Wenn diese, ähm, Leiharbeiter sich nicht erinnern können oder wollen, gibt's ja immer noch die Arbeitgeber, bei denen sie ab und zu Anstellung finden. Vielleicht sind die ja gesprächiger.«

»Stimmt«, ihre Miene hellte sich auf.

»Bevor wir alle Aussiedlerwohnheime abgrasen, sollten wir erst mal diese Spur verfolgen. Jetzt müssen wir nur noch herausfinden, welche Firmen sich am Güterbahnhof ab und zu einen Tagelöhner holen.«

»Ich wüsste da schon jemanden, den ich fragen kann«, sagte sie.

»Wissen Sie, Frau Müller, als Unternehmer sind Sie heute in Deutschland doch am Hund«, dozierte Meister Renner, »diese Regierung presst uns Mittelständler aus wie reife Zitronen und wir können diese Belastungen nicht mehr tragen. Bis ich an einem Monteur heute einen Euro verdiene, hat der schon zwei Überstunden gemacht, und wenn ich ihm die regulär ausbezahlen würde, hätte der ja auch nichts mehr davon …«

»Herr Renner«, unterbrach ihn Renan, »meine Eltern haben auch einen Handwerksbetrieb und ich weiß, wie schwer das ist, aber vielleicht könnten Sie sich kurz dieses Foto hier ansehen?«

Herr Balenkow hatte ihnen einige Firmen genannt und Renan und Alfred hatten sich aufgeteilt, um die entsprechenden Chefs schneller befragen zu können. Neben drei Speditionen waren noch verschiedene Handwerksbetriebe dabei. Renan hatte den Schlossermeister Renner in seiner Werkstatt angetroffen, wo er gerade über einer riesigen Konstruktionszeichnung brütete. Sein Büro war ein kleiner Nebenraum ohne Fenster. Die Papierstapel auf seinem Schreibtisch waren gut einen drei viertel Meter hoch und das Faxgerät spuckte unentwegt kleine Röllchen aus, die auf dem Boden schon einen ansehnlichen Haufen gebildet hatten. Das Handy auf einem der Papierstapel klingelte fast pausenlos. Die Firma Renner »Metallbau und Schlosserei« arbeitete jedoch nicht mehr mit Tagelöhnern vom Güterbahnhof.

»Nein, das ist mir zu unsicher«, erklärte der Firmeninhaber, »diese Russen mögen ja vielleicht gute Arbeiter sein, aber wenn von denen einer auf der Baustelle irgendeinen Schaden anrichtet oder sich vielleicht noch schwer verletzt, dann gehe ich in den Knast. Mein Betrieb geht den Bach runter und meine Leute stehen auf der Straße. Das kann ich nicht verantworten, Frau Müller ...« In diesem Moment meldete sich wieder sein Handy.

»Ja«, bellte er, »... wie, das Glas ist zu groß? Ja dann schneidet es halt ab um Gottes willen! ... Wir haben einen Glasschneider in jedem Werkzeugkoffer ... Doch, doch, das ist ja kein Isolierglas, oder? ... Na also! ... Ja, und notfalls mit der Flachzange abzwicken! Aber immer erst vorritzen! ... Ja, ich komme heute Nachmittag noch mal raus!«, Renner legte mit gerunzelter Stirn auf.

»Aber Sie wissen, dass am Güterbahnhof Leute stehen, die auf Arbeit warten?«, nahm Renan den Faden wieder auf.

»Ja, sicher«, entgegnete Renner, »da standen schon immer Männer. Das hat mein Vater vor vierzig Jahren schon erzählt. Na ja, damals waren das natürlich keine Russen, sondern solche, die ein bisschen ... also, die halt etwas auf dem Kerbholz hatten und die sonst keiner einstellen wollte. Aber von den Deutschen will ja heute gar keiner mehr arbeiten. Wenn Sie einen Arbeitslosen einstellen, ist der nach zwei Tagen gleich für zwei Wochen krank und dann fällt ihm ein, dass er sich ja den Rücken verletzt hat und überhaupt nicht mehr über zehn Kilo heben darf. Erst letzten Monat hat mir das Arbeitsamt wieder so einen geschickt ...«

»Entschuldigung«, Renan rang um Geduld, während ihre Halsschlagader pulsierte wie ein Bohrhammer, »ich bin unter einem gewissen Zeitdruck. Können Sie mit Sicherheit sagen, dass in Ihrer Firma niemals einer von diesen Tagelöhnern gearbeitet hat? Würde niemand außer Ihnen so eine Aushilfe anheuern?«, sie zeigte ihm das Foto des Mordopfers.

»Also, in meinem Betrieb bin immer noch ich der Chef«, empörte sich der Meister.

»Dann haben Sie diesen Mann hier noch nie gesehen?«

»Man sieht so viele Leute ... auf jeden Fall hat er nie für mich gearbeitet!«

»Gut, das wollte ich nur mit Sicherheit wissen«, beschwichtigte sie, »kennen Sie vielleicht einen Kollegen oder Konkurrenten, der manchmal Tagelöhner anheuert?«

»Hhmm«, er kratzte sich das unrasierte Kinn, »einer oder zwei würden mir da schon einfallen.«

Das Handy klingelte wieder.

Zur gleichen Zeit befand sich Alfred auf einer Baustelle am westlichen Stadtrand. Es handelte sich um eines jener Fabrikgebäude aus rotem Klinkerstein, die nach und nach in Lofts umgebaut wurden. Die letzten dreißig Jahre hatte der Komplex als Müllhalde, Spielplatz und Obdachlosenunterkunft gedient, bis ein Architekt einmal daran vorbeigefahren war und beschlossen hatte, hier eine Heimstatt für die junge Oberschicht zu errichten. Die Südseite der Wohnungen schaute auf den malerischen Wiesengrund, die Räume waren bis zu vier Meter hoch und man hatte das erhabene Gefühl, sich am Schauplatz einer neuen deutschen Kinokomödie zu befinden, wenn da nicht die staubige Luft und der intensive Geruch nach Kalk gewesen wären, von kleineren Schutthaufen in jedem zweiten Zimmer mal ganz abgesehen. Nach einer längeren Suchaktion in den verschiedenen Stockwerken der Anlage war Alfred schließlich auf Herrn Klein getroffen, seines Zeichens Fensterbaumeister und Inhaber der Firma Dröhner GmbH. Er überzeugte sich gerade vom tadellosen Einbau mannshoher Fenster durch seine Gesellen und bestritt zunächst massiv, jemals Tagelöhner vom Güterbahnhof beschäftigt zu haben.

»Nein, nein, meine Firma ist sauber«, versicherte er, »so etwas wäre ja Schwarzarbeit.«

»Hören Sie, ich bin weder vom Zoll noch von der Gewerbeaufsicht«, Alfred war gezwungen, mit erhobener Stimme zu sprechen, da sich Kleins Personal zwei Räume weiter wieder lautstark ans Werk gemacht hatte, »und ich gehe selbstverständlich davon aus, dass Sie mit solchen, sagen wir, kurzfristigen Aushilfskräften einen ordnungsgemäßen Arbeitsvertrag abschließen und ebenso ordnungsgemäß Steuern und Sozialabgaben zahlen.«

»Ich habe ja auch nichts zu verbergen«, sagte der Handwerker unschuldig.

»Selbstverständlich«, sagte Alfred und setzte sich neben den Unternehmer auf einen breiten Stapel Zementsäcke. »Rauchen Sie?«

»Will seit Jahren damit aufhören«, seufzte Klein und fingerte eine von Alfreds Selbstgedrehten aus dem silbernen Etui, »aber bei dem Stress …«

Alfred ließ dem Mann ein paar Züge Verschnaufpause und präsentierte dann das Foto des Toten.

»Haben Sie diesen Mann schon einmal gesehen, oder hat er vielleicht sogar für Sie gearbeitet?«

»Also, wenn Sie glauben, dass das einer vom Güterbahnhof ist«, er betrachtete das Bild eingehend, »dann muss ich mal meine Gesellen fragen.«

»Das wäre sehr freundlich.«

»Dieter, Heiko«, brüllte Klein nach links, »kommt mal her!«

»Also, eines muss ich Ihnen schon sagen, Frau ähm …«

»Müller.«

»Frau Müller. Ich bin ein Todfeind der Gewerkschaften«, der Elektromeister Steiner lief neben Renan her und öffnete die Tür zu seinem Lager, »wenn hier einer auftaucht, der zu diesem Verein gehört und von mir Arbeit haben will, den werfe ich achtkantig wieder raus, kaum dass er drinnen ist.«

»Herr Steiner, ich habe nur eine Frage …«

»Wissen Sie, ich habe schon genug am Hals, mit der Gewerbeaufsicht, der Innung, der Kammer, der Berufsgenossenschaft und der Berufsschule, allmächd, wenn ich daran denke. Da heißt es immer, wir sollen ausbilden, und wenn man dann einmal …«, er zog einige Rollen grauer Kabel aus einem Regal und legte sie auf einen Transportwagen, »ist das der richtige Querschnitt?«, murmelte er.

»Herr Steiner«, Renan unternahm einen dritten Anlauf, »ich möchte ja nur von Ihnen wissen, ob Sie ab und zu Tagelöhner vom Rangierbahnhof beschäftigen.«

»Wie schon gesagt«, Steiner stellte zwei rote Kunststoffkoffer mit der Aufschrift HILTI auf den Wagen, »bevor ich so einen Faulpelz nehme, der vielleicht noch in der Gewerkschaft ist …«

»Gut«, Renan schöpfte Hoffnung, »haben Sie vielleicht diesen Mann schon einmal gesehen?«, sie hielt dem Elektriker das Foto unter die Nase, doch der schien sie gar nicht gehört zu haben und schob seinen Karren weiter.

»Könnten Sie jetzt bitte einen Blick auf dieses Foto werfen?«, Renan stellte sich dem Unternehmer in den Weg, hielt mit der linken Hand das Bild hoch und stupste ihn mit der rechten kräftig auf die Schulter.

»Wer soll das sein?«, Steiner hatte tatsächlich kurz innegehalten.

»Hat dieser Mann einmal für Sie gearbeitet oder haben Sie ihn einmal gesehen, am Güterbahnhof vielleicht?«, fragte sie streng.

»Nein«, Steiner zog ein Mobiltelefon aus der Tasche seines blauen Kittels.

»Ich glaube, wir haben eine Spur«, stellte Alfred fest, als er am frühen Abend wieder mit Renan zusammentraf. Sie waren vom Präsidium aus gleich wieder aufgebrochen, um ein paar Schritte zu laufen. Renan hatte von Alfred gelernt, dass man sich als Kommissar möglichst wenig im Büro aufhalten sollte, weil das stets nach besonderem Einsatz aussah und man sich so außerdem spontanen Besuchen von Vorgesetzten entziehen konnte. Schon viele Kollegen hatten bereut, zur falschen Zeit in ihren Diensträumen gewesen zu sein, etwa wenn unerwartet Wochenenddienste anfielen oder dringend Hilfstruppen gebraucht wurden. Alfred hatte Renan von Anfang an dazu animiert, ihre gemeinsame Arbeitszeit außerhalb des Präsidiums zu verbringen, auch in Zeiten, in denen zwischen ihnen ein schlechteres kollegiales Verhältnis bestand. Nahezu täglich hatte er Renan angeboten, etwas spazieren zu gehen oder einen Kaffee im Balazzo Brozzi zu trinken, einem Kaffeehaus, gut zehn Minuten vom Präsidium entfernt. Das alternative Tagescafé hatte im Lauf der Jahre das Café Kröll in seiner Funktion als Außenstelle der Mordkomission abgelöst. Renan war trotz der innig gepflegten Feindschaft zu Alfred sehr oft mitgegangen, weil es nicht ihre Art war, unangenehmen Situationen auszuweichen, und sie sich genauso gut im Park beharken konnten oder in einer Kneipe oder im Wiesengrund oder sonst wo. Es fiel ihr nicht schwer, Alfreds Freiheitsdrang nachzuvollziehen, der ihm bei einigen Kollegen schon den Spitznamen »Kaffeehausdetektiv« eingebracht hatte. Ein Tag im Büro war auch für sie fast wie ein Tag im Gefängnis und sie waren schließlich Polizeibeamte und keine Straftäter.

Es war ein heißer Sommerabend, die Sonne stand noch am Himmel und im Wiesengrund herrschte rege Betriebsamkeit. Jogger bekämpften ihre Schweinehunde, Spaziergänger behinderten mit den ihren die freie Fahrt diverser Fahrradkuriere und Inlineskater, türkische Großfamilien heizten Grills an und kleine Kinder planschten im seichten Wasser der Pegnitz. Alfred berichtete erleichtert, dass einer von Kleins Monteuren sich an den Mann auf dem Foto zu erinnern glaubte. Allerdings war der Tote kein Aushilfsarbeiter gewesen, sondern der Mieter einer Genossenschaftswohnung. Kleins Firma hatte vor etwa einem Jahr den Auftrag erhalten, in mehreren Wohnblocks der Gesellschaft die alten Fenster gegen neue Wärmeschutzmodelle auszuwechseln. Dabei handelte es sich um Routinearbeiten, die pro Wohnung kaum mehr als zwei Tage in Anspruch nahmen. Die alten Fenster wurden herausgerissen und neue passgenau montiert. Es war normalerweise nicht notwendig, dass die Bewohner deswegen ihre Wohnungen verließen. Der Tote war dem Monteur aus zwei Gründen im Gedächtnis geblieben: zum einen »… weil die Wohnung aussah wie«, Alfred blätterte in seinem Notizblock, »ein stinkender Saustall. Muss wohl ziemlich verwahrlost gewesen sein, obwohl sich so gut wie keine Möbel darin befanden. Außerdem schien der Bewohner ziemlich betrunken … und zum zweiten«, Alfred erhob die Zigarette, »weil sich der russische Hilfsarbeiter, den sie dabeihatten, plötzlich höchst merkwürdig benommen hat, er ist nämlich kurz darauf spurlos verschwunden«, er blieb stehen, trat die Zigarette aus und blickte Renan herausfordernd an.

»Langsam«, sagte sie und zog Alfred vom Teerweg in die Wiese bis zu einem Spielplatz, wo sie sich auf einer Schaukel niederließ.

»Setz dich doch«, sie deutete auf den ebenfalls freien Sitz zu ihrer Rechten.

»Warum nicht?«, er zuckte mit den Schultern und nahm Platz. Renan sagte etwa drei Minuten lang nichts, sondern schaukelte nur leicht vor und zurück. Alfred tat unbeteiligt, drehte sich eine neue Zigarette und beobachtete ein paar Knirpse, die offensichtlich auch ein Auge auf das Spielgerät geworfen hatten, nun aber mit einigen Metern Sicherheitsabstand darum herumschlichen.

»Wann war denn das genau?«, fragte Renan abrupt bremsend.

»So genau wusste der Mann das nicht mehr«, Alfred begann, seine Sonnenbrille zu putzen, »es war im Frühjahr, also ungefähr vor einem Vierteljahr.«

»Könnte es sein, dass der Hilfsarbeiter den anderen von irgendwoher gekannt hat?«, sie begann wieder zu schaukeln, kurz darauf stoppte sie und sah ihrem Brille putzenden Kollegen in die Augen. »Was glaubst du? Wie ist es weitergegangen mit dem Hilfsarbeiter?«

»Also, Ivan«, antwortete Alfred, sein Äußeres in einem Brillenglas prüfend, »wie er immer genannt wurde, war eigentlich ein sehr guter Arbeiter. Klein hat ihn die ganze Umbauaktion lang beschäftigt. Kurz nachdem er unseres Toten angesichtig wurde, hat er unentschuldigt die Baustelle verlassen und ist einfach nicht mehr erschienen. Gesehen hat ihn keiner mehr.«

»Und gibt es eine Adresse von ihm?«

»Natürlich nicht«, Alfred strich sich mit dem kleinen Finger über die Augenbrauen, »der hat schwarzgearbeitet und die Kohle gab es bar auf die Hand.«

»Haben sie ihn dir beschrieben?«, Renan musste sich schwer zusammenreißen, um ihn nicht wegen seiner Geckenhaftigkeit zu maßregeln.

»Diese Russen sehen doch alle gleich aus!«

»Wie bitte? Was soll denn diese Scheiße?«, sie funkelte Alfred düster an.

»Das war der Originalton von Herrn Klein«, Alfred hob abwehrend die Hände, »es gibt einen Gesellen, der am meisten mit ihm zusammen war, der kommt morgen Mittag und darf sich ein bisschen mit unserem Phantombildzeichner unterhalten. Wir müssen Klein allerdings die Kosten für die entfallende Arbeitszeit erstatten«, Alfred kontrollierte Renans Miene mit einem Seitenblick, »natürlich muss das noch lange nicht heißen, dass dieser Mann ein Mörder ist.«

»Aber hallo«, entgegnete sie, »er sieht einen scheinbar völlig Fremden und verschwindet kurz darauf spurlos, das hat doch was zu bedeuten.«

»Vielleicht ist er schwer erkrankt oder hat plötzlich die Lust verloren«, Alfred spürte, dass er Renans Neigung zu Schnellschüssen langsam etwas entgegensetzen musste.

»Und da kann man nicht Bescheid sagen oder sich abmelden?«

»Vielleicht hat er eine Depression bekommen«, er trat seine Zigarette aus, »was wissen wir schon von russischen Seelen?«

»Genau weil wir davon nichts verstehen, ist das eine heiße Spur, kapierst du das nicht? Und vor allem ist es die einzige, die wir haben!«

»Weißt du, was mich heute am meisten beeindruckt hat?«, fragte Alfred nach einer Minute schaukelnden Schweigens.

»Das Gejammer der Meister?«, entgegnete sie monoton.

»Woher weißt du das?«

»Mein Vater behauptet immer, das lernt man auf der Meisterschule«, sie sah ihn an und konnte sich ein leichtes Lächeln nicht verkneifen, »Teil drei: Betriebswirtschaft!«

»Faszinierend! Hoffentlich hat er damit kein Geheimnis der Zünfte verraten«, Alfred sah auf die Uhr. Der Termin mit Heinrich saß ihm etwas im Nacken.

»Das wäre ihm ziemlich egal, glaube ich«, sagte Renan und blickte gedankenverloren auf den Rindenmulch zu ihren Füßen.

Eine gute Stunde später befand sich Renan auf dem Heimweg. Sie hatte beschlossen, zu Fuß zu gehen, und zunächst den Burgberg angesteuert, was genau entgegengesetzt zu ihrer Wohnung lag. Sie brauchte ein bisschen Auslauf, um abschalten zu können. Vor allem die langen Sommerabende machten sie rastlos; es lag an der viel zu spät einsetzenden Dunkelheit. Erst dann konnte ihr Gehirn die Gedanken loslassen, fühlte sie sich weniger den Schranken ihres Bewusstseins unterworfen. Die Seele schien sich ein klein wenig über die engen körperlichen Grenzen auszubreiten und es war an der Zeit, nicht mehr an die Arbeit zu denken, aufgeschnittene Brustkörbe, Schmauchspuren, Geschosskaliber, Aussagen und Motive zu verdrängen. Oder auch neu zu sortieren – warum nicht?

Renan fand es immer wieder erschreckend, wie sehr sich Menschen über ihre Berufe definierten. Sie beobachtete dieses

Phänomen schon lange: auf Partys, Klassentreffen, beim Smalltalk im Urlaub. Auf die Frage »Und, was machst du so?« antwortete man automatisch mit der Berufstätigkeit. »Ach, ich bin jetzt Projektleiter in der Firma soundso«, »Ich habe noch ein Aufbaustudium draufgesattelt und bin gerade in so einem Trainee-Programm«, »Mein Chef hat mich letztes Jahr nach China geschickt«, »Ich bin jetzt auf der Geburtsstation« – »Ich suche gerade einen brutalen Schlächter mit perversem Hang zu Amputationen am noch lebenden Opfer«. Es gab manchmal Momente, in denen sie sich derartige Antworten nicht verkneifen konnte, und sei es nur, um einen Kontrapunkt zu setzen. Es schien den Menschen immer schwerer zu fallen, etwas anderes zu tun, als Geld zu verdienen. Renan hatte dies erschrocken an sich selbst diagnostiziert, als sie vor zwei Jahren einen Auffrischungskurs Türkisch an der VHS besuchte. Sie hatte ihre Muttersprache – im wahrsten Sinne des Wortes – nie so richtig beherrscht und sich in den Kurs eingeschrieben, um ihren spärlichen Wortschatz nicht vollends verkümmern zu lassen. In der anfänglichen Konversation hatte die Dozentin ihre Schüler gleich in ausgedehnte Gespräche getrieben und gezielt nach Hobbys oder Beschäftigungen am Wochenende gefragt. Mehr als schwimmen gehen und ab und zu mal ein Buch lesen hatte Renan dazu nicht beizutragen und auch diese Wörter waren ihr nicht auf Türkisch eingefallen.

Ihre Mutter, Gülten, hatte sich vor fast dreißig Jahren mit einem jungen Türken eingelassen, der kurz nach Beginn der Schwangerschaft auf Nimmerwiedersehen verschwand. Ihre Mutter sah damals keinen anderen Ausweg, als von zu Hause abzuhauen, wollte sie nicht schnellstmöglich mit einem anderen verheiratet werden, dem man dann das Kind als seines untergeschoben hätte. »Türkische Jungen wissen doch nicht, ob es sechs oder neun Monate dauert, bis ein Kind zur Welt kommt«, soll Gültens Mutter mit einem Seitenblick auf ihren Vater gesagt haben. Also war sie durchgebrannt, hatte Renan anonym in einer Notaufnahme zur Welt gebracht und kurz darauf in einem

Mutter-Kind-Heim den Zivildienstleistenden Erwin Müller kennen gelernt, den sie zwei Jahre später heiratete. Seitdem hatte Renan einen Vater und einen deutschen Pass. Gülten bemühte sich, alles Türkische von ihrer Tochter fernzuhalten, was Renans Interesse für ihre Abstammung nur verstärkt hatte. Vor allem als Teenager hatte sie fast schon nationalistische Anwandlungen. Sie wollte mit ihrer Mutter jedes Jahr in die Türkei fahren und auf den Spuren ihrer Ahnen wandeln, sie wollte den Schulterschluss mit ihrem Volk suchen. Diese Sehnsucht blieb jedoch schon aus finanziellen Gründen unerfüllt, heute kam sie ihr geradezu lächerlich vor. Es war mehr als ein Trugschluss, seine Identität an einer Nation festzumachen. »Die Türken« gab es nicht. Besonders deutlich wurde das hier, in der Fremde. Es gab Jungunternehmer und Obsthändler, Ärzte und Dönerbudenbesitzer, Arbeitslose und Facharbeiter, Popstars und Kopftuchträgerinnen, Ingenieurinnen genauso wie radikale Moslems. »Zu welchen willst du gehören?«, hatte Erwin sie eines Abends gefragt, nachdem sie sich mal wieder bis aufs Blut mit ihrer Mutter gestritten hatte. Er war mit ihr in den Hinterhof ihres kleinen Hauses gegangen und hatte sich dort neben sie auf die Treppe gesetzt.

»Da ist was in mir drin, Erwin«, hatte sie gesagt und schwer mit den Tränen gekämpft, »ich kann es nicht ignorieren und Mama will nicht, dass ich mich damit beschäftige. Aber das ist falsch!«

»Schau mal«, hatte er geseufzt und den Arm um sie gelegt, »deine Mama hat mit ihren Leuten sehr viel durchgemacht. Sie ist damals auf und davon, weil sie sich und vor allem dich schützen wollte. Die hätten sie in die Türkei zurückgeschickt, in irgendein Dorf am Arsch der Welt. Du wärst mittlerweile gegen deinen Willen verheiratet worden, könntest kaum lesen und schreiben und wärst gerade mit dem dritten Kind schwanger.«

»Aber es gibt doch auch andere Möglichkeiten. Bloß weil ich meine Abstammung nicht verleugnen will, muss ich doch nicht als dicke Oma in Anatolien enden!«

»Nein, du hast die freie Wahl. Aber die hast du nur, weil deine Mutter sie dir ermöglicht hat. Darauf ist sie stolz und mit ihren schlechten Erfahrungen kann sie deinen Wunsch nur sehr schwer nachvollziehen.«

»Und du? Kannst du das?«

»Ich glaube schon. Wir sind da auch nicht einer Meinung, Mama und ich …«, er blickte nachdenklich in den Sternenhimmel, »sie ist fest davon überzeugt, dass ein Mensch nur durch seine Erziehung und sein Umfeld geprägt wird. Ich denke, dass so was wie, wie sagt man … Erbanlagen, Gene, dabei immer durchkommen. Also wenn dein Vater zum Beispiel sehr gut zeichnen konnte, wirst du das wahrscheinlich auch können, auch wenn dir als Kind niemals jemand einen Bleistift in die Hand gegeben hat.«

»Genau so was meine ich«, sie setzte sich auf und sah ihn an. »Ich glaube Mama ja, dass mein echter Vater ein Arschloch war. Ich will ja auch gar nichts von ihm wissen. Aber es gibt ein Land und ein, eine …«

»Kultur?«

»Genau, aus der ich komme, und ich will einfach nur mehr darüber wissen.«

Nach einigen Minuten Stille legte Erwin die Stirn in Falten und fragte leicht besorgt: »Aber du glaubst doch nicht, dass ich dich weniger mag als deine Schwester, nur weil ich nicht dein Erzeuger bin?«

»Nein«, sagte Renan bestimmt und lehnte ihren Kopf an seine Schulter, »das weißt du doch!«

»Also, ich werde mal mit Mama reden«, hatte er gesagt und sie fest an sich gedrückt, »wir werden ja wahrscheinlich nächstes Jahr endlich mal in Urlaub fahren können – warum nicht in die Türkei?«

IV.
TUNDRA IN BETON

»Das gibt's doch nicht!«

»Wenn ich dir's sag!«

»Nein, also das kann nicht sein!«

»Einen Zwölflitereimer! Mit seinem Schwanz!«

»Was du immer erzählst!«

»Der hat einen Zwölflitereimer voll Wasser an seinen Schwanz gebunden und dreißig Meter weit getragen!«

»Den muss er doch dann irgendwie mit der Hand festgehalten haben!«

»Die Hände waren am Rücken!«

Alfred und Heinrich saßen im Deutschen Michel. Einer jener alteingesessenen Gastronomiebetriebe, die schon seit Jahrzehnten von ausländischen Pächtern betrieben wurden, jedoch ihre angestammte Kundschaft nicht verloren hatten. In den Abendstunden war der Deutsche Michel eine Zuflucht für Handwerker, Arbeitslose und Frührentner, die es nicht besonders eilig hatten, zu ihren Frauen nach Hause zu kommen. Der griechische Pächter bot eine Halbe Bier zu stabilen Preisen und wirklich gutes Essen an. Weshalb er Heinrich überredet hatte, mal wieder herzukommen. Die frittierten Calamari gehörten angeblich zu den besten der Stadt. Alfred liebte derartige Lokalitäten, vor allem wenn sie über einen schattigen Biergarten verfügten. Sie hatten gerade durch die anregende Konversation am Nachbartisch den Faden verloren und sahen sich nun fragend an.

»Wo waren wir gerade?«, Heinrich spießte mechanisch ein paar Pommes auf die Gabel.

»Bei der Abschaffung der Essensmarken?«, Alfred hatte etwas Mühe, seine Aufmerksamkeit vom Nachbartisch abzuwenden.

»Nein, damit waren wir fertig«, sagte Heinrich und kaute nachdenklich auf seinen Pommes herum.

»Die Großkundgebung nächstes Wochenende«, Alfred schnippte in jäher Erleuchtung mit den Fingern.

»Genau. Also, wir organisieren gerade Fahrgemeinschaften nach München. In einen normalen PKW passen vier Kollegen rein und bei Vans rechnen wir mit fünf. Soll ich dich als Fahrer oder als Mitfahrer registrieren?«, er hatte Notizblock und Kugelschreiber gezückt und bereits Alfreds Namen aufgeschrieben.

»Ich kann mich jetzt leider noch nicht festlegen«, antwortete Alfred etwas gequält, »wenn es dumm kommt, können wir am nächsten Wochenende gar nicht weg. Du weißt doch, wie das mit laufenden Ermittlungen ist.«

»Na, deinem toten Russen wird es auf einen Tag mehr oder weniger nicht ankommen«, sagte Heinrich streng. Er war Schriftführer der für die Kripo zuständigen Direktionsgruppe der Polizeigewerkschaft. Alfred hatte sein Engagement seit Herbsts Ausscheiden auf die Zahlung der Mitgliedsbeiträge beschränkt und war von Heinrich deswegen schon mehrfach getadelt worden. Ihm war vollkommen klar, dass er sich wieder blicken lassen musste, wenn er von Heinrich Unterstützung haben wollte. Der Gewerkschaftler war einer der wenigen Kollegen, die nicht die ganze Zeit jammerten und von Stress und Überlastung redeten: Genau genommen war er sogar der Einzige, der öffentlich zugab, dass man sich bei der Polizei nicht gerade zwei Beine auszureißen brauchte, zumindest nicht mehr vom gehobenen Dienst aufwärts. Ein Verhalten, das ihm nicht nur Freunde eingebracht hatte. Er glich das jedoch durch sein überdurchschnittliches Engagement vor allem für die unteren Dienstgrade wieder aus. Jeder wusste, dass diese Gliederung der Gewerkschaft ohne Heinrich ein reiner Debattierclub wäre, ohne jeden Bezug zur Basis.

»Ich tue wirklich, was ich kann«, Alfred überlegte fieberhaft, wie er seine Entschuldigung plausibel machen konnte, »aber du weißt ja, wie unser Herr Direktor ist. Der hasst mich fast noch mehr als die Gewerkschaft. Wenn der spitzkriegt, dass ich zur Großkundgebung will …«

»Göttler ist wirklich ein Arschloch hoch zehn«, nickte Heinrich, »ich frage mich nur, warum er es gerade auf dich so abgesehen hat.«

»Das ist so ähnlich wie bei Hitler oder Stalin«, sagte Alfred todernst. »Die haben auch jedem misstraut, der sie zu gut kannte. Ihren früheren Weggefährten haben sie den Rücken gekehrt, als sie an der Macht waren – oder sie haben sie gleich erschießen lassen …«

»Alfred …«, Heinrich lächelte unsicher.

»Ich drücke mich bewusst drastisch aus, weil die Aussage dann deutlicher wird«, erklärte Alfred, »Herbert und ich sind vor dreißig Jahren am selben Tag zur Bepo eingerückt und haben uns ausgezeichnet verstanden, bis er erst zum Dezernatsleiter und schließlich zum Direktor befördert wurde. Seitdem scheint er eine Gefahr in mir zu sehen. Nur weil wir früher um die Häuser gesoffen haben, naja, was soll's!«

»Na, da wird es schon noch ein paar pikantere Details geben«, unkte Heinrich mit erhobenem Zeigefinger.

»Klar gibt es die, aber Schweigen ist nun mal Gold«, sagte Alfred unschuldig.

»Respekt«, Heinrich nickte anerkennend, »aber so richtig schafft er es ja auch gar nicht, dir das Leben schwer zu machen, oder?«

»Ach wo«, Alfred winkte ab, »ich bin zum Glück nicht so berechenbar wie er!«

»Kommissarin Müller scheint sich ja auch prächtig zu entwickeln. Dabei war doch jedem klar, dass er dir damit ein Ei ins Nest legen wollte – nach über fünfzehn Jahren mit Konrad, das kam ja einem Attentat gleich!«

»Ja, der Unterschied war anfangs etwas schwer verdaulich«, sinnierte Alfred und kippte seinen Ouzo auf Ex, »aber Renan konnte ja eigentlich nichts dafür und nach einem Jahr habe ich das auch begriffen. Im Ernst, Heinrich, die hat mehr Talent als du und ich zusammen.«

»Das ist ja wohl kein Kunststück!«, lachte Heinrich.

»Und wenn du ihr gewisse Freiräume lässt, ist sie die beste Kollegin, die man sich wünschen kann!«

»Darauf trinken wir«, Heinrich hob sein Glas und sie stießen an. »Ich schätze deine Integrität«, fuhr er ernst fort, »und deswegen will ich dich auch wieder mal bei uns sehen, Alfred!«

»Ich verspreche hoch und heilig, dass ich gleich morgen dem Organisationskomitee für die Weihnachtsfeier beitreten werde«, Alfred spürte langsam die Wirkung des Alkohols, »dafür schaffst du mir einige von deinen russischen Junkies zum Verhör ins Präsidium. Wenn mir einer von denen wenigstens den Vornamen des Toten sagen kann, wäre uns schon geholfen.«

»Können tun sie vielleicht schon«, Heinrich legte die Stirn in Falten, »die Frage ist mehr, ob sie wollen.«

»Das ist eine der wenigen Spuren, die wir haben. Kann ich mich auf dich verlassen?«

»Selbstverständlich. Willst du sie heute noch, oder reicht es morgen?«

Nikolai saß auf dem Balkon und trank Wodka. Die Flasche war noch viertelvoll. Er blickte in einen rot-blauen Sonnenuntergang und verspürte so etwas wie Heimweh. Es war nur schwer zu glauben, dass es sich hier um dieselbe Sonne handeln sollte wie früher – oder um denselben Mond, der ebenfalls schon hoch am Himmel stand. Auch der Silbermann war fast voll und schien ihn schief anzugrinsen. Er erschrak nicht, als Valentina die Balkontür öffnete und hinaustrat. Er hatte ihre sanften Schritte schon im Wohnzimmer gehört. Das war ein Teil seiner Ausbildung gewesen, den er nie wieder loswerden würde, wie eine schlechte Angewohnheit, wie das Rauchen oder das ständige Misstrauen.

»Ich werde dir zuhören, wenn du darüber reden willst«, sagte sie leise und begann, seine Schultern zu massieren.

»Was meinst du?«, fragte er, ohne sich umzudrehen.

»Keine Ahnung. Du bist heute sehr früh nach Hause gekommen und hast kaum etwas gegessen. Und normalerweise trinkst du unter der Woche höchstens ein paar Gläser, aber keine ganze Flasche.«

»Es ist nichts«, er nahm ihre linke Hand und küsste sie, »nur die Hitze!«

»Da habe ich wohl für einen Moment vergessen, dass du Russe bist«, sagte sie ohne jeden Vorwurf. Sie wusste, dass er ihr vieles verschwieg, weil er sie schützen wollte. Auch wenn sie gar nicht wusste, vor wem, vertraute sie doch seinen guten Absichten. Er hatte ihr für seine Verhältnisse eigentlich auch schon viel zu viel anvertraut in den sechs Jahren ihrer Ehe. Sie wusste von seiner Vergangenheit beim KGB und dass er dort in Ungnade gefallen war, als das Ende der Sowjetunion gerade heraufdämmerte. Der KGB hieß kurz darauf FSB, doch die Organisation war noch dieselbe und seine Feinde waren nicht weniger mächtig als zuvor. Im Ausland jedoch konnte der Geheimdienst heute kaum noch etwas ausrichten, das war wohl auch der Grund, warum er mit ihr in dieses Land gekommen war. Sie wusste schon lange, dass er ihren Schutz brauchte und nicht umgekehrt – eine extrem erniedrigende Situation für einen russischen Mann.

»Irgendwann werde ich dir alles erzählen«, sagte er zum fünfhundertsten Mal und lehnte seinen Hinterkopf an ihren Bauch, »dann kannst du ein Buch darüber schreiben.«

»Ich glaube, das habe ich schon einmal gehört«, sie strich ihm durchs Haar, »und ein kleines bisschen glaube ich es dir immer noch!«

»Das ist gut«, lächelte er traurig.

»Ich muss noch eine Seite schreiben«, sagte sie, »der Artikel soll morgen fertig sein.«

»Ich werde schlafen gehen«, sagte er und hob die Flasche hoch, »wenn ich damit fertig bin.«

»Wirst du morgen wieder zum Güterbahnhof gehen?«

»Nein. Da werde ich eine ganze Weile nicht mehr hinkönnen. Ich werde mir woanders Arbeit suchen.«

»Das wirst du«, ihre Hände glitten von seinen Schultern und sie ging wieder ins Wohnzimmer.

Nikolai schenkte sein Glas voll und erhob es gegen Osten. Es erschien ihm mehr als unheimlich, einer Welt nachzutrauern, die aus seinem Gewissen Giftmüll und ihn selbst zur Ruine gemacht hatte. Im Nachhinein war es eine einzige Finsternis gewesen. Eine Finsternis, die kein noch so kleines Licht duldete. Eine Flamme wie Jewgenji wurde ausgetreten und ein Funke wie er verglomm, ohne wirklich bemerkt zu werden. Wonach also sehnte er sich? Partei und Staat waren schuld an seinem Schicksal und das Volk befand sich hier, zumindest zu einem beträchtlichen Teil. Es musste eine Heimat sein, die er nie bewusst wahrgenommen hatte, ein Land, eine Maserung in seinem Blut, ein Stempel auf seiner Seele. Er musste lächeln, als ihm eine seiner Lieblingsgeschichten in den Sinn kam:

Der Sohn eines hohen Parteibeamten hatte in der Schule Schwierigkeiten mit der Struktur des Staates. Er konnte die Unterschiede zwischen Partei, Mutterland, Gewerkschaften und Volk nicht begreifen. Sein Vater beschloss, ihm selbst Nachhilfeunterricht zu geben. Nach zwei Stunden vergeblicher Belehrungen versuchte der Vater ein praktisches Beispiel. »Ich bin die Partei«, sagte er, »deine Mutter ist das Mutterland, deine Großmutter die Gewerkschaften und du bist das Volk.« Als der Sohn danach seine Lektion noch immer nicht begriffen hatte, befahl ihm der Vater wütend, sich zur Strafe in die Zimmerecke zu stellen. Dort stand er für den Rest des Tages und wurde vom Vater vergessen. Nachts gingen die Eltern zu Bett und begannen bald darauf, es wüst zu treiben. Der Sohn schielte aus seiner Ecke auf das Scharmützel, dachte an seine Großmutter, die im Nebenzimmer schlief, und sagte: »Was für Zustände! Die Partei vergewaltigt das Mutterland, die Gewerkschaften schlafen und das Volk muss leiden!«

»So?«

»Ja. Nein … etwas höher!«

»Also weniger Haare – so etwa?«

»Ja, aber jetzt stimmen die Augen nicht mehr … oder eigentlich mehr die Augenbrauen.«

»Was stimmt daran nicht mehr?«

»Die müssen jetzt gerader sein, nicht solche Bögen!«

»O. k.«

»Ja, so ist es besser. Aber …«

»Was?«

»Er hatte noch Falten auf der Stirn!«

»Klein, groß, längs, quer, flach oder tief?«

»Hm, eigentlich mehr mittel …«

Renan flüchtete sich auf den Gang, wo Alfred seit zwanzig Minuten eine Zigarette rauchte. Kleins Geselle war schon seit zwei Stunden mit dem Phantombildzeichner am Computer und hatte bereits zwei fertige Bilder für gut befunden, nur um sie kurz darauf wieder zu verwerfen. Der Morgen zog sich wie Kaugummi und Renan fühlte sich schon vor ihrer ersten Tee-Pause entmutigt. Auch der Umstand, dass sie sich in einem gut klimatisierten Bereich des Präsidiums aufhielten, tröstete sie wenig.

»Was gäbe ich um 35 Grad Hitze, wenn der Kerl da drin sich endlich entscheiden könnte«, stöhnte sie.

»Ja, die Polizei behandelt ihre Computer besser als ihre Kommissare«, sagte Alfred und blickte durch ein Fenster, das sich nicht öffnen ließ, auf den Innenhof. »Für uns wird in diesem Leben keine Klimaanlage mehr eingebaut.«

»Der Typ hat wochenlang mit unserem Mann zusammengearbeitet. Man sollte doch meinen, dass er sich etwas besser an sein Gesicht erinnern kann, oder?«

»Vielleicht ist er ja besonders gewissenhaft«, Alfred kratzte sich skeptisch am Hinterkopf.

»Wenn er nicht langsam in die Pötte kommt, wird Manfred ihn erwürgen«, sie schmunzelte, »man sieht bis hierher, wie die Ader auf seiner Stirn pocht.«

»Tatsächlich«, Alfred spähte über Renans Schulter durch die Glastüren, »hoffentlich platzt sie nicht. Manfred ist unser bester Mann, der könnte sogar noch von Hand zeichnen, wenn sein Computer schlappmacht.«

»Dann würden die aber schon bis zu den Knien in zerknülltem Papier sitzen!«

»Hoffentlich wird das was«, seufzte Alfred, »es ist die einzige Spur, die wir haben.«

»Was machen wir eigentlich mit dem Bild, wenn er sich endlich sicher ist?«, Renan drehte sich wieder um und sah ihren Partner fragend an.

»Zentralregister?«, Alfred hob die Schultern.

»Für Ausländer oder Straftäter?«

»Ja, das vielleicht auch. Aber ich dachte mehr an die Landesaufnahmestelle. Soviel ich weiß, gibt es eine pro Bundesland, da werden alle Neuankömmlinge durchgeschleust.«

»Und die Passbilder archiviert?«

»Entweder direkt dort oder bei der zuständigen Bundesbehörde – welche auch immer«, nickte er.

»Du hast Recht«, ihre Miene hellte sich auf, »der muss irgendwo registriert sein, und dann ist es nur noch eine Frage der Zeit …«

»Wenn er nicht illegal eingereist ist«, unterbrach Alfred die aufkeimende Euphorie.

»Dann würde er doch nicht über so lange Zeit bei ein und derselben Firma auf dem Bau arbeiten. Das Risiko ist doch viel zu groß!«

»Im Prinzip hast du Recht, aber unsere Baustellen sind voll mit Schwarzarbeitern«, Alfred drückte seine Zigarette in einem großen Aschenbecher aus, der das einzige Mobiliar des tristen Ganges bildete.

»Weißt du was«, entschlossen schlug Renan Alfred mit der flachen Hand auf die Schulter, »es reicht vollkommen aus, wenn du hier Wache hältst. Ich gehe inzwischen rauf ins Büro, häng mich ans Telefon und kriege heraus, welche Behörde für dieses Aussiedlerregister zuständig ist.«

Zwei Stunden später saß Renan im Büro und genoss den heißen Luftzug zwischen dem geöffneten Fenster und der Tür. Sie hatte sich in ihrem Stuhl zurückgelehnt, blickte in einen wolkenlosen Himmel und wartete auf Rückruf vom Bundesverwaltungsamt in Köln. Sie lauschte den Geräuschen der Stadt im Sommer: der »Ehekarussell«-Brunnen vor der U-Bahnstation plätscherte träge und ein gutes Dutzend Kinder quiekte schrill, während sie das umstrittene Kunstwerk als Planschbecken missbrauchten. Hin und wieder wurde der Badespaß von einer entnervten Mutter oder einem bellenden Hund unterbrochen. Noch von etwas weiter weg war eine fragwürdige Interpretation von *Don't cry for me Argentina* durch mindestens fünf Panflötenspieler zu vernehmen. Alle paar Minuten hörte man das dumpfe Heulen einer abfahrenden oder ankommenden U-Bahn. Vom westlichen Spittlertorgraben her dröhnten in unregelmäßigen Abständen übersteuerte Techno-Beats aus hochgerüsteten Proletenkarren. Fünfzig Zentimeter östlich klingelte das Telefon.

»Müller.«

»Guten Tag, Lenzen, vom BVA in Köln. Sie hatten um Rückruf gebeten.«

»Ja, vielen Dank«, Renan klemmte den Hörer zwischen Ohr und Schulter, während sie hastig nach einem Schmierzettel suchte, »wir ermitteln hier in einem Mordfall und haben einen Verdächtigen, der höchstwahrscheinlich aus dem Aussiedlermilieu stammt. Allerdings haben wir nur ein Phantombild. Ich bin nun gerade dabei herauszufinden, wo die Passbilder der Einwanderer archiviert werden.«

»Die Akten führen wir zentral hier in Köln.«

»Das ist ja fantastisch«, sie notierte eifrig, »vielleicht könnten Sie uns dann einen großen Gefallen tun?«

»Also, wenn Sie wollen, dass wir hier Millionen von Passkopien mit Ihrer Zeichnung vergleichen, werde ich Sie auf den Dienstweg verweisen müssen!«

»Na ja, Millionen werden es ja nicht gleich sein. Frauen, Kinder und Alte können wir ausschließen. Unser Mann ist zwischen 35 und 55 Jahre alt – ganz grob geschätzt …«

»Na dann«, ein gewisser ironischer Unterton war nicht zu überhören.

»Und mittelgroß ist er auch. Zwerge und Riesen scheiden also ebenfalls aus«, Renan ließ sich nicht beirren.

»Ach so!«, Lenzen schien mehr belustigt als verärgert.

»Glatzköpfe auch!«, setzte sie nach, in der Hoffnung, ihn weiter zu amüsieren, »besondere Merkmale hat er übrigens auch keine.«

»Wollen Sie mich hier verarschen oder sind Sie eine bayerische Polizistin mit Sinn für Humor?«, kam es vom anderen Ende der Leitung.

»Eigentlich bin ich eine eingebürgerte Türkin, aber bitte sagen Sie's keinem weiter.«

Lenzen musste laut lachen. Jetzt hatte sie ihn. Renans Selbstvertrauen wuchs – ihre Rechnung schien aufzugehen.

»Ich mache Ihnen einen Vorschlag«, sagte Renan so nett es ihr möglich war, »ich lasse Ihnen das Bild schon mal auf dem kurzen Dienstweg zukommen. Die offizielle Anfrage folgt dann so schnell wie möglich. Auf diese Weise verlieren wir keine wertvolle Zeit und tun aktiv etwas für die Verschlankung unserer Behörden.«

»Und eines Tages kommen wir ganz ohne Vorgesetzte aus – das gefällt mir. Ich gebe Ihnen eben meine Mailadresse …«

Renan legte auf und lehnte sich zufrieden zurück. Sie würde es öffentlich nie zugeben, aber es gab doch Dinge, die sie in den letzten drei Jahren von Alfred gelernt hatte. Dienstlicher Smalltalk und der telefonische Umgang mit Mitarbeitern anderer Behörden gehörten definitiv dazu. Anfangs hatte sie sich geärgert, dass er immer alles bekam, was er wollte, während sie nur allzu oft Schiffbruch erlitt. Nach einiger Zeit hatte sie sich eingestanden, dass das nicht nur mit Glück zu tun haben konnte. Ihr Auftreten war oft zu forsch und Telefongespräche endeten nicht selten mit dem Austausch fernmündlicher Aggressionen. Also hatte sie Alfred beobachtet, analysiert und dabei gelernt. In der Tat war ihm kein Thema zu billig und kein Mittel zu unorthodox, um den anderen erst mal zu verwirren. Dies führte zunächst meist zu einer kurzen Verunsicherung, bewirkte dann aber eine gewisse Freude, mal schnell dem tristen Büroalltag entfliehen zu können, und sei es nur durch ein ungewöhnliches Telefonat. Alfred ging dabei auch ethnologisch vor, wie er einmal unaufgefordert erklärte: »Die Preußen halten uns für Hinterwäldler, denen musste man intellektuell und leichtfüßig entgegentreten. Für die Schwaben sind wir arrogant, also kommst du ihnen unterwürfig. Bei den Fischköpfen reicht es schon, sauberes Hochdeutsch zu sprechen, und die Rheinländer glauben, dass wir zum Lachen in den Keller gehen, was bedeutet, dass du mit ihnen Spaß machen musst. Schon allein diese Abwechslung reicht, um so einen Menschen einen Tag lang glücklich zu machen.« Dummerweise war Direktor Göttler Franke und fraß ihm nicht so aus der Hand, aber Alfred würde ihn schon irgendwie dazu bringen, das BVA offiziell um Amtshilfe zu bitten, da war Renan sich sicher.

Das Telefon klingelte abermals. Diesmal war es der große Ethnologe höchstpersönlich:

»Er ist fertig«, Alfred triumphierte, als hätte er gerade im Alleingang den Nahost-Konflikt beigelegt.

»Prima! Warum kommst du dann nicht rauf? Darf ich das Bild nicht sehen?«

»Schau mal auf die Uhr, Kollegin.«

»Oh. Verstehe.«

»Du hast bestimmt keinen großen Hunger, oder?«

»Mittags nie«, Renan war bereits aufgestanden, fischte einen Zehner aus ihrem Geldbeutel und steckte ihn in die Hosentasche.

»Dann lass uns doch ins Café Kröll gehen, auf die Terrasse. Ich glaube, das Bild wird auch dir vertraut vorkommen!«

Alfred hatte sich für das Tagesgericht entschieden: Waldpilze mit Semmelknödel. Renan ließ es bei einem kleinen Salat bewenden. Die Terrasse war zur Mittagszeit nur mäßig besucht, und das trotz der großen Anzahl von Schattenplätzen. An dem Gerücht, dass dieses alteingesessene Café im Begriff war, zu einer Sushi-Bar umgebaut zu werden, war wohl doch etwas dran. Im Winter sollten dann Avantgarde-Lebkuchen mit Chili- oder Olivenaroma gebacken werden.

»Ach Gott«, seufzte Alfred, während er seine Serviette zusammenfaltete, »mit Herbst war ich fast jede Woche hier. Montags oder freitags. Manchmal auch an beiden Tagen.«

»Ja, von euren Schwarzwälder-Kirsch-Orgien habe ich schon mal gehört«, Renan wippte nervös mit den Füßen und bemühte sich, möglichst teilnahmslos zu wirken. Alfred rächte sich jetzt dafür, dass sie ihn mit Kleins Gesellen allein gelassen hatte. Je mehr Ungeduld sie zeigte, desto länger würde er ihr das Phantombild vorenthalten.

»Wieso Schwarzwälder-Kirsch?«, er wischte sich einen feinen Schweißfilm von der Stirn und warf die Serviette auf den leeren Teller, »Herbst hatte immer den Baumstamm, während ich meist zwischen Frankfurter Kranz und Käsekuchen geschwankt bin. Das waren noch Zeiten!«

»Früher war alles besser, drück's mir nur rein!«

»Hey, das habe ich nicht gesagt. Es war anders, aber nicht besser, o. k.?«, Alfred befürchtete, dass sie ihn mal wieder grandios missverstehen wollte.

»Also arbeitest du lieber mit einer launischen, zickigen und ungeduldigen Nichtraucherin zusammen als mit deinem alten Polizei-Papa?«

»Selbstverständlich! Weißt du, seit wir zusammenarbeiten und du dich nicht mehr aufführst wie die Axt im Walde, habe ich mehr Abwechslung und Spaß an der Arbeit als jemals zuvor«, seine Stimme nahm einen väterlichen Ton an, »ich fühle mich auch wieder jünger. Heute bin ich froh, dass alles so gekommen ist.«

»Du vermisst also die Ruhe und Gemütlichkeit von damals nicht?«, fragte Renan provokant.

»Nö«, Alfred blickte in den tiefblauen Himmel. Renan war ziemlich schlagfertig. Da war es gar nicht so einfach, in ihren kleinen Wortgefechten nicht den Kürzeren zu ziehen. Ein sicheres Mittel zu Renans Entwaffnung hatte Alfred aber mittlerweile gefunden: Komplimente. »Früher habe ich im Dienst mehr Ruhe gebraucht, weil das Privatleben aufregender war. Erste Ehe, Kind, Scheidung, Sorgerechtsstreitereien, zweite Ehe – da brauchte ich die Arbeit, um mich zu erholen. Jetzt ist privat alles in trockenen Tüchern, da kommt mir die berufliche Abwechslung sehr recht. Ich schätze das sehr.«

»Wirklich?«, jetzt bloß nicht rot werden, dachte sie.

»Warum sollte ich lügen. Und durch unsere Unterschiede ergänzen wir uns doch fast perfekt. Ich finde, so was sollte man sich auch ab und zu einmal sagen. Ich danke dir, zumindest für die letzten zwei Jahre, Renan. Das erste davor betrachten wir mal als Aufwärmphase.«

Renan saß wie vom Donner gerührt auf ihrem Stuhl und blickte ihrem Kollegen ungläubig in die Augen. Der Gebrauch ihres Vornamens war ein untrügliches Zeichen, dass Alfred es ernst meinte, auch wenn es noch so hölzern und gespreizt klang. In der Tat hatte auch sie sich während der ganzen Zeit mehr und mehr an ihn gewöhnt, mitsamt seinen Macken, Belehrungen, dem Zynismus sowie den stinkenden Zigaretten. Auch ihr war klar, dass sie in den letzten zwei Jahren ein wahres Meisterstück der Teamentwicklung hingelegt hatten. Von zwei ständig ineinander verbissenen Gladiatoren waren sie zu einem zweiteiligen Puzzle geworden. Die Ergänzung war nahezu perfekt, die gegenseitige Herausforderung aber immer noch existent. Es gab eigentlich keine größere Befriedigung, als den anderen zu überraschen. Alfred war dies gerade mal wieder meisterhaft geglückt.

»Du machst mich fertig«, lächelte sie.

»Wieso? Unter Kollegen sollte man sich ab und zu die gegenseitige Hochachtung aussprechen. Das kostet nichts und ist der Arbeitsatmosphäre sehr zuträglich …«

»Ich danke dir auch, Alfred. Ich weiß nicht, wo ich heute ohne deine Sturheit und deinen missionarischen Eifer wäre – wahrscheinlich strafversetzt an die tschechische Grenze!«

»Oh, bitte sehr. Gern geschehen!«, er wirkte erleichtert.

»Zeigst du mir jetzt das Phantombild?«

Der Rest des Tages wurde hektisch. Der Mann auf dem Phantombild war definitiv einer der Tagelöhner vom Güterbahnhof, die sie erst am Vortag zu befragen versucht hatten.

»Das ist unfassbar«, schimpfte Renan, als sie mit Alfred in dessen Alfa durch die Hitze des Nachmittags fuhr, »wir haben ihm gegenübergestanden, ich habe ihm direkt in die Augen geschaut …«

»Immer schön am Boden bleiben, Kollegin«, mahnte er.

»Tu ich doch.«

»Allein die Tatsache, dass er vor einem Vierteljahr unentschuldigt der Arbeit ferngeblieben ist und gestern wieder am Güterbahnhof stand, reicht eigentlich noch nicht für einen begründeten Mordverdacht …«

»Und heute ist er nicht mehr da!«

»Na ja …«

»Und morgen wird er auch nicht mehr da sein und übermorgen auch nicht, weil wir so blöd waren, ihn vorzuwarnen. Mein Gott, wären wir da doch zwei Tage später hin und wir hätten nur zugreifen müssen! Handschellen raus und abgeführt … Wie machen wir jetzt weiter?«, Renan trommelte mit den Fingerspitzen gegen das Blech der Beifahrertür.

»Machen können wir viel«, seufzte Alfred, »wir müssen nur sorgfältig überlegen, in welcher Reihenfolge wir vorgehen wollen.«

»O. k.«, sagte sie und kramte Notizblock und Kuli aus ihrem Rucksack, »dann sammeln wir jetzt Stichpunkte und machen eine Dringlichkeitsliste. Du musst dich schleunigst um die offizielle Anfrage beim Bundesverwaltungsamt kümmern. Das ist die heißeste Spur!«

»D'accord.«

»Was ist mit den Aussiedlerwohnheimen?«

»Nachrangig würde ich sagen!«

»O. k.«, Renan notierte energisch, »die Jugendlichen von deinem Kumpel Heinrich?«

»Heute, späterer Abend.«

»Was machen wir mit den anderen Kerlen vom Güterbahnhof? Wäre doch möglich, dass die mehr über ihn wissen«, sie blies sich eine Locke aus dem Gesicht.

»Das habe ich mir auch schon überlegt. Allerdings sind die nicht sehr gesprächig, das heißt, wir müssen unter Umständen zu drastischen Mitteln greifen. Vielleicht etwas bluffen«, er überfuhr eine große Kreuzung bei Dunkelgelb und erntete dafür ein unverständliches Kopfschütteln seiner Kollegin, »hohe Priorität. Am besten gleich morgen!«

»Und die Wohnung? Durch das gute Gedächtnis von diesem Fensterbauer wissen wir ja jetzt, wo der Tote gewohnt hat.«

»Das habe ich nicht vergessen. Sollten wir uns auch schnellstens drum kümmern. Schlimmstenfalls müssen wir uns trennen.«

Die Wohnung war eine Tundra in Beton: öde, trostlos und leer. Die Wände waren verputzt und weiß gestrichen. Die möblierte Küche gehörte laut Angaben der Genossenschaft zur festen Einrichtung. Die zwei Zimmer waren mit Linoleum ausgelegt und verfügten über moderne Wärmeschutzfenster. Im »Schlafzimmer« standen ein Feldbett und zwei Kleiderschränke aus Pappkarton. Es war jene Sorte, die in Baumärkten verkauft werden, um Klamotten auf dem Dachboden zu lagern, etwa einen Meter fünfzig hoch, vierzig Zentimeter breit, mit einer windigen Kleiderstange am oberen Rand. Darin befanden sich fast ausschließlich schwarze Hemden, Hosen, Pullover und Jacken. Ein Einbauschrank im Gang barg zwei Tarngarnituren mit sowjetischen Hoheitszeichen und zwei große Reisetaschen voller T-Shirts und Unterhosen. Im »Wohnzimmer« befand sich ein Klappstuhl samt Campingtisch. Außerdem Fernseher und Radio. In einer Ecke sammelten sich etwa zwei Dutzend leere Wodkaflaschen. Auf dem Boden neben dem Klappstuhl stand ein überquellender Aschenbecher. Im Bad befand sich nur das Notwendigste: Rasierapparat, Aftershave, Zahnbürste – jedoch ohne Pastatube –, Seife und zwei speckige Handtücher. Alle Oberflächen waren mit einer millimeterdicken Staubschicht bedeckt.

Es lag ein rauchig-abgestandener Gestank in der Luft, die Sommerhitze hatte die Räume auf über 30 Grad erwärmt. Drei Spurensicherer in weißen Wegwerf-Overalls stelzten geschäftig durch die Kulisse. Durch ihre schweigsame Betriebsamkeit mutete die Szene an wie ein avantgardistischer Kunst-Film. Odyssee in einem Mordfall – Kubrick lässt grüßen, dachte Alfred.

Renan und Alfred hatten sich einen ersten Überblick verschafft und saßen nun auf den kühlen Stufen des hellgelb gestrichenen Treppenhauses. Alfred telefonierte mit der Wohnungsbaugenossenschaft, während Renan ihren rechten Daumennagel energisch mit einer Nagelfeile bearbeitete.

»Der Mietvertrag läuft auf den Namen Waldemar Schmidt«, sagte er, das Mobiltelefon in die Tasche seines Sakkos steckend, »geboren am 10. Oktober 1954 in Alma Ata, Kasachstan.«

»Schmidt«, entgegnete sie abfällig, »sehr originell!«

»Sie haben wahrscheinlich Recht, Frau Müller«, Alfred grinste und zündete sich eine Zigarette an, »ich werde die Personalien trotzdem überprüfen lassen.«

»Was wollen wir wetten, dass nichts dabei herauskommt?«

»Lieber nichts«, sagte er, »das Mietverhältnis besteht übrigens seit Sommer 2000.«

»Wenn er ein Drogenkrimineller war, wird er die Wohnung wahrscheinlich öfter wechseln«, überlegte Renan, »deswegen auch die spärliche Möblierung.«

»Also, für mich sieht das da drinnen aus wie ein Provisorium«, stellte Alfred fest.

»Oder eine Durchgangsstation«, sie blickte nicht von ihrer Feile auf, »das Lager eines Menschen auf der Flucht.«

»Nur, vor wem ist er geflohen?«

»Russenmafia, Geheimdienst …«

»Also, nun mal angenommen, der Mieter dieser Wohnung wäre von einem Killer der Russenmafia oder einem Geheimdienst liquidiert worden«, Alfred gestikulierte mit der rauchenden Zigarette, »dann würde sich der Täter doch nicht Tage später hier bei uns an den Güterbahnhof stellen!«

»Auch wieder wahr«, Renan griff nach der Wasserflasche zu ihren Füßen und nahm einen großen Schluck, »du auch?«

»Lieber nicht«, er spürte, dass sich die Pilze in seinem Bauch unheilbringend ans Werk machten, »das Klo hier sieht nicht sehr einladend aus.«

»Vielleicht war er seiner Zeit nur weit voraus«, sinnierte sie und biss auf ihre Unterlippe.

»Hm?«

»Ein Reisender. Ein Passagier, der niemals irgendwo ankommt, jederzeit bereit aufzubrechen und zu verschwinden. Alles, was man nicht mit zwei Händen auf ein Mal tragen kann, ist nur Ballast. Mobilität ist alles und Gegenstände mit persönlichem Erinnerungswert sind ein Luxus, den man sich nicht leisten kann – ich glaube, so etwas habe ich bei Leuten in meinem Alter schon öfter beobachtet«, Renan stützte das Kinn in die Hand und blickte durch das Fenster im Treppenhaus.

»So, wir wären jetzt so weit fertig«, Pit von der Spurensicherung hatte sich seines Overalls entledigt und trat hinter ihnen mit seinem Werkzeugkoffer durch die Wohnungstür. Unter seinen Achseln zeichneten sich handballgroße Schweißflecken ab.

»Und?«, fragte Alfred hoffnungslos.

»Die Hitze bringt mich noch um«, entgegnete Pit kopfschüttelnd und deutete auf Renans Wasserflasche, »darf ich mal trinken?«

»Habt ihr jetzt was für uns?«, sie reichte ihm die Flasche.

»Ein paar Fingerabdrücke, Haare, Fasern, Sand …«, er stürzte einen halben Liter Flüssigkeit hinunter. »Wir werden das alles im Labor untersuchen. Ach ja, in einer der Taschen mit der Unterwäsche war noch das da«, er hielt zwei Tüten hoch. In der einen befand sich eine Pistole, in der anderen eine Art Medaille. Diese zeigte einen nach unten spitz zulaufenden Schild, darüber verlief senkrecht von oben nach unten ein Schwert. Um den Schild verlief ein Spruchband mit kyrillischen Buchstaben. In der unteren Hälfte über dem Schwert befand sich ein fünfzackiger Stern mit Hammer und Sichel, darüber ein geöffnetes Auge. Pit überreichte Renan die beiden Tüten und nahm noch einen weiteren Schluck aus der Wasserflasche. Sie betrachtete die Pistole und dachte an den Fall vor siebzehn Jahren.

»Weißt du noch, was das damals für ein Kaliber war?«, fragte sie in der Hoffnung, dass es sich um dieselbe Waffe handeln könnte.

»Neun Millimeter«, Alfred schüttelte den Kopf, »passt nicht zu der hier – leider.«

»Ganz sicher?«

»Ich habe jedes Detail von damals noch im Kopf, als ob es gestern gewesen wäre.«

»Schade, das wäre der Beweis für eine Verbindung zwischen den beiden Fällen gewesen. Und das da«, sie wog das Abzeichen in der Hand, »ziemlich schwer. Solche Dinger haben sie in den Neunzigern an jeder Straßenecke verramscht!«

»Ich weiß nicht«, Alfred nahm es und setzte seine Lesebrille auf.

»Na, ob das was hilft bei kyrillischen Buchstaben?«, sie hegte seit geraumer Zeit den Verdacht, dass Alfreds Intelligenzprothese in Wahrheit nur Fensterglas enthielt.

»Sieht nach sowjetischen Symbolen aus«, sagte er.

»Was du nicht sagst«, bemerkte Renan spöttisch.

»Nur dieses Auge irritiert mich! Ich kann mich nicht erinnern, so was jemals bei den Kommunisten gesehen zu haben.«

»Im alten Ägypten hatten Augen viel zu bedeuten«, Renan blickte nachdenklich auf das Abzeichen, »standen wohl für irgendeine Gottheit. Und im Christentum ist es ein Symbol für Gott schlechthin.«

V.
SEELISCHE TIEFEN

Zugegeben, das K11 mit Zuständigkeit für Mord und Totschlag war nicht gerade die angenehmste Art der Polizeiarbeit, vor allem stinkende verweste Körper und Wasserleichen waren jedes Mal aufs Neue eine Zumutung, ebenso wie die Pflicht der Kommissare, jeder Obduktion beiwohnen zu müssen. Es dauerte lange, bis man sich an den Anblick von Y-förmig aufgeschnittenen Körpern und dosenartig geöffneten Schädeln gewöhnte; manch einer gewöhnte sich nie daran – und dennoch hätte Alfred um nichts in der Welt mit den Kollegen von der Drogenkriminalität tauschen wollen. Die hatten es ausschließlich mit dem Bodensatz der Gesellschaft zu tun. Eine Bezeichnung, die auf die Hintermänner dieses Verbrechens noch wesentlich besser zutraf als auf die heruntergekommenen Fixer und Kleindealer, die ihre verzweifelte Existenz Tag für Tag in verschissenen Toiletten, verschimmelten Kellern und verlassenen Wohnungen um ein paar Stunden verlängerten. Alfred schauderte kurz, als er mit Heinrich im Beobachtungsraum saß und einem jugendlichen Russlanddeutschen zusah, wie er sich im Verhörzimmer auf einen grauen Tisch stützte und nervös an einer Zigarette zog.

Wie befürchtet, waren die jungen Herren alles andere als gesprächig. Dabei würden Hinweise oder Aussagen in Richtung Drogenhandel oder -schmuggel dem Fall endlich eine halbwegs klare Richtung geben. Sosehr Alfred die emotionale Intelligenz und die Intuition seiner Kollegin schätzte, so wenig wollte er sich auf ihre Theorie des mordenden Hilfsarbeiters verlassen. Allerdings hatte Heinrich ihm glaubhaft versichert, dass die Drogenfahndung alle halbwegs großen Figuren in der örtlichen Szene kannte und dieses Opfer definitiv nicht dazugehörte.

Entweder war er relativ neu im Geschäft oder er war ein kleines Licht, so viel stand fest.

Die Drogenproblematik hatte sich seit dem massenhaften Zuzug von russischen Spätaussiedlern in den frühen neunziger Jahren dramatisch zugespitzt. Städte wie diese waren mit der Integration derartiger Menschenmengen gnadenlos überfordert. Einer inneren Logik folgend, konzentrierten sich die neuen Staatsbürger auf einen oder zwei Stadtteile, wo sie bald die überwiegende Mehrheit bildeten. Für die Erwachsenen gab es kaum Arbeitsplätze und für die Jugendlichen keine Perspektiven. Sie waren oft gegen ihren Willen hierher gekommen, beherrschten ihre neue Muttersprache nur unzureichend, fanden kaum Ausbildungsplätze und vermischten sich nicht mit jungen Menschen anderer Herkunft. So waren sie zu einer beliebten Zielgruppe der Drogenhändler geworden, die nun seit über zehn Jahren mit ihnen Geld scheffelten wie nie zuvor.

»Das ist wirklich mit nichts anderem vergleichbar«, beendete Heinrich seinen kurzen Vortrag, »alle Ausländer, die wir früher hier hatten, Türken, Jugoslawen, Italiener, hatten eher weniger mit der Szene zu tun als die deutschen Jugendlichen.«

»Hm«, Alfred nickte, »die waren auch nicht in dieser Masse zusammengeballt. Das ist ja wirklich fast eine Ghetto da in Langwasser. So was Ähnliches gab es früher auch schon, aber da waren die verschiedenen Nationalitäten doch immer durcheinander gemischt.«

»Eben. Die haben sich dann vielleicht untereinander verprügelt oder mal geklaut, Autoreifen zerstochen und so weiter. Aber bei denen«, er deutete mit dem Daumen hinter sich, »da sind wir mit unserem Latein am Ende, Alfred.«

»Ja, mir kommt das Ganze mehr und mehr wie ein riesiges soziales Experiment vor. Und immer trifft es die Jungen am härtesten.«

»Meine zwei sind jetzt fünfzehn und neunzehn, und, toi, toi, toi, mit Drogen haben sie nichts am Hut«, Heinrich beugte sich nach vorne, »aber glaub mir, Alfred, das war auch nur Glück.

Du kannst ein noch so guter Vater sein, davor kannst du sie nie ganz schützen.«

Sie setzten die Vernehmung fort. Heinrich hatte zwei der betreffenden Jugendlichen wegen Drogenkonsums kurzfristig festnehmen lassen. Das war eine weitere Anstrengung beim K44: man musste permanent über alles und jeden Bescheid wissen und ein dichtes Netzwerk von Informanten aufbauen und pflegen. Dazu gehörte, dass man Konsumenten und Dealer auch mal laufen ließ und wieder heranzog, wenn man sie dringender brauchte. Dabei bewegten sich die Polizisten nur allzu oft auf der anderen Seite des Gesetzes. Grenzüberschreitungen einer Staatsmacht, die sich nicht mehr anders zu helfen wusste und die in diesem Fall auch noch der Mordkommission zugute kamen.

Die beiden Jungs waren neunzehn und zwanzig Jahre alt. Einer hieß Igor, der andere Konstantin. Sie waren aus sehr unterschiedlichem Holz geschnitzt. Während Igor bei der ersten Befragung keine Miene verzogen und sie immer nur kalt angegrinst hatte, hatte Konstantin vorgegeben, kein Deutsch zu sprechen, und eine Stunde lang nervös an den Fingernägeln gekaut, als Heinrich und Alfred ihn mit den immer gleichen Fragen bombardierten. Sie hatten daraufhin beschlossen, Igor bis auf weiteres in eine Zelle zu einem vietnamesischen Zigarettenschmuggler zu stecken und Konstantin ein paar Stunden im Vernehmungsraum schmoren zu lassen.

»Der spricht besser Deutsch als wir«, hatte Heinrich versichert, »und er hat Angst. Noch vor Mitternacht singt der wie eine Nachtigall.« Die Strategie war mehr als simpel. Zunächst würde Heinrich hineingehen und den armen Jungen noch eine Stunde lang mürbe machen, danach käme Alfred zum Zug.

Heinrich leistete hervorragende Arbeit. Ungefähr so mussten die Ablasshändler zu Luthers Zeiten auf die verängstigten Christen eingeschrien haben, als sie ihnen die Qualen der Hölle und des Fegefeuers in den lebendigsten und schillerndsten Farben ausmalten. Alfred saß hinter dem durchsichtigen Spiegel und verfolgte das Verhör mit einer Mischung aus Ekel und Faszination. Heinrich brüllte und drohte, schlug mit der Pranke auf den Tisch, dass er fast zerbrochen wäre, und trat mit äußerster Gewalt seinen Stuhl gegen die Wand. Dann beruhigte er sich scheinbar wieder, nur um dem Jungen in der nächsten Minute die Zigarette aus der Hand zu schlagen und ihn aufs Neue anzufahren.

»Wir haben dich letzten Monat mit einer Menge Crack erwischt, die für eine Kompanie reicht, Freundchen. Eindeutig zu viel für dich allein. Damit bist du ein Dealer – schau mich an, wenn ich mit dir rede«, brüllte er, »für Dealen setzt's ein Jahr Knast!« Er stand auf und ging hinter dem Rücken des zitternden Bürschchens auf und ab. Heinrich war ein echter Bär. Groß und kräftig, sein kurz geschorenes, dunkles Haupthaar hatte sich schon etwas gelichtet, so dass die auf der Stirn hervortretenden Adern gut zu sehen waren. Die braunen Augen verrieten keinen Moment, dass er bereits seit einer Stunde Theater spielte. Schließlich setzte er sich wieder und sagte leise:

»Weißt du, was das für dich bedeutet?« Er machte wieder eine Pause und flüsterte dann: »Kalter Entzug, mein Lieber. Dort gibt's nämlich keinen Stoff. Kein H, kein Ecstasy, kein Ice, noch nicht mal Koffeintabletten!«

»Ich nicht verstehen«, stammelte der Junge kleinlaut.

»Lüg mich nicht an, du Arschloch«, explodierte Heinrich aufs Neue, »du bist hochgradig abhängig, dazu muss ich dir nur einmal in die Pupillen schauen. Und du verstehst jedes Wort!«

»Was wollen Sie überhaupt von mir?«, der Junge schluchzte, über sein angstverzerrtes Gesicht liefen Tränen.

»So nicht«, Heinrich sah ihm mit erhobenem Zeigefinger in die Augen, »so billig kommst du mir nicht davon!« Er stand ruckartig auf, verließ den Raum und knallte die Tür zu.

»Scheißjob«, sagte Alfred mitfühlend, als Heinrich zu ihm in den Beobachtungsraum kam.

»Der gesteht jetzt auch den Anschlag vom elften September. Mein Gott, wie ich das hasse«, stöhnte er und lehnte sich gegen die Wand.

»Danke, Heinrich«, Alfred drückte ihm den Arm, »hoffentlich kann ich das mal wieder gutmachen.«

Alfred betrat den neonhellen Raum. Draußen musste es bereits dunkel und die Temperatur mittlerweile erträglich sein. Hier drinnen war es dampfend schwül. Ein süß-säuerlicher Geruch hing in der Luft, zusätzlich zum kalten Zigarettenrauch. Alfred krempelte die kurzen Arme seines Leinenhemdes nochmals um und setzte sich ruhig zu dem Jungen an den Tisch. Auf der Brust und unter den Armen von Konstantins weißem T-Shirt hatten sich große Flecken gebildet, ebenso im Schritt der silberfarbenen Trainingshose.

»Er meint es nicht so«, sagte Alfred und bot dem Jungen eine Zigarette an, »er wird nur leicht wütend, wenn er zusehen muss, wie junge Menschen ihr Leben so einfach wegwerfen … und dabei noch andere mit hineinziehen.«

»Was wollen Sie?«, Konstantin wischte sich Schweiß und Tränen aus dem Gesicht.

»Du sollst mir sagen«, Alfred öffnete die Akte »Ivan« und legte ein Foto auf den Tisch, »wer dieser Mann ist und was er mit der Drogenszene in Nürnberg zu tun hat.«

»Ich glaube nicht, dass ich ihn schon einmal gesehen habe«, Konstantin zog übertrieben stark an seiner Zigarette.

»Nun komm, mein Junge«, sagte Alfred sanft, »du bist vor acht Wochen mit ihm in einer Wohnung erwischt worden. Die Drogenfahndung hat eine Razzia durchgeführt, dich und drei deiner Freunde festgenommen und dieser Mann ist über den Balkon geflüchtet.«

»Aber ich weiß nichts von diesem Mann!«

»Konstantin«, Alfred lehnte sich zurück und verschränkte die Arme, »du steckst doch noch nicht so tief drin. Wenn du jetzt mit dem Scheiß aufhörst, kannst du in zehn Jahren darüber lachen. Mach eine Therapie, wie es dir meine Kollegen sicher schon mehrmals empfohlen haben, dann brauchst du auch nicht mehr zu dealen. Und wenn du jetzt noch ein bisschen guten Willen zeigst und mir hilfst, kommst du mit einem blauen Auge davon. Ein paar Wochen Jugendarrest, wenn alles gut geht.«

»Er ist gefährlich«, zwei blasse Augen sahen Alfred flehend an.

»Nicht mehr«, sagte der fast euphorisch, »er ist tot, das haben wir euch doch schon am Anfang alles erklärt. Ihr wolltet bloß nicht zuhören! Also noch mal: ich bin von der Mordkommission und muss diesen Mord aufklären, o. k.? Dieser Mann kann dir nichts mehr anhaben, aber du kannst jetzt was für mich tun, indem du mir alles erzählst, was du von ihm weißt.«

Die beiden sahen sich zwei Minuten lang schweigend an und rauchten. Schließlich begann Konstantin langsam zu sprechen:

»Fjodor. Verkauft Heroin und Koks. Er ist billiger als die Mafia, aber er ist brutal. Die anderen sagen, er war früher beim KGB, in einer Spezialeinheit. Mehr weiß ich nicht.«

»Er hat also nichts mit der Mafia zu tun?«

»Nein, die haben ihn in Ruhe gelassen und uns auch. Wahrscheinlich haben sie auch Angst vor ihm gehabt«, er strich sich eine schweißnasse Haarsträhne aus dem Gesicht.

»Hat er völlig allein gearbeitet?«, Alfred machte Notizen.

»Ich weiß nicht. Habe nie jemand anderen gesehen.«

»Wie lange kennst du ihn schon?«

»Drei Jahre, vielleicht.«

»Weißt du etwas über diese Spezialeinheit, der er angeblich angehört hat? Spionage, Terror, Abwehr, was hat er dort gemacht?«

»Ich habe keine Ahnung!«

Nikolai traf Jewgenji, als sie beide siebzehn Jahre alt waren und Kadetten in der Offiziersschule Rjasan. Nikolai kam aus einer Kleinstadt im Ural, Jewgenji aus einem weißrussischen Dorf. Beide hatten sich, mehr als ihre Geschwister und Klassenkameraden, in der Schule mit besonders guten Noten und disziplinierter Intelligenz hervorgetan. Wie es sich gehörte, waren beide Mitglieder des kommunistischen Jugendverbandes *Komsomol*. Dort erhielten sie regelmäßig Besuche von Anwerbern der Roten Armee, die den begabtesten Jungen eine glänzende Zukunft als Offiziere versprachen, wenn sie nach dem Schulabschluss eine entsprechende Zulassungsprüfung bestehen würden. Nikolais Mutter wollte ihn daran hindern, zum Militär zu gehen. Sein Vater war während eines Manövers nahe der mongolischen Grenze als Unteroffizier von einer Landmine zerfetzt worden, zusammen mit sieben Kameraden. Man fand nicht mehr genug sterbliche Überreste, um in der Heimat eine ordnungsgemäße Bestattung durchzuführen. Das gusseiserne Kreuz auf dem Friedhof wachte über hohle Erde und Nikolais Mutter war seitdem schwermütig; sie trug jahraus, jahrein nur noch Schwarz. Ein leeres Grab konnte all die Trauer und den Schmerz nicht aufnehmen und so betete sie seit sieben Jahren täglich in der letzten verbliebenen, schäbigen Kapelle des Dorfes für die Seele ihres Mannes. Nikolai liebte seine Mutter über alles, ließ sich aber von ihr nicht davon abhalten, ebenfalls eine militärische Laufbahn einzuschlagen. Er hatte die Orden und Auszeichnungen seines Vaters immer bewundert, genauso wie die Bilder von ihm mit anderen schneidigen Kerlen in Uniform, die im Wohnzimmer auf der Kommode standen. Außerdem würde er ja nun Offizier werden und wäre solch ordinären Gefahren wie sein Vater überhaupt nicht ausgesetzt. Zwar hätte er mit seinen Leistungen und dem heldenhaften Tod des Vaters problemlos studieren können, doch er fühlte sich nicht geboren für ein Leben im Büro oder Labor. Er brauchte frische Luft und Bewegung. Er träumte von einem aufregenden, mannhaften Leben voller Abenteuer und Gefahren.

Anfangs schien es tatsächlich so, als hätten die Kadetten das große Los gezogen. Sie erhielten eine hochschulähnliche Ausbildung in Naturwissenschaften, Mathematik und Fremdsprachen. Außerdem natürlich militärischen Unterricht in Topografie,

Fallschirmspringen, Sprengstoff- und Sabotagetechniken. Den politischen Unterricht, der sie noch stärker im Geiste des Kommunismus festigen sollte, verfolgten sie interessiert und wunderten sich, warum eine so großartige Sache immer so schlechte Vermittler haben musste. Wie zum Beispiel Major Kutschenko, der ihnen eineinhalb Stunden lang aus den Schriften von Marx, Engels und Lenin vorlas und schließlich beteuerte, wie großartig die heutige Sowjetführung diese Gedanken doch umsetzen würde, wie gut es dem Volk gehe und wie glücklich es lebe. Trotz der schlechten Lehrer glaubten sie an die Sache. Es soll allen Menschen gut gehen, es gibt keine Armen mehr und keine Reichen; alle sind gleich. Ein Arbeiter sollte für sich und seine Familie und nicht für einen Großkapitalisten arbeiten, niemand sollte hungern oder unter einer Brücke schlafen müssen. Das alles waren Gedanken, denen man sich doch einfach anschließen musste. Eine Ideologie, die zu verteidigen doch nahezu eine Menschenpflicht war.

Von dem Mangel und der Knappheit im Land bekamen die Kadetten in Rjasan tatsächlich fast nichts mit. Sie hatten warme Stuben und wurden ausgezeichnet ernährt. Die strenge Disziplin der militärischen Erziehung ertrugen sie meist mit russischer Gelassenheit. Lediglich die Willkür einiger Offiziere machte ihnen bisweilen das Leben schwer. So erhielt Nikolai in ihrem zweiten Jahr einmal vier Wochen Arrest wegen »böswilligen Lachens«. Es war eine besondere Spezialität der Feldwebel in Rjasan, die Kadetten nach frischem Schneefall oder bei Glatteis im Laufschritt zu Sonderappellen antreten zu lassen. Wer dabei hinfiel, musste eine Woche lang jede Nacht Wache stehen. Nikolai hatte seine Mundwinkel leider nicht ganz in der Horizontalen halten können, als Leutnant Kochlow eines frühen Wintermorgens auf einer gefrorenen Pfütze ausrutschte und ihnen direkt vor die Stiefelspitzen segelte – voll wie eine Strandhaubitze.

Im darauffolgenden Winter wurde es für Nikolai ungemütlich. Kochlow hatte ihn seit dem Vorfall im Kasernenhof auf dem Kieker. Er ließ Nikolai bei mehreren Appellen aus dem Glied treten, weil seine Stiefel nicht genug glänzten. Nikolai musste die folgenden Stunden an der Kasernenwand strammstehen, während die anderen exerzierten. Als er mit der Reinigung der Toiletten an der Reihe war, entschloss sich Kochlow zu einer spontanen Inspektion. »Dass nennst du sauber, du Schwein?«, brüllte er. Er ließ den ganzen Flur antreten und zusehen, wie Nikolai jede der Kloschüsseln zuerst mit seiner Zahnbürste und später mit einer Rasierklinge säuberte.

Im Februar schließlich bekam Nikolai eine fiebrige Erkältung. Er meldete sich beim diensthabenden Feldwebel krank und lag kaum auf seiner Pritsche, als Kochlow schon in die Stube stürmte und ihm befahl, sich wieder anzuziehen und sich mit den anderen an den Schießübungen zu beteiligen, Simulanten wie ihm würde er schon beibringen, was Pflichterfüllung für einen Soldaten bedeutete. Zitternd gehorchte Nikolai. Er traf nicht besonders gut und Kochlow brummte ihm für den Rest der Woche zusätzliche Wachdienste am Munitionsbunker auf.

Nach dem Abendessen waren ihm zwei Stunden unruhiger und fiebriger Schlaf vergönnt, bis er sich zur Wache melden musste. Es war eine nasskalte Nacht mit zweistelligen Minusgraden, Nebel und feinem Schneegrießel. Nikolai konnte sich kaum auf den Beinen halten. Der schwere Mantel war klamm und zog ihn mit doppelter Erdanziehungskraft nach unten. Er lehnte sich bebend vor Schwindel und Kälte an die Bunkerwand und weinte lautlos. In diesem Moment wünschte er sich nichts sehnlicher, als zu sterben oder aber aufzuwachen und festzustellen, dass es sich hier um einen Albtraum handelte und er in Wirklichkeit in seiner warmen Koje lag, umgeben vom Schnarchen der Kameraden. Doch sein Wunsch ging nicht in Erfüllung, stattdessen hörte er Schritte ums Eck kommen. Er wischte die Tränen ab und bemühte sich um eine halbwegs gerade Haltung, weil er eine Kontrolle von Kochlow erwartete. Stattdessen stand plötzlich Jewgenji neben ihm und griff ihm stützend unter die Arme.

»Los«, raunte er, »Uniformen tauschen und Gewehr her!«

»Was machst du da?«, stotterte Niklolai, während ihm der Mantel vom Leib gezogen wurde.

»Ich übernehme das hier«, erklärte Jewgenji knapp, »heute und den Rest der Woche. Du meldest dich immer um zehn zur Wache und ich übernehme ab Mitternacht.«

»Das werden sie merken«, Nikolai wurde eine Decke übergeworfen.

»Diese Woche hat Feldwebel Kaminski Frühdienst. Der kann uns eh nicht auseinander halten, ich muss nur die Mütze etwas tiefer ins Gesicht ziehen. Und Kochlow ist jeden Abend ab zwölf so dicht, dass er nicht mehr gerade gehen kann«, Jewgenji griff sich das Gewehr und schob Nikolai in Richtung Schlaftrakt, »und jetzt sieh zu, dass du ins Bett kommst und gesund wirst, alter Esel!«

»Das werde ich dir nie vergessen«, flüsterte Nikolai und taumelte im Schatten des Bunkers davon.

Als Kochlow im Frühjahr von Nikolai abließ und sich neuen Opfern zuwandte, gründeten sie zusammen mit Sergej und Aleksej, zwei anderen Kadetten, eine Art Club. Sie trafen sich ein Mal in der Woche nachts in der Wäschekammer, einem kahlen fensterlosen Raum, wo die Schmutzwäsche der gesamten Kaserne zum Abtransport in die Wäscherei in großen nummerierten Säcken gelagert wurde. Sergej hatte Verwandte in der Nähe von Rjasan und schaffte es immer wieder, Zigaretten in die Kaserne zu schmuggeln. Dass sie nie erwischt wurden, lag zum einen daran, dass die wachhabenden Feldwebel nachts am liebsten Wodka tranken und dann tief und fest schliefen und zum anderen an der erfolgreichen Bestechung der wenigen Wachsamen mit Zigaretten. Und so saßen sie jahraus, jahrein in der Wäschekammer, rauchten Belomorkanal oder Sewer und schmiedeten Pläne. Sie machten sich Gedanken, wie man die Ausbildung und die Vermittlung der kommunistischen Lehre verbessern könnte, denn es stand zu befürchten, dass das Volk sich irgendwann von seiner gerechten Ideologie abwenden würde, wenn es keine besseren Vermittler geben würde wie Kutschenko oder ihre Lehrer in der Schule. Sie malten sich aus, was sie machen würden, wenn sie erst mal Obersten oder gar Generäle wären, und überlegten, wo im Land sie überall ihre Datschen bauen würden.

Sie glaubten an den Sowjetstaat, vor allem als sie nach vier Jahren Ausbildung ihre Abschlussprüfungen bestanden und mit goldenen Achselstücken zum Offiziersdienst entlassen wurden. Sie waren verdammt stolz, das alles durchgestanden zu haben, und hatten zwei große Ziele: Sie wollten möglichst schnell Karriere machen und sie wollten regelmäßig in Kontakt bleiben, was keinesfalls leichter war, handelte es sich bei der Sowjetunion doch um das größte Land der Erde. Sergej wurde nach Murmansk abkommandiert und Aleksej nach Kamtschatka. Nikolai und Jewgenji kamen nach Afghanistan, wo ihr Land gerade in einen Bürgerkrieg eingegriffen hatte.

Nikolai schlug das Buch zu und rieb sich die Augen. Er hatte einen Klappstuhl und seine Angel gepackt und sich am Kanal niedergelassen. Schon am Vormittag war es unerträglich heiß und das verbrannte Gras bildete einen harten Untergrund. Insgesamt waren erst drei Schiffe vorbeigefahren, alle in südliche Richtung. Angeblich war der Pegel des Rheins schon so weit gesunken, dass dort kaum noch Schiffsverkehr möglich war. Da hier so gut wie nie ein Fisch anbiss, hatte Nikolai ein Notizbuch mitgenommen und begonnen, die Geschichte seines Lebens festzuhalten. Wahrscheinlich war das sogar der wahre Grund für seinen Angelausflug, er wusste es nicht so genau. Aber er hatte beschlossen, Valentina irgendwann in naher Zukunft seine Vergangenheit zu beichten, und da er nicht mehr sicher sein konnte, das noch persönlich tun zu können, schrieb er die Geschichte auf. Das Buch konnte er irgendwo in der Wohnung verstecken und dafür sorgen, dass sie es zu einem bestimmten Zeitpunkt fand. Das Schreiben fiel ihm schwer – wie immer. Nun, ihm würden ja noch ein paar Tage Zeit bleiben. Er steckte das Buch ein, schob seine Mütze ins Gesicht, lehnte sich zurück und versuchte, sich zu entspannen.

Das Innere der Teetasse war von einem braunen Schleier überzogen. Die Tasse bestand aus gebranntem Ton, die oberen zwei Drittel der Außenseite waren blau-grün glasiert – mit schwarzen Sprenkeln dazwischen. Das untere Drittel war außen naturbelassen und mit Rillen sowie verschiedenen in den Ton gedrückten Schmuckelementen verziert: kleine Punkte, kleine Muscheln und Buchstaben. Renan hatte in den letzten drei Jahren eine regelrechte Beziehung zu dieser Tasse entwickelt. Sie hatte sie zu Beginn ihres Dienstes bei der Mordkommission aus dem hintersten Winkel des Geschirrschrankes in der Teeküche gefischt. Offensichtlich war die Tasse eine Ausgestoßene, nicht geduldet in den Reihen der unkaputtbaren Schneeweißen und der schwarzen Achteckigen. Die drei Namenstassen – Udo, Hans und Susanne – konnten sich anscheinend auch nicht mit ihr anfreunden und so hatte Renan probeweise von dieser Randexistenz Besitz ergriffen. Bis heute hatte sich noch keiner der Kollegen beschwert und Renan ging davon aus, dass das gewöhnungsbedürftige Stück Ton mittlerweile ihr Eigentum war. Eigentlich war es ja ohnehin pervers, bei 35 Grad im Schatten heißen Tee zu trinken …

»Guten Tag, Frau Müller«, Kriminaldirektor Göttler weckte Renan unsanft aus ihrem Tagtraum und setzte sich gutsherrenartig ihr gegenüber auf Alfreds Platz.

»Guten Tag, Herr Göttler«, sie war gleichzeitig erschrocken, weil er sie überrumpelt hatte, und reserviert, weil er … eben Göttler war.

»Wo ist denn der Kollege Albach?«, Göttler musterte interessiert Alfreds Schreibtisch.

»Der beendet gerade die Vernehmung der Aussiedler vom Güterbahnhof«, Renan bemühte sich, möglichst locker zu wirken.

»Und Sie?«

»Ich«, Renan blickte nervös zwischen einigen ordentlichen Papierstapeln und dem ausgeschalteten Computer hin und her, sodann zur Tür, zum Telefon und zu ihrer Umhängetasche – ein Glück, die Tasche, »bin in der Mittagspause«, sie entnahm der Tasche einen schrumpeligen Apfel, »Mahlzeit!«

»Sehr bescheidenes Mahl«, er zupfte an seinen Hemdsärmeln. Trotz der Mittagshitze schien er kaum zu schwitzen.

»Kann ich irgendwas für Sie tun, Herr Göttler? Wollen Sie vielleicht auch einen?«, sie zog zwei weitere Schrumpfköpfe hervor.

»Nein danke«, Göttler schielte über den Rand seiner Brille, »ich habe da so eine seltsame Allergie. Aber bitte, ich will Sie nicht von Ihrer wohlverdienten Pause abhalten.«

Sie biss zögernd in das saure Stück Obst und musterte ihren Vorgesetzten, während sie sehr langsam kaute. Dieser wischte einige Tabakkrümel von Alfreds Schreibtisch und überflog die herumliegenden Notizen.

»Wissen Sie, Frau Müller«, sagte Göttler schließlich, »irgendwie gefallen Sie mir. Sie stehen für einen neuen Typ von Polizistin: interkulturell, professionell und mutig. Sie sind kaum krank, selbstbewusst und streben nicht nach schnellen Beförderungen oder Höhergruppierungen …«

Was soll denn das jetzt heißen?, dachte sie. Will er mir erklären, dass ich die nächsten zwanzig Jahre auf A10 sitzen bleibe?

»Sie können es bei uns noch weit bringen«, sprach er weiter, »ich mache mir in diesem Fall nur etwas Sorgen um meinen alten Freund Albach.«

»Wie darf ich das verstehen?«

»Er hat mich gebeten, einen bundesweiten Abgleich des Phantombildes mit der Aussiedlerdatenbank zu beantragen …«

»Und?«, ihr Blick verfinsterte sich in Sekundenschnelle.

»Ich habe das natürlich sofort in die Wege geleitet, nach Rücksprache mit der Staatsanwaltschaft, versteht sich. Aber ich möchte Sie bitten, Alfred etwas zu bändigen. Ich befürchte, er verrennt sich da in eine aussichtslose Sache. Er hat nämlich vor vielen Jahren mal einen ähnlichen Mord nicht aufklären können, wissen Sie?«

»Er hat mir davon erzählt!«

»Na, dann wissen Sie ja schon Bescheid«, er erhob sich und stützte sich mit beiden Händen auf die Stuhllehne, »ich möchte Sie bitten, bei diesem Vorgang das nötige Augenmaß zu bewahren, Frau Müller. Sollten Sie der Meinung sein, dass Ihr Kollege über das Ziel hinausschießt, zögern Sie nicht, mich zu informieren. Schließlich haben wir ja noch genügend andere Kriminalität in dieser Stadt.«

»Keine Sorge, Herr Göttler, ich passe schon auf«, nickte Renan mit großen, unschuldigen Augen.

»Das beruhigt mich«, lächelte Göttler selbstzufrieden, »dann wünsche ich noch einen erfolgreichen Tag.«

Konrad Herbst saß auf der Terrasse seines Reihenhauses in Fürth. Sein Rheuma plagte ihn wieder, so dass er trotz der Hitze in der prallen Sonne Platz genommen hatte und sich eine Tasse frisch aufgebrühten Pfefferminztee gönnte. Herbst konnte weder Mützen noch Hüte tragen, weil ihm das binnen weniger Minuten Kopfschmerzen bereitete. Dieser Umstand zwang ihn nun dazu, seinen breiten Scheitel mit Sonnenöl einzucremen. Die öligen Hände hinterließen perfekte Fingerabdrücke auf der Tageszeitung, die, mittlerweile gelesen, auf dem Teakholztisch lag. Das Mobiliar und die gesamte Gestaltung der Terrasse sahen nicht nach einem Beamten a. D. aus. Die Bodendielen sowie ein halbes Dutzend riesiger bepflanzter Terrakottatöpfe ließen die geschmacksichere Hand seiner Frau Rosi erkennen. Der Garten wiederum war Herbsts Territorium und er hatte beschlossen, wenigstens auf diesen 70 Quadratmetern der Natur nicht ins Handwerk zu pfuschen. Abgesehen von zwei Apfelbäumen und einem Birnbaum überließ er die Flora sich selbst, bis seine Frau ihn etwa zwei Mal im Jahr nötigte, der Wiese (Rasen war ein mittlerweile unzutreffender Begriff) zu Leibe zu rücken. Ein Frondienst, dem Herbst nach alter Väter Sitte leidenschaftslos mit einer handgeschliffenen Sense nachkam. Zurzeit war er jedoch außer Gefahr, da Rosi für einige Wochen zu einem Malkurs in die Toskana gefahren war.

So konnte sich Herbst voll und ganz den wirklich wichtigen Dingen widmen, wie z. B. dem Schachrätsel aus der Wochenendausgabe, der Sortierung seines Plattenarchivs oder diesem eisernen Abzeichen.

»Sehr interessant«, murmelte Herbst, während er das Objekt mittels einer riesigen Lupe einer intensiven Prüfung unterzog, »und ihr seid euch sicher, dass das nicht von irgendeinem Flohmarkt stammt?«

»Sicher sind wir uns überhaupt nicht«, Alfred zog ein Tempo aus der Hosentasche und wischte sich den Schweiß von der Stirn.

»Es ist aber eher unwahrscheinlich, dass unser Mann in seiner Freizeit Trödelmärkte besucht und dort alte Sowjetorden gekauft hat«, ergänzte Renan, während sie sich mit dem dünnen Kulturteil der Zeitung Luft zufächelte.

»Wohl wahr, wohl wahr«, nickte Herbst, »aber warum glaubst du, dass ausgerechnet ich euch da weiterhelfen kann, Kollege?«, wandte er sich an Alfred.

»Weil ich mir schon immer sicher war, dass du wesentlich mehr weißt, als du zugibst, Konrad.«

»Ach was?«

»Die ersten zwei Jahre bin ich vielleicht drauf reingefallen, aber die letzten fünfzehn habe ich viel mehr aus dem gelesen, was du nicht gesagt hast, als aus dem, was du bereit warst, mir mitzuteilen«, Alfred zog an seiner Zigarette und versuchte, Konrad prüfend anzusehen, was jedoch durch die tief stehende Sonne erheblich erschwert wurde.

»So?«

»Und dieser Fall hat einige auffällige Parallelen zu dem toten Russen von 1985. Du erinnerst dich doch sicherlich!«

»Ja, da war mal was«, Herbst biss sich auf die Lippen und nickte langsam, »entschuldigt mich kurz, ich will schnell meine Pfeife holen.« Er stand auf und ging steif ins Hausinnere.

»Und das ging bei euch siebzehn Jahre so?«, feixte Renan, wobei sie ihre Sonnenbrille anhob und Alfred mit lachenden Augen fixierte.

»Da siehst du mal, wie gut du es mit mir hast«, nickte er und blies einen Schwall Rauch aus.

»Er hat die ganze Zeit Katz und Maus mit dir gespielt?«, sie nahm einen Schluck Pfefferminztee.

»Na ja«, Alfred blickte in den Himmel, »anfangs hat er mich ausgetestet und dann hat er mir damit das kriminalistische Denken beigebracht, glaube ich.«

»Glaubst du?«

»Ja, ich habe irgendwie gelernt, die Welten hinter dem gesprochenen Wort zu erkennen ... oder sagen wir besser: zu erahnen. Und als ich langsam so weit war, den Spieß umzudrehen, hat er sich zur Ruhe gesetzt, der alte ...«

»Ich hätte auch lieber mit deiner Kollegin zusammengearbeitet als mit dir«, sagte Herbst, Pfeife und Tabaksbeutel in der Hand, während er sich niederließ.

»Dann sag wenigstens ihr, ob dir an diesem Ding irgendwas auffällt«, entgegnete Alfred ohne jeden Anflug von Ärger.

»Komitet Gosudarstwennyi Besopasnosti«, murmelte Konrad mit der Lupe in der einen und seiner Pfeife in der anderen Hand. »Komitee für Staatssicherheit. Das ist zunächst einmal die Standardmarke eines KGB-Mitarbeiters.«

»Schwert und Schild. Daran konnte ich mich auch noch dunkel erinnern«, Alfred drückte seine Zigarette aus, »aber das Auge ...«

»Das hat da nichts verloren«, nickte Herbst, »es sieht aber auch nicht so aus, als wenn es jemand nachträglich hingelötet hätte.«

»Könnte es vielleicht eine Spezialeinheit des KGB gewesen sein«, fragte Renan, »oder so was wie eine geheime Elitetruppe?«

»Spezialeinheit«, wiederholte Herbst langsam paffend, »Elitetruppe?«

Renan hob die Hände und ließ sie auf ihre Armlehnen fallen.

»Hmm ...«

»Konrad«, mahnte Alfred, »bist du jetzt ein Weiser oder nicht?«

»Ich tue, was ich kann. Aber ihr habt doch sicher irgendwelche Computer, die ihr fragen könnt, ob so ein Ding schon mal in der deutschen Kriminalgeschichte aufgetaucht ist. Habt ihr das schon gemacht?«

»Das ist nicht so einfach«, seufzte Alfred, »da müssten wir erst zum LKA, dann zum BKA und dann vielleicht noch zum BND oder zum Verfassungsschutz …«

»Ja, sicher!«

»Du weißt doch, wie lange so was dauert und wie viel normalerweise dabei herauskommt. Außerdem müsste ich mich dafür auch noch mit Herbert anlegen. Und der hat schon meine Anfrage an das Aussiedlerzentralregister nicht gerne gesehen. Wenn ich ihm jetzt noch mit so was komme, hat er einen Vorwand mich psychologisch untersuchen zu lassen.«

»Wieso?«, fragte Herbst, die Pfeife aus dem Mund nehmend.

»Weil ich es heute noch nicht verwunden habe, dass wir vor über fünfzehn Jahren einen ganz ähnlichen Fall nicht aufklären konnten. Das hat meinen Stolz so sehr gekränkt, dass ich heute zu keiner vernünftigen Vorgehensweise mehr fähig bin. Ich verrenne mich in eine aussichtslose Geschichte …«, er blickte Renan an, die bestätigend nickte.

»Ich wusste nicht, dass du überhaupt einen Stolz besitzt«, Herbsts Augen blitzten herausfordernd.

»Dann habe ich es anscheinend geschafft, auch einige meiner seelischen Tiefen vor dir zu verbergen«, konterte Alfred.

»Seelische Tiefen?«

»Ich habe dich in all den Jahren nie um etwas gebeten, Konrad. Aber jetzt könnte ich ein bisschen Hilfe gut gebrauchen«, sagte Alfred mit tief gefurchter Stirn, »über den Toten wissen wir im Prinzip noch weniger als über unseren Verdächtigen hier«, er deutete auf das Phantombild auf dem Tisch, »und dieses Abzeichen ist eine der wenigen kleinen Spuren.«

»Dann darf ich jetzt um eine kurze Übersicht des bisherigen Ermittlungsverlaufs bitten«, Herbst lehnte sich zurück, wobei er Renan auffordernd anblickte.

»Wir haben einen toten Russen im Wald unweit des Tiergartens«, begann sie. »Tod durch Genickschuss. Zur Todeszeit sturzbesoffen. Keine Papiere oder sonstige Identifizierungsmerkmale. Mit Hilfe der Drogenfahndung haben wir erfahren, dass er mit Drogen handelte und sich Fjodor nannte. Mit der Russenmafia soll er aber nichts zu tun gehabt haben. Gleichzeitig haben wir diesen Verdächtigen, der als Hilfsarbeiter einer Fensterbaufirma in der Wohnung des Toten war und seitdem verschwunden ist. Er ist wohl ein Aussiedler und hat sich viel am Güterbahnhof aufgehalten, wo etliche seiner Landsleute jeden Tag stehen und auf Gelegenheitsjobs warten. Dummerweise haben wir ihn vorgewarnt, weil wir schon einmal eine Befragung am Güterbahnhof gemacht haben, bevor dieses Phantombild entstanden ist. Er ist jetzt zur Fahndung ausgeschrieben und es läuft eine Suche im Zentralregister.«

»Du kannst dich wirklich auf das Wesentliche konzentrieren«, Herbst nickte anerkennend, »Respekt!«

»Gern geschehen«, lächelte Renan und nippte an ihrer Teetasse.

»Und was kann ich jetzt tun?«, wandte er sich an Alfred.

»Vielleicht hast du ja in deiner dunklen Vergangenheit mal jemanden vom BND kennen gelernt oder vom Verfassungsschutz oder von Interpol, von der Stasi, von mir aus auch vom KGB selbst«, zählte Alfred unverbindlich auf, »irgendjemanden, der mehr über dieses Ding wissen könnte. Den könntest du anrufen und somit deinem alten Kollegen Albach unbürokratisch zur Seite stehen.«

»Unbürokratisch«, murmelte Herbst und musterte schweigend das Abzeichen. »Ich brauche eine Kopie der Akte«, sagte er schließlich, »und ein paar Fotos von diesem Orden hier.«

»Schon erledigt«, entgegnete Alfred, während Renan eine Registermappe auf den Tisch legte.

»Und nach Möglichkeit noch eine Kopie der alten Akte von damals«, verlangte Herbst ungerührt.

»Puh«, blies Alfred, »ich will sehen, was sich machen lässt.«

»Habt ihr euch eigentlich die anderen Burschen vom Güterbahnhof danach noch mal vorgenommen?«, fragte Herbst.

»Gerade heute«, nickte Alfred.

»Die haben doch bestimmt noch etwas über euren Verdächtigen gewusst!«

»Sollte man meinen«, seufzte Alfred, »er hieß angeblich Sascha und war Maschinist und Traktorschlosser. Einer gab noch an, er hätte Frau und Kinder, aber …«, er schüttelte den Kopf.

»Verstehe«, sagte Herbst und erhob sich langsam, um seine Gäste zur Tür zu begleiten.

»Danke, Konrad«, Alfred schüttelte seinem Ex-Kollegen unter der Tür die Hand.

»Wofür?«, fragte dieser langsam. »Ach, liebe Grüße noch an Gudrun.«

»Gudrun?«

»Deine Frau!«

»Konrad, wir sind seit zehn Jahren geschieden. Meine zweite Frau heißt Irmgard!«

»Geschieden? … Na, das hättest du mir aber schon mitteilen können!«

»Wird denn das nie aufhören?«, fragte Alfred halb lachend, halb leidend, als er mit Renan ins Auto stieg.

Nikolai war seit knapp einem Jahr als Offizier in Afghanistan, als sie in einen Hinterhalt der Guerillas gerieten. Schah Masud, der größte und gefährlichste aller Rebellenführer, sollte sich angeblich in einem Dorf etwa hundert Kilometer nördlich des Luftwaffenstützpunktes Bagram aufhalten. Nikolai flog mit einem Haufen siebzehnjähriger, heimwehkranker Jungen und einem Feldwebel in einem Transporthubschrauber. Das Land unter ihnen bestand aus verbrannten Weizen- und Gerstenfeldern, zwischen denen sich kleine Wasserläufe hinzogen. Vereinzelt auftauchende Siedlungen waren mit Bombenkratern durchlöchert. Sie befanden sich gerade im Landeanflug auf eine Ansammlung von zwanzig Lehmhütten, als der erste

Kampfhubschrauber ihrer Staffel explodierte. »Sie haben Boden-Luft-Raketen«, schrie der Pilot, »alles hinlegen, wir gehen sofort runter!« Sie landeten etwa 500 Meter südlich von dem Flusslauf, der das Dorf begrenzte. Außer ihnen befanden sich noch fünf weitere MI-8-Transporthubschrauber auf dieser Mission. Kaum waren sie gelandet, wurden sie von mehreren Maschinengewehren unter Beschuss genommen, wobei der letzte MI-8 Feuer fing. Hauptmann Kalinowski befahl über Funk, sich zu sammeln, sobald die drei verbliebenen Kampfhubschrauber ihnen genügend Feuerschutz geben würden. Kurz darauf robbten sie durch ein Stoppelfeld auf die einzige Brücke zu. Nikolai bildete mit seinem Trupp die Nachhut. Als sie noch etwa zwanzig Meter vom Ufer entfernt waren, flog die Brücke mit drei Dutzend ihrer Kameraden in die Luft. Nikolai wurde von der Druckwelle hochgerissen, landete hart auf dem Rücken und wurde von einem Regen aus Steinen, Holz und Kugeln begraben.

Als er wieder zu sich kam, befand er sich mit einer Gehirnerschütterung und einem zertrümmerten Oberschenkel in einem Lazarett in Kabul. Sie hatten ihn wieder zusammengeflickt und er erhielt eine Schonzeit von sechs Wochen, bevor sie ihn in das Inferno zurückschicken würden. Die ersten Tage konnte er sich nur wenige Minuten lang wachhalten, hin und wieder glaubte er, verschwommen ein bekanntes Gesicht wahrzunehmen. Am dritten oder vierten Tag wurde er schließlich durch einige unsanfte Klapse auf den Oberarm geweckt: »Jetzt hast du aber genug geschlafen, Genosse«, die Stimme kam ihm irgendwie vertraut vor. Er öffnete die Augen und erkannte undeutlich das Gesicht von Jewgenji. Sein alter Freund war bei einer Offensive im Rokha-Tal ebenfalls verwundet worden.

»Es ist immer dasselbe«, schloss Jewgenji stockend seinen Bericht an Nikolais Feldbett ab, »wenn wir angreifen, verschwinden sie in den Bergen und zermürben uns mit Störangriffen und Terroranschlägen.«

»Was ist mit deiner Stimme los?«, fragte Nikolai.

»Streifschuss«, Jewgenji deutete auf seinen Halsverband, »hat den Kehlkopf in Mitleidenschaft gezogen. Eigentlich soll ich gar nicht reden.«

»Die verdammten Yankees versorgen sie mittlerweile mit Raketen«, Nikolai versuchte, sich etwas aufzurichten, »direkt vor uns hat es einen MIG-24 zerrissen.«

Die beiden Freunde schwiegen eine Weile. Nikolai hatte immer noch starke Kopfschmerzen, was ihn jedoch nicht davon abhielt, täglich eine Schachtel Zigaretten zu rauchen. Er war fast der leichteste Fall in diesem Schlafsaal. Um ihn herum lagen Kameraden mit amputierten Armen und Beinen, Erblindete und innerlich Zerfetzte, die ihre Qualen nur mit hohen Morphium-Dosen ertragen konnten. Die Luft war erfüllt vom Stöhnen und Klagen der Hoffnungslosen und so mancher stammelte unter dem starken Einfluss der Beruhigungsmittel wirres Zeug oder zitierte in der Schule gelernte Kinderreime. Ein Obergefreiter schräg gegenüber sang immer wieder das Lied von *Anouschka, die war so schön wie Milch und Blut.*

»Ich habe lange nachgedacht«, flüsterte Jewgenji Nikolai heiser ins Ohr, »ich glaube nicht, dass ich da draußen noch einmal so davonkomme.«

Nikolai nickte.

»Wir müssen hier raus«, raunte Jewgenji, »ohne zu desertieren und ohne unehrenhaft entlassen zu werden. Das kann nur eines bedeuten ...«

»Daran habe ich auch schon gedacht«, Nikolai blickte nachdenklich zur Decke.

»Haaatschi!«

»Gesundheit!«

»Danke!«

»Sommergrippe?«

»Nein, ich fürchte, mein verdammter Heuschnupfen kommt wieder«, Renan schnäuzte sich, knüllte das Taschentuch zusammen und sah sich fragend um.

»Seit wann hast du denn Heuschnupfen?«, fragte Woodstock.

»Seit fünf Jahren, aber ich will es noch nicht so recht wahrhaben«, sie stand auf und ging in das Innere der Kantine, um einen Abfalleimer zu suchen. Sie befanden sich im dritten Stock des Präsidiums und hatten einen der Kantinentische samt Stühlen auf den Gang getragen, weil es dort nicht so erbärmlich heiß war.

»Dann hast du also auch einiges mit Spätaussiedlern zu tun«, stellte Alfred fest, während er den letzten Rest seines Seelachsfilets in Remouladensauce tunkte.

»Ja, wir haben uns aufgeteilt«, nickte er, »Kollege Weiß ist für Türken und andere Moslems zuständig, ich für die Russen und Anja für den Rest.«

Woodstock hieß eigentlich Stefan Hasselt und verdankte seinen Spitznamen einer frappierenden Ähnlichkeit mit Snoopys gefiedertem Freund. Er war klein und sehr dünn, sein blondes Haar stand fransig vom Kopf ab und seine Nase glich in Form und Größe eher einem Schnabel. Er war einer der drei Jugendkontaktbeamten, die sich die hiesige Polizei leistete.

»Hast du dann schon Russisch gelernt?«

»Bin gerade dabei. Aber Sprachen waren noch nie so mein Spezialgebiet ...«

»Was du nicht sagst«, Renan setzte sich wieder und stellte eine neue Flasche Wasser auf den Tisch. Sie kannte Woodstock schon seit ihrer gemeinsamen Zeit als Kommissarsanwärter, wo sie sich einmal wegen einer misslungenen Ernstfallsimulation in die Haare bekommen hatten. Sie sollten einen betrunkenen Randalierer beruhigen und Renan hatte viel zu früh zur Waffe gegriffen. Als Woodstock sie dann mit einem »Das nächste Mal wird's besser« aufmuntern wollte, hatte sie ihn dermaßen flott gemacht, dass er fast geweint hatte. Zehn Minuten später tat es ihr schon wieder Leid und am nächsten Tag hatte sie sich kleinlaut vor allen Kollegen bei ihm entschuldigt. Seitdem waren sie fast so etwas wie Freunde geworden.

»Dobroje utro, dobryi den, spasibo«, zählte Woodstock auf, »poschaluista, piwo ...«

»Wie lange lernst du schon?«

»Ein halbes Jahr. Weiß kann inzwischen schon alle türkischen Schimpfwörter und Beleidigungen rauf und runter«, er zuckte mit den Achseln, »manchen gibt's der Herr im Schlaf!«

»Und ausgerechnet du musst dich mit den Russen herumärgern«, Alfred schob seinen Teller zur Seite, »wie ist denn diese Aufteilung zu Stande gekommen?«

»Also, eigentlich wollte ich sie sogar. Einerseits stellen sie die größte Herausforderung dar, andererseits kann ich ihre Mentalität irgendwie nachempfinden.«

»DIE sind aber nicht alle gleich«, sagte Renan scharf und fingerte ein neues Taschentuch aus der Packung.

»Vielleicht«, Woodstock hob die Hände, »ich habe auf jeden Fall noch nicht viele getroffen, die sich wesentlich vom Klischee unterschieden haben.«

»Und wie ist das Klischee?«

»Sie besitzen ein klingonisches Ehrgefühl. Es ist komplett ausgeschlossen, dass man sich wegen eines Problems an die Polizei wendet. Konflikte werden nur untereinander ausgetragen. Die Jungs werden nur als Männer akzeptiert, wenn sie keinerlei Schwächen zeigen. Das ist eine Macho-Kultur, bei der selbst die Türken erblassen.«

»Und diese Mentalität kannst du also nachempfinden?«, fragte Renan.

»Ja«, Woodstock blickte an Renan vorbei in Richtung Kantineneingang, »doch.«

»Was kannst du als Jugendkontaktbeamter denn überhaupt tun?«, Alfred zog eine Zigarette aus seinem Etui.

»Ich gehe in Schulen, Jugendtreffs, Sportvereine und so weiter. Manchmal finden sich Lehrer oder Sozialarbeiter, die sie zum Diskutieren bringen. Im Großen und Ganzen gibt es drei mögliche Kanäle, über die man sie vielleicht beeinflussen kann ...«

»Die wären?«

»Die Mädels. Auch bei den Russen sind die Mädchen meistens vernünftiger als die kleinen Chauvis. Es sind fast immer nur die Jungs, die Scheiße bauen. Die Eltern. Durch die eher traditionelle Familienstruktur bei den Aussiedlern haben die Eltern noch etwas mehr zu sagen als bei uns, und die Eltern sind meistens sehr vernünftig und besorgt wegen der steigenden Kriminalität. Und, last but not least, junge russische Männer, die sich in unsere Gesellschaft integriert haben.«

»Rollenvorbilder«, warf Renan ein.

»Genau. Wenn ich einen einundzwanzigjährigen Kfz-Mechaniker mit russischem Akzent vor eine Gruppe von fünfzehnjährigen Rotznasen stelle und der erzählt, dass er 1200 Euro verdient und einen BMW fährt, kann das schon den einen oder anderen nachdenklich machen.«

»Verstehe«, nickte Alfred und blies einen Rauchkringel aus.

»Es geht darum, bei ihnen kognitive Dissonanzen zu erzeugen«, dozierte Woodstock weiter.

»Hört, hört«, äffte Renan.

Die angeregte Diskussion wurde durch eine Angehörige des Kantinenpersonals unterbrochen, die sie aufforderte, ihren Tisch samt Stühlen wieder in den Speisesaal zu tragen, da sie die Kantine in fünfzehn Minuten schließen würden.

»Weißt du, was mir bei eurem Verdächtigen komisch vorkommt?«, fragte Woodstock über die Schulter, während er gemeinsam mit Alfred den Tisch zurücktrug.

»Nein«, sagte Alfred mit der Kippe im Mund.

»Er zeigt die Verhaltensweise von einem Aussiedler, der sein Leben lang im Stahlwerk oder in der Kolchose gebuckelt hat und ohne Arbeit nicht mehr klarkommt. Das bringe ich nicht mit dem KGB und so zusammen.« Sie stellten den Tisch ab.

»Bisher gibt es ja lediglich einen Hinweis, dass das Opfer beim KGB war, vielleicht ist unser Phantom ja ein Exot oder ihm ist hier stinklangweilig«, Alfred zuckte mit den Achseln.

»Auf jeden Fall waren die Deutschstämmigen in der Sowjetunion nicht gerade privilegiert«, ergänzte Woodstock, »die wären bestimmt nicht so leicht zum Geheimdienst gekommen.«

»Er kann ja eine Deutschstämmige geheiratet haben«, sagte Renan zwei Stühle abstellend, »oder er hat sich falsche Papiere besorgt. Wir können nur hoffen, dass er auf legale Weise eingereist ist, sonst ...«

»Ich wünsche jedenfalls viel Erfolg«, Woodstock drückte Renan und gab Alfred die Hand, »ich muss jetzt zur Besprechung mit der Pressestelle. Lasst es mich wissen, wenn ich helfen kann.«

»Weißt du übrigens«, wandte sich Alfred an Renan, nachdem Woodstock den Speisesaal verlassen hatte, »dass Regler dich damals für die Jugendkontaktstelle haben wollte?«

»Wie bitte?«, rief sie.

»Also, bitte. Du bist jung, türkischer Abstammung, sprichst die Sprache. Ist doch klar, dass der zuständige Bereichsleiter da ein Auge auf dich wirft!«

»Und warum bin ich dann zu dir gekommen?«

»Weil Herbert meinte, mir damit eins auswischen zu müssen. Außerdem wärst du bei der Arbeit mit deinen Landsleuten ja automatisch ›befangen‹!«

»Hat der einen Sprung in der Schüssel?«

»Also, da bin jetzt ich befangen!«

VI.
EINHEITSBIER UND EINHEITSWELT

»Darf ich die Kollegen nun um Ruhe bitten«, eröffnete Göttler die Besprechung am nächsten Morgen. Es war acht Uhr und Herbert Göttler hatte den kompletten gehobenen Dienst des ersten Dezernats antreten lassen. Da saßen sie nun alle im größten Schulungsraum des Präsidiums auf blau gepolstertem Schichtholz mit Chromgestell, während der Herr Kriminaldirektor am Katheder vor der mausgrauen Wandverkleidung mit dem Mikrofon hantierte. Nicht dass es nötig gewesen wäre, in einem Zimmer von höchstens 45 Quadratmetern die Stimme künstlich zu verstärken ...

»Geht das jetzt?« – buff, buff – Göttler klopfte auf das Mikrofon, »hören Sie mich?«

»Laut und deutlich«, antwortete jemand aus der letzten Reihe.

Die Fenster des Raumes gingen nach Osten und die Morgensonne brannte schon unbarmherzig herein. Die Beamten waren allesamt in legerer Sommerkleidung erschienen, was jedoch nicht viel nützte, denn die Luft war schon jetzt ziemlich dick. Leider war es nicht möglich, die Fenster zu öffnen, da dieser Teil des Präsidiums über eine Klimaanlage verfügte, die jedoch im Schulungsraum III seit geraumer Zeit ausgefallen war.

»Guten Morgen«, sagte Göttler schließlich, »ich habe Sie heute früh aus drei Gründen alle hierher gebeten. Erstens geht es um eine neue, flexiblere Handhabung der verschiedenen Sachgebiete und Kommissariate, zweitens möchte ich ein paar Worte zu der geplanten Großkundgebung der Gewerkschaft am Wochenende in München verlieren und drittens – das ist der Grund für die Dringlichkeit dieser Sitzung – ist heute in den frühen Morgenstunden Peter Hartmann entführt worden!«

»Wer zum Henker ist das?«, zischte Renan.

»Der Bier-Baron«, flüsterte Alfred mit wichtigem Gesicht.

Peter Hartmann war Erbe und Chef der Freiherren-Brauereigesellschaft, einer fabrikähnlichen Großbrauerei, die seit Kriegsende viele kleine Brauereien im Großraum geschluckt hatte. Nun besaß die Freiherren-Brauerei so etwas wie eine Monopolstellung und wurde dafür verantwortlich gemacht, dass in vielen brauereigebundenen Nürnberger Lokalen ein florierender Handel mit Landbier unterhalb der Schanktische stattfand.

»Das ist auch langsam Zeit geworden«, schallte es auch schon aus den hinteren Sitzreihen.

»Ich verbitte mir derartige Zwischenrufe«, giftete Göttler, »Ihnen ist natürlich klar, dass wir sofort eine Sonderkommission einsetzen müssen. Das bringt mich zum eben erwähnten Punkt eins: flexiblere Handhabung der Kommissariate. Wir haben hier eine gute Gelegenheit, um zu beweisen, dass die Polizei eine moderne Organisation ist, die ihre Ziele mit bestmöglicher Effizienz verwirklicht. Wir wollen die sicherste Großstadt der Republik werden und dazu bedarf es einiger Neuerungen. Für den einen oder anderen mögen diese Reformen schmerzhaft sein, es führt jedoch kein Weg daran vorbei! Wir werden über kurz oder lang zu einem Punkt kommen, wo die bisher bekannte Organisationsstruktur erheblich gelockert werden wird. Sie sind dann als Polizisten flexibel für alle Arten der Verbrechensbekämpfung einzusetzen. Unsere Kriminellen tun uns ja nicht den Gefallen, auf eine gleichmäßige Verteilung der verschiedenen Delikte zu achten.«

»Entschuldigung«, meldete sich Jürgens von der Milieukriminalität, »was verstehen Sie in diesem Zusammenhang unter Effizienz?«

»Effizienz«, antwortete Herbert wie aus der Dienstwaffe geschossen, »ist die Effektivität, also die Wirksamkeit, unter Berücksichtigung der Kosten. Es wird in Zukunft verstärkt darauf geachtet werden, dass einzelne Sachgebiete, wie zum Beispiel die Mordkommission, sich nicht mehr monatelang mit alten Fällen beschäftigen, während zum Beispiel gerade unsere Innenstadt geplündert wird.«

»Herr Direktor Göttler?«, diesmal hatte sich Heinrich gemeldet, der links vor Alfred saß und dem Treffen anscheinend in seiner Eigenschaft als Mitglied des Personalrats beiwohnte.

»Ja, bitte?«

»Ich hätte da zwei Fragen: ist diese Umstrukturierung mit dem zuständigen Dezernatsleiter oder dem Personalrat diskutiert worden und sind Sie sich im Klaren darüber, dass ich zum Beispiel nur dann effizient arbeiten kann, wenn ich mich voll und ganz auf mein Gebiet konzentriere und einen großen Kreis von Informanten aufbaue und pflege? Das kann man doch nicht so nebenher machen!«

»Und man kann doch jetzt schon nach Lust und Laune Sokos und Sondereinheiten bilden«, rief Rötlein von den Umweltstraftaten dazwischen.

»Meine Damen und Herren, bitte etwas ruhiger«, überdröhnte Herbert mit seinem Mikrofon das Volksgemurmel, dabei kam es zu einer unangenehm pfeifenden Rückkopplung. »Kriminaloberrat Reuther, der Dezernatsleiter, ist, wie Sie alle wissen, schwer zuckerkrank und bereits seit drei Monaten arbeitsunfähig geschrieben. Als dem nächsthöheren Vorgesetzten fällt mir somit automatisch die Vertretung zu. Mir ist schon klar, dass hierbei der eine oder andere seinen heiß geliebten Erbhof aufgeben muss, aber die Polizei ist nicht Ihr Privatunternehmen und es schadet auch überhaupt nicht, wenn man mal über den eigenen Tellerrand hinausschaut. Dieses Vorhaben ist meines Wissens nicht mitbestimmungspflichtig. Der Personalrat wird noch entsprechend konsultiert werden. Das Ganze ist ja auch mehr als ein auf Dauer angelegter Prozess zu sehen. Die Hartmann-Entführung bietet nur die Gelegenheit, im Vorfeld schon mal damit zu experimentieren.

Ich möchte nun die Gelegenheit nutzen, um mit Ihnen zusammen die Besetzung der Sonderkommission vorzunehmen.«

»Aber solche Maßnahmen müssen doch vom Präsidenten und dem Innenministerium genehmigt werden«, meldete sich Heinrich noch einmal.

»Ja, das überlassen Sie mal schön mir«, wiegelte Herbert ab, »ich befinde mich mit den zuständigen Herren in permanentem Austausch.«

In diesem Moment betrat Staatsanwältin Schwarz den Raum. Sie nahm am äußersten Rand der ersten Reihe Platz und ließ sich von Göttler mit einem kurzen Kopfnicken begrüßen.

»Sie, meine Herren vom Team 3, sind ja sowieso betroffen«, wandte Herbert sich nun an Maiwald und seine Kollegen. »Sie werden natürlich alle aktuellen Fälle nachrangig behandeln. Diese Entführung hat oberste Priorität! Die Damen und Herren von den Kommissariaten 12 und 13 können ihre zurzeit anstehenden Delikte sicher auch ein paar Tage warten lassen. Ich möchte von jedem Kommissariat mindestens zwei Personen überstellt haben und bitte die Kommissariatsleiter, das entsprechend zu regeln. Kommen wir nun zur K11, Mordkommission ...«

»Der wird doch nicht ...«, Renan rammte Alfred ihren linken Ellbogen in die Seite. Doch dieser verzog keine Miene.

»Team eins«, fuhr Herbert emsig fort, »Sie suchen schon seit drei Monaten nach den Verantwortlichen für den zerstückelten Asiaten. Ich bin sicher, dass es Ihrer Arbeit keinen Abbruch tut, wenn Sie sich bis auf weiteres der Sonderkommission anschließen«, die Kollegen Rauh, Bauer und Sichert verdrehten die Augen bzw. traten mit kaum verhohlenem Ärger gegen die vordere Stuhlreihe. Sie beschäftigten sich seit geraumer Zeit mit dem Fall eines zerstückelten Filipinos, der in einem Koffer in einem Bahnhofsschließfach aufgefunden worden war. Dass sie daneben noch drei weitere Fälle bearbeiteten, verschwieg Göttler geflissentlich.

»Und Team zwei«, Herbert sprach nun in Alfreds und Renans Richtung, »ein toter Russe, den kein Mensch kennt oder vermisst, wird sich auch nicht beschweren, wenn sein Mörder ein paar Tage länger frei herumläuft ...«

»Herr Göttler«, Staatsanwältin Schwarz erhob sich ruhig von ihrem Stuhl, »in dieser Angelegenheit möchte ich kurz um das Wort bitten.«

»Äh ja …, aber selbstverständlich, Frau Staatsanwalt«, presste Göttler hervor.

»Danke. Auch wir haben natürlich ein ausgeprägtes Interesse daran, dass diese Entführung schnellstmöglich beendet wird, und ich begrüße Ihre Tatkraft in dieser Sache. Wir dürfen aber keinesfalls die Großwetterlage aus den Augen verlieren. Ich möchte Sie daher bitten, keine Beamten abzuziehen, die an Delikten arbeiten, die in Zusammenhang mit unserer – nicht zu unterschätzenden – Aussiedlerproblematik stehen. Dies betrifft hauptsächlich die Milieukriminalität, aber auch diesen bewussten Mordfall …«

»Aber …«, Göttler hob den Zeigefinger.

»Es besteht Konsens zwischen der Staatsanwaltschaft und dem Polizeipräsidenten«, sprach Frau Schwarz ruhig, aber bestimmt weiter, »dass wir nicht dabei zusehen wollen, wie sich Angehörige dieser ohnehin problematischen Bevölkerungsgruppe nun auch noch gegenseitig umbringen. Es wäre ein fatales Signal, hier die Ermittlungen schleifen zu lassen. Zumal unsere Polizei in solchen Entführungsfällen ja noch Verstärkung vom Landeskriminalamt bekommt; Sie verstehen das sicher«, lächelte sie.

»Das stellt überhaupt kein Problem dar«, lächelte Herbert gequält zurück. »Nun muss ich noch ein paar mahnende Worte bezüglich der Großdemonstration in München verlieren, an der – wie ich gehört habe – auch eine nicht geringe Anzahl von Ihnen teilnehmen möchte …«

Anna Schwarz war Anfang vierzig, dunkelhaarig, groß, elegant und hatte aus unerfindlichen Gründen eine gewisse Schwäche für einen gewissen Hauptkommissar, der sie eines Abends im strömenden Regen vom Gericht bis nach Hause gefahren hatte, als ihr eigenes Auto nicht ansprang. Dienstlich hatten sie nur selten etwas miteinander zu tun, weil Anna Schwarz sich hauptsächlich mit Jugendkriminalität beschäftigte. Dadurch lagen ihr aber die Spätaussiedler besonders am Herzen. Ihre Wege kreuzten sich entweder, wenn Alfred im Zusammenhang mit dem Tod eines Jugendlichen in den Zeugenstand gerufen wurde, oder wenn verschiedene Vertreter der Staatsanwaltschaft an Sommerbällen, Weihnachtsfeiern oder ähnlichen Veranstaltungen der Polizei teilnahmen. Regelmäßig kamen sie dabei ins Gespräch und es zeigte sich immer wieder, dass sie in vielen Dingen einer Meinung waren und die Chemie zwischen ihnen stimmte. Wenn er nur zehn Jahre jünger wäre und nicht verheiratet … oder sie zehn Jahre älter und nicht in einer festen Beziehung …

»Sie hatten völlig Recht, mich von dieser, ja, sagen wir ›Ansprache‹ in Kenntnis zu setzen«, sagte sie und zog kräftig an ihrer Slim-Line-Zigarette.

»Ich habe schon so etwas Ähnliches befürchtet«, nickte Alfred ebenfalls rauchend, »und dass er so eine Show hinter dem Rücken der Staatsanwaltschaft abzieht, ist ja auch typisch!«

Alfred, Renan und Anna Schwarz standen auf dem Gang vor dem Lehrsaal III. Göttler war sofort nach seiner Rede wieder verschwunden und hatte eine Meute wild diskutierender Polizisten zurückgelassen.

»Effizienz ist die Effektivität, also die Wirksamkeit unter Berücksichtigung der Kosten«, äffte Renan den Chef nach.

»McKinsey«, Heinrich gesellte sich zu ihnen.

»Was?«

»Seit ein paar Monaten kursieren Gerüchte, dass Leute von McKinsey in der Chefetage ihr Unwesen treiben«, Heinrich steckte die Hände in die Hosentaschen, lehnte sich an die Wand und blickte herausfordernd in die Runde.

»McKinsey?«, Anna Schwarz zog die Augenbrauen hoch, »interessant!«

»Anscheinend haben sie mittlerweile alle Banken, Versicherungen und sonstigen Großkonzerne in Deutschland durch«, nickte Alfred, »nur logisch, dass sie sich nach neuen Opfern umsehen … wobei sich in diesem Fall ganz sicher eher der gute Herbert nach ihnen umgesehen hat!«

»Ich habe auch den Eindruck, dass sich hier jemand auf Kosten der Qualität profilieren will«, sagte Anna während ihre Augen den Gang nach einem Aschenbecher absuchten.

»Dürfte ich Ihnen aushelfen?«, fragte Alfred galant, während er ein silbernes Döschen aus der Hosentasche zog.

»Ein Taschenaschenbecher«, sagte Anna amüsiert. »Sie überraschen mich immer wieder, Herr Kommissar«, kopfschüttelnd schnippte sie die Asche in das kleine Blechgefäß.

»Was sagt denn eigentlich die Staatsanwaltschaft zu solchen Plänen?«, fragte Heinrich.

»Ich fürchte, dass ich Ihnen da nicht viel helfen kann«, seufzte Anna Schwarz. »Wir können zwar Einfluss darauf nehmen, wie und ob welcher Fall bearbeitet oder beendet wird, aber wir können einem Polizeipräsidenten oder Kriminaldirektor natürlich nicht vorschreiben, wie er seinen Laden organisiert. Das wäre erst möglich, wenn durch Missorganisation die Aufklärungsstatistik massiv leiden würde.«

»Also muss wohl die Gewerkschaft ran«, sagte Renan und schlug Heinrich auf die Schulter.

»Das fürchte ich auch«, entgegnete der mit finsterer Miene, »ich habe schon mal als Gewerkschaftsvertreter beim Polizeipräsidenten gesessen …«

»Und, wie war's?«, fragte Anna.

»Zwei Stunden Monolog«, die Falten auf Heinrichs hoher Stirn erinnerten jetzt an die topographische Darstellung eines Mittelgebirges, »die Geschichte der Polizei von 1918 bis heute. Mit besonderer Berücksichtung der siebziger Jahre, als die Zuständigkeit für den Polizeidienst von den Städten zum Bundesland verlagert wurde … danach hast du keine Power mehr, irgendein Anliegen engagiert zu vertreten, ich schwöre!«

»Auf jeden Fall kommt da einiges auf euch zu«, sagte Renan mitfühlend.

»Allerdings«, nickte Heinrich »aber zum Glück hat sich letzte Woche jemand bereit erklärt, die Organisation für die Weihnachtsfeier zu übernehmen!«

Das Bier aus dem Automaten vor der Kantine – Freiherren Edel Pils – war mittlerweile viel zu warm. Während er die Flasche an den Mund hob, beobachtete Alfred die Abendsonne, die sich tiefrot in den Fenstern eines schräg gegenüberliegenden Kaufhauses spiegelte. Er saß auf Renans Platz, der die bessere Aussicht auf die Fußgängerzone bot, und bemühte sich, keine Tabakkrümel auf ihrer Schreibtischunterlage zurückzulassen. Schließlich stand er auf, öffnete das Fenster, lehnte sich hinaus und zündete die Kippe an. Er saugte den Rauch inklusive der feuchten Abendluft bis in die letzten Bronchien und ließ das Nikotin wirken. Es war bereits nach 20 Uhr. Die Geschäfte in der Innenstadt hatten geschlossen und die Fußgängerzone war fast leer. Alfred brauchte hin und wieder diese Stunden, allein im zweiten Stock des Dienstgebäudes. Ungestört konnte man die Außenwelt an sich vorbeiziehen lassen, die eigene Innenwelt entdecken, die Toilettenwände mit markigen Sprüchen verzieren, Salz und Zucker in der Teeküche vertauschen oder endlich mal wieder im eigenen Büro Rauch erzeugen. Keine Frage, dass Renans Spürnase das morgen feststellen würde, aber letztendlich konnte sie ihm ja nichts beweisen. Alfred hatte sich zu einer spontanen Spätschicht entschlossen, als ihm eingefallen war, dass seine Frau heute Abend ein gutes Dutzend ihrer Lehrer-Kolleginnen zu kaltem Buffet und angeregtem Plausch eingeladen hatte. Sie tat das ungefähr zweimal im Jahr und bat ihn jedes Mal eindringlich, sich nicht wieder zu drücken. Grundsätzlich hatte er ja auch nie etwas dagegen, im Mittelpunkt zu stehen, aber eine Meute von zwölf Gymnasiallehrerinnen, die sich hemmungslos betranken, überstieg seine Leidensfähigkeit bei weitem. Unter ihm, im Erdgeschoss, waren die Nacht- und Bereitschaftsdienste aktiv, während im dritten Stock auf der zum Innenhof gewandten Seite des Gebäudes die »Soko-Hartmann« die Arbeit aufgenommen hatte.

Die Kollegen würden ihr Wochenende und ihre Feierabende bis auf weiteres vergessen können. Solche Gelegenheiten ließen sich profilierungssüchtige Führungskräfte wie Herbert nicht entgehen. Die nächste Landtagswahl würde bestimmt kommen und Kriminaldirektor Göttler rechnete sich gute Chancen aus, Abgeordneter zu werden, vielleicht sogar Staatssekretär. Er war im richtigen Alter, in der richtigen Partei, kannte die richtigen Amts- und Würdenträger, hatte als Beamter nichts zu verlieren, spielte Golf und verfügte über den notwendigen Ehrgeiz bzw. die nötige Skrupellosigkeit.

Und während Menschen wie Herbert das Land regierten, verkam diese Stadt zu einem Modemagazin: außen Hochglanz, innen Leere; äußerlich herausgeputzt und aufpoliert, innerlich trost- und geistlos. Alfred erinnerte sich, dass kurz hinter dem Weißen Turm früher der Kurzwaren Buchholz gewesen war, ein Familienunternehmen, das auf mehreren Etagen Knöpfe, Schnallen, Zwirn und Ähnliches feilbot. Heute befand sich darin eine Trend-Boutique. Der ehemalige Herrenausstatter Hendrik Soldan war mittlerweile der Espressobar einer Bäckereikette gewichen und wo einst Eisen- und Haushaltswaren verkauft wurden, protzte jetzt ein Parfümerie-Megastore. Alfred war nicht der Erste und noch weniger der Einzige, dem auffiel, dass die größeren Innenstädte in Deutschland, ja sogar in Europa, kaum noch voneinander zu unterscheiden waren. Wir leben in einer Einheitswelt, dachte er bei sich, kaufen Einheitskleidung in Einheitsmodehäusern, schaufeln Einheitsessen in unsere Einheitsmägen und sehen das Einheitsprogramm im Einheitsfernsehen. Was der Kommunismus in fünfzig Jahren nicht geschafft hatte, erledigte nun die Globalisierung mit Unterstützung der Unternehmensberater in einem Bruchteil der Zeit. So weit war es schon gekommen, dass die Polizei auch bald vereinheitlicht sein würde. Leute wie Herbert machten aus seiner Arbeit einen Einheitsdienst, den jeder Einheitspolizist gleichermaßen einheitlich erledigen konnte – und nach Feierabend gab's ein warmes Einheitsbier. Na, dann prost!

Alfred blickte nach rechts und sah sein Spiegelbild im Fensterglas. Die Reflektion war gnädig. Den Kampf gegen die grauen Haare hatte er bereits vor zehn Jahren aufgegeben. Das stundenlange Gefummel mit einer Pinzette vor dem Badezimmerspiegel hatte ja doch keine nachhaltigen Erfolge gebracht. Ansonsten pflegte er regelmäßig seine Augenbrauen und stutzte die Nasenhaare, so dass er zumindest im Fensterflügel noch ganz manierlich aussah.

Mit der Eitelkeit war das so eine Sache. Eigentlich war er ja früher ein Sympathisant der 68er-Bewegung gewesen, die ihn am Ende der Pubertät mit voller Wucht getroffen hatte. Wie es sich gehörte, hatte er sich mit seinem Vater wegen der übertriebenen Spießigkeit und des unaufgearbeiteten Nazi-Erbes überworfen und war mit neunzehn in eine WG gezogen. Die Wertschätzung seines Äußeren machte es ihm jedoch unmöglich, einen verfilzten Bart zu tragen oder sich die Haare ungewaschen bis zur Gürtellinie wachsen zu lassen. Das, gepaart mit einigen anderen Abweichungen wie z. B. der Vorliebe für schicke Autos, stempelte ihn schon fast zum Konterrevolutionär und war letztendlich mit verantwortlich für seine Entscheidung, zur Polizei zu gehen. Andernfalls wäre er sicherlich Soziologe oder Lehrer geworden. Er wäre in ein Gostenhofer Hinterhaus gezogen, hätte Umstürze geplant, gegen den Nato-Doppelbeschluss, die atomare Wiederaufbereitungsanlage Wackersdorf und zahlreiche Castor-Transporte demonstriert. Er hätte an der Universität das Anti-Faschismus-Referat leiten und als DKPler oder Grüner für den Stadtrat kandidieren können. Heute würde er in einem liebevoll sanierten Gostenhofer Vorderhaus leben und mit anderen Mitgliedern der gesetzten Szene die immer gleichen Kneipen frequentieren, das politische Desinteresse der Jugend beklagen und dazu italienischen Bio-Chianti schlürfen.

Er schnippte die Zigarette weg und rieb sich seufzend die Augen. Gerechterweise musste er zugeben, dass auch er nicht allzu weit gekommen war. Der geplante Marsch durch die Institution Polizei hatte ein jähes Ende gefunden, als er eine Familie ernähren musste und überdies noch einem Kollegen namens Herbst zugeteilt wurde. Gerne hätte Alfred sich als Polizeichef für einen toleranteren Umgang mit Demonstranten eingesetzt, Wirtschaftskriminellen ordentlich zugesetzt und schließlich die Arbeitsbedingungen für den Streifendienst verbessert – doch dazu hatte er noch keine Gelegenheit erhalten.

VII.
ABHÄNGIGKEITSGRUNDLAGEN

Es gab verschiedene KGB-Schulen in der Sowjetunion. Nikolai wurde der Schule Nr. 367 in Irkutsk zugewiesen, Jewgenji kam nach Nowosibirsk. Der Geheimdienst war für sie der beste und vor allem schnellste Weg gewesen, um dem Fronteinsatz in Afghanistan zu entrinnen. Die Rote Armee traf in jenem unterentwickelten Land auf unerwartet heftige Gegenwehr und es war bereits in den ersten Kriegsjahren abzusehen, dass es noch Jahre dauern würde, die Mudschaheddin endgültig zu besiegen. Den Soldaten stand noch ein sehr langer, zermürbender Guerilla-Krieg bevor. Schlimmer als im Hindukusch konnte es beim Geheimdienst auf keinen Fall sein. Die Zulassung zum Dienst im KGB war kein Kinderspiel gewesen, es bedurfte einwandfreier Führungszeugnisse, man musste Parteimitglied und obendrein noch überzeugter Sowjetbürger sein. Nikolai und Jewgenji nahmen all diese Hürden auch deswegen, weil sie verdiente Afghanistan-Kämpfer waren.

Vor der endgültigen Zulassung stand aber für jeden noch ein persönliches Gespräch mit dem KGB-Chef des jeweiligen Militärbezirks. Nikolai musste dazu bei Generalmajor Sinajew antreten, einem untersetzten, kahlköpfigen Apparatschik, dessen Gesichtszüge starke Ähnlichkeit mit einer Dogge aufwiesen. Sein Büro befand sich im zweiten Stock eines unscheinbaren Betonbaus am Rand von Kabul. Es war Winter und ungewöhnlich kalt, anscheinend funktionierte die Heizung nicht. Der Raum war nicht sehr groß und nur spärlich mit einigen Holzmöbeln ausgestattet. An der Wand hing ein Bild des Generalsekretärs Breschnew und eines des KGB-Chefs Andropow. Gegenüber befanden sich etliche gerahmte Urkunden, die den Generalmajor als verdienten, tapferen und pflichtbewussten Diener der

UdSSR auswiesen. Nachdem er stramm Meldung gemacht hatte, wurde Nikolai befohlen, sich hinzusetzen.

»Glauben Sie wirklich, dass Sie dem Geheimdienst Ihres Mutterlandes gute Dienste leisten können?«, bellte Sinajew, nachdem er Nikolai etwa fünf Minuten lang schweigend gemustert hatte.

»Genosse General«, antwortete Nikolai zackig, »ich habe hervorragende Leistungen auf der Offiziersakademie vorzuweisen, ich habe in Afghanistan gekämpft und bin in Erfüllung meiner Pflicht schwer verwundet worden. Wenn ich entsprechend weitergebildet werde, kann ich für das Komitee sicher sehr gute Arbeit leisten!«

»Jaja«, grollte Sinajew, »am Anfang habt ihr alle eine hohe Meinung von euch selbst, aber wenn's drauf ankommt, kann man sich auf keinen verlassen! Trinken Sie Wodka?«

»Niemals, Genosse General!«

»Das sagen sie auch alle«, zürnte Sinajew weiter, »und wenn man Jahre der Ausbildung investiert hat, sind neunzig Prozent Alkoholiker«, seine rote Nase leuchtete fast, als er fortfuhr: »Beim KGB geht es nicht zu wie bei den Soldaten! Sie müssen viel mehr können und erheblich mehr wissen. Wie steht es zum Beispiel mit Ihren Literaturkenntnissen? Lesen Sie Bücher?«

»Selbstverständlich, Genosse General!«

»Dann nennen Sie mir den diesjährigen Leninpreisträger für Literatur«, befahl Sinajew, während er sich hinter seinen Schreibtisch setzte.

»Ivan Roschenko«, antwortete Nikolai nach kurzem, panischem Überlegen. Es war der Name seines Russischlehrers in der Grundschule gewesen.

»Noch mal Glück gehabt«, blaffte Sinajew, »ich werde Ihre Aufnahme in den KGB befürworten.«

Eine Woche später wurde Nikolai nach Irkutsk abkommandiert. Obwohl die KGB-Schule wieder eine Art Kasernierung darstellte, fühlte sich Nikolai erleichtert, dem Wahnsinn des Krieges entronnen zu sein. Und wieder gab es viel zu lernen:

operative Tätigkeiten des KGB, nachrichtendienstliche Arbeit, Nachrichten- und Spionageabwehr der Hauptfeinde, Aufgaben des KGB im Krieg, Taktiken der Desinformation, Abwehr »ideologischer Diversion« und so weiter. Das Herzstück jeder geheimdienstlichen Arbeit bestand jedoch im Anwerben und Führen von Agenten. Darauf wurden sie besonders intensiv vorbereitet. Grundsätzlich gab es zwei Möglichkeiten: entweder ein Mensch wurde aufgrund seiner politischen Überzeugung angeworben oder es musste eine »Abhängigkeitsgrundlage« hergestellt werden. Das bedeutete Erpressung, Bestechung, Drohung, Druck. Um die erfolgversprechendste Taktik anwenden zu können, wurden die KGB-Schüler psychologisch besonders geschult. Es war vor allem wichtig, Menschen schnell einzuschätzen, ihre Stärken und Schwächen zu erkennen und ihre Handlungen vorherzusehen.

»Das ist alles nicht mehr so einfach wie früher«, erklärte der Instrukteur für Psychologie, Major Rostow, »noch vor zehn Jahren konnten wir fast jeden Mann mit seiner Frau bedrohen. Wir haben einer Mitarbeiterin befohlen, mit ihm eine Affäre zu beginnen, die Schäferstündchen dann fotografiert und fertig. Aber heute verkommt die öffentliche Moral immer mehr, so dass wir gezwungen sind, neue Wege einzuschlagen!« Es folgte die Geschichte eines ausländischen Diplomaten, der auf diese Weise gefügig gemacht werden sollte. Es klappte alles hervorragend: die Agentin war klug und schön, die Liebesbeziehung intensiv und die Fotos von ausgezeichneter Qualität. Eines Tages traf der Diplomat statt der Geliebten zwei KGB-Leute in seinem Liebesnest an, die ihm die Aufnahmen vorlegten und ihm dringend rieten, künftig als Informant für den KGB zu arbeiten. Ansonsten sähen sie sich gezwungen, die Bilder verschiedenen Personen zukommen zu lassen, die ihm nahe standen. Dummerweise gefielen die Fotos dem Diplomaten sehr gut. Er bat darum, den Satz behalten zu dürfen, und ermutigte die Agenten, Abzüge zu schicken an wen sie wollten – seine Frau, seine Vorgesetzen –, er hätte damit keine Probleme. »Und so«, beendete Rostow seinen Vortrag, »werden wir immer öfter gezwungen, noch subtilere Methoden anzuwenden oder letztendlich mit Härte vorzugehen, was immer noch die effektivste Methode ist.«

Künftige KGB-Offiziere waren lebenswichtig für das System. Man sparte weder an Personal noch an Geld, um sie optimal auszubilden. Verstand und Klugheit waren ebenso wichtig wie außergewöhnliche Geduld und die Fähigkeit, den Gegnern immer zuvorzukommen. Es wurde schon bald deutlich, dass KGB-Leute Angehörige einer Elite mit außergewöhnlicher Macht waren. Nikolai erkannte dies jedes Mal, wenn er mit den Kameraden nach dem Soldempfang abends in Irkutsk unterwegs war und in den Cafés der Stadt sofort Tische für sie freigemacht wurden oder man nach Herzenslust eine Rauferei anzetteln und dabei komplette Wirtschaften zerschlagen konnte, ohne Konsequenzen zu fürchten.

Nach einem Jahr intensiver Ausbildung hatte Nikolai gelernt, wie man Telefone und Wohnungen abhörte, wie verschiedene Sprengstoffe und Zünder funktionierten, wie die Geheimdienste von USA, England, Deutschland und Israel arbeiteten, wie man tote Briefkästen anlegte und auffand … er hatte aber auch gelernt, zu misstrauen, zu manipulieren, zu erpressen und brutal zu sein. Das Wichtigste war jedoch, dass er nie wieder in vorderster Front im Kugelhagel von fanatischen Freiheitskämpfern stehen würde und dass seine Mutter nach dem geliebten Ehemann nicht auch noch den ältesten Sohn betrauern müsste.

»Scheiße«, schimpfte Renan und zerknüllte das Fax.

»C'est la vie«, sagte Alfred. Das Bundesverwaltungsamt hatte soeben mitgeteilt, dass leider keine Person in den Akten zu finden war, die ihrem Phantombild ähnelte. »Die einfachen Lösungen sind leider oft die unwahrscheinlichen.«

»Ja, ja. Schon gut. Ha…ha…haaatschie«, sie zückte ein Taschentuch und schnäuzte sich lautstark.

»Gesundheit!«

»Danke. Ich glaube, ich muss gleich mal zur Apotheke und mir Anti-Allergie-Pillen besorgen. Obwohl, eigentlich könnte das doch auch die Reimer machen!«

»Frau Reimer befindet sich noch in der Ausbildung zur Verwaltungsfachkraft, sie soll hier etwas lernen und nicht auf Botengänge geschickt werden«, maßregelte Alfred, sich in seinem Schreibtischstuhl zurücklehnend.

»Lehrjahre sind keine Herrenjahre, sagt mein Vater immer«, sie warf das Taschentuch in den Restmüllbehälter, »der gehört auch mal wieder ausgeleert!«

»Wenn ich früher so mit dir umgesprungen wäre ...«, wagte Alfred anzumerken.

»Du ... du bist noch viel schlimmer mit mir umgesprungen«, empörte sich Renan, »und ich war damals nicht mehr in der Ausbildung, nur fürs Protokoll!«

Es war abermals ein heißer Sommermorgen. Alfred und Renan brüteten über den bisherigen Aufzeichnungen und Berichten. Nachdem sich die meistversprechende Spur ihres Falles als Niete erwiesen hatte, war guter Rat teuer. Während Renan immer noch von ihrem Heuschnupfen geplagt wurde, litt Alfred unter bohrenden Kopfschmerzen. Sie waren von der Sorte, die nach der ersten Tasse Kaffee noch schlimmer wurden anstatt zu verschwinden. Er durchsuchte seine unterste Schreibtischschublade und fand das Aspirin-Röhrchen für Notfälle.

»Und?«, fragte Renan, als sie ihn mit Brausetabletten und einer Flasche abgestandenem Mineralwasser hantieren sah. »Wo drückt's dich heute?« Ihrer Meinung nach kokettierte Alfred zu oft und zu viel mit seinen körperlichen Leiden – aber das war ja bei Männern nicht untypisch.

»Muss dieses unsägliche Freiherren-Bier gewesen sein, ich habe gestern Abend gerade mal zwei davon getrunken!«

»Vielleicht schlägt ja auch das Wetter um«, Renan fingerte ein neues Taschentuch aus der Packung.

»Nein, ausgeschlossen«, Alfred war nicht gewillt, sich sein Elend relativieren zu lassen.

»Wieso?«

»Wenn sich das Wetter ändert, habe ich immer so ein komisches Ziehen im Ohr«, er beobachtete die sich im Wasser auflösende Tablette und meinte bereits den widerlichen Geschmack im hinteren Mundraum wahrzunehmen.

»Ich glaube, du wirst langsam schrullig, Alfred«, tadelte Renan, nachdem sie sich abermals ausgiebig geschnäuzt hatte.

»Dann läge es an dir, etwas jugendliche Frische und Rationalität in unser Team zu bringen, Kollegin«, er schüttelte das Glas und kippte den Inhalt mit Todesverachtung hinunter, heute sah er sich nicht in der Lage, ihre Vorhaltungen unwidersprochen hinzunehmen.

»Das wäre dann die nächste Sache, bei der ich personelle Unterstützung brauchen könnte!«

»Warum werde ich das Gefühl nicht los, dass du nicht so hart wärst, wenn wir einen knackigen Zwanzigjährigen als Verwaltungskraft hätten?« Alfred wandte sich scheinbar wieder den Aufzeichnungen auf seinem Schreibtisch zu.

»Keine Ahnung«, parierte Renan mit Unschuldsmiene, »einen Mann würde ich noch viel härter anpacken, echt!«

»Die Botschaft höre ich wohl, allein – mir fehlt der Glaube«, zitierte Alfred ironisch.

»Siehst du, da ist er wieder!«, rief sie.

»Wer?«

»Der Zeigefinger!«

»Was?«, Alfred bemühte sich, den Unterarm unbemerkt zu senken.

»Der erhobene Zeigefinger vom Herrn Oberlehrer. Das habe ich ein Jahr lang mitmachen müssen. Dabei war ich so froh, endlich aus der Schule raus zu sein!«

Renan war es mal wieder gelungen, binnen weniger Sekunden den Spieß umzudrehen. Wie schaffte sie das bloß immer wieder?, fragte sich Alfred im Stillen bewundernd und entgegnete etwas pikiert: »Entschuldigung, wenn ich dich an meiner jahrzehntelangen Erfahrung teilhaben lassen wollte.«

»Ja, ja. Und jetzt wieder den Beleidigten spielen!«

Oh, dieses Weib! »Ich war schon seit fünfundzwanzig Jahren nicht mehr beleidigt und werde es auch für den Rest meines Lebens nicht mehr sein. Dafür habe ich nämlich schon zu viel mitgemacht!«

»Aha! Und nachtragend bist du dann auch nicht?«

»Ich bin niemals nachtragend!«, Alfred war es unmöglich zu verhindern, dass er eine Spur lauter wurde und jedes Wort einzeln betonte.

Renan zog ein leeres Blatt Papier aus dem Drucker und begann zu schreiben.

»So, unterschreiben!«, befahl sie eine Minute später.

»Hiermit erkläre ich, Alfred Albach, im Vollbesitz meiner geistigen Kräfte, dass ich seit fünfundzwanzig Jahren nicht mehr beleidigt war und es auch nie wieder sein werde. Außerdem bin ich niemals unversöhnlich«, las er vor. »Was soll das jetzt?«

»Ich werde dich zu gegebener Zeit an deine Worte erinnern und möchte nicht, dass du dich rausredest!«, Renan blitzte triumphierend.

»Also gut«, sagte er knapp und unterschrieb, »damit habe ich überhaupt kein Problem!« Er warf das Papier auf ihren Tisch zurück.

»O. k.! Und jetzt zu den Belehrungen …«

»Wir können uns die Frau Reimer ja teilen«, schlug er zackig vor, »von Montag bis Mittwoch Mittag darf ich sie belehren und von Mittwoch bis Freitag kannst du sie dann schikanieren!«, er hatte jetzt keine Lust sich weiter zu streiten und verließ demonstrativ den Raum.

Alfred lief kurz darauf mit beiden Händen in den Hosentaschen durch die noch verschlafene Fußgängerzone. Zum Rauchen hatte er keine Lust. Er wusste genau, dass der Streit mit Renan gerade nichts Ernstes gewesen war, sie brauchten ab und zu mal eine Auseinandersetzung, um dann wieder zu lockerem Schlagabtausch übergehen zu können – Psychohygiene hatte

Renan das einmal genannt. Ein reinigendes Gewitter eben, nach dem man wieder durchatmen konnte. Leider blieb das meteorologische Unwetter wieder einmal aus. Die Hitzewelle hielt nun schon seit drei Wochen mit regelmäßigen Höchsttemperaturen von über 34 Grad an, für einen wetterfühligen Menschen wie Alfred kein Zuckerschlecken – erst recht nicht, wenn man am Abend zuvor Freiherren-Gebräu getrunken hatte. Verschlimmert wurde das Ganze noch dadurch, dass sich seit zwei Tagen abends Gewitter ankündigten, aber nicht stattfanden. Luftfeuchtigkeit und Luftdruck stiegen und die Temperaturen gingen in der Nacht noch weniger zurück als sonst, so dass die Nachtruhe ebenfalls kaum Erholung brachte. Da war es dann schon besser, in einem ordentlichen Gewitter mal nass zu werden. Alfred überquerte die Fleischbrücke und machte auf dem Rückweg einen kurzen Zwischenstopp in einer der neuen, schicken Espresso-Bars, wo er Rötlein und Jürgens, zwei frischgebackene Mitglieder der Soko Hartmann, traf. Die beiden erzählten, dass mittlerweile ein Herr vom LKA eingetroffen war, der den Beamten in der Provinz nun mal zeigen sollte, wie man solche Fälle richtig anpackt. Eigentlich war es nicht üblich, dass sich das LKA personell an Sonderkommissionen dieser Art beteiligte, aber Göttler hatte sich wegen der großen Prominenz des Opfers mächtig ins Zeug gelegt und binnen vierundzwanzig Stunden Verstärkung aus München bekommen. Während der LKA-Heini noch von Göttler mit Cappuccino bewirtet wurde, hatten die hiesigen Ermittler schon herausgefunden, dass Hartmann vor einem halben Jahr einen Mitarbeiter seines mittleren Managements auf ziemlich unfaire Weise gefeuert hatte, weil der sich erlaubt hatte, die gegenwärtige Politik der Firmenleitung zu kritisieren. Vor einer Woche nun hatte der frühere Mitarbeiter unverständlicherweise auch noch den Prozess vor dem Arbeitsgericht verloren und seitdem war er verschwunden. Außerdem konzentrierte sich die Soko noch auf die Ex-Inhaber einiger Kleinbrauereien, die der Freiherren-Konzern in den letzten fünf Jahren geschluckt hatte.

»Also, wenn du mich fragst«, erklärte Rötlein, den letzten Rest seines Espressos hinunterstürzend, »hätte man deswegen keinen solchen Terz veranstalten müssen. In spätestens einer Woche ist die Sache gelaufen, mit oder ohne LKA!«

»Und wenn du mich fragst«, entgegnete Alfred, »hätte ich heute auch gute Lust, Hartmann zu entführen, ich habe mir gestern zwei Freiherren-Pils aus unserem Automaten genehmigt!«

»Na, geht's dem Kopf besser?«, fragte Renan versöhnlich, als er zurück ins Büro kam.

»Ein wenig«, sagte er und ließ sich auf seinen Stuhl fallen.

»Weißt du, was ich mir gerade gedacht habe?«

»Wie könnte ich?«

»Kann das sein, dass bei hunderttausend männlichen Aussiedlern im entsprechenden Alter keiner unserem Mann auch nur ähnlich sieht?«, sie hatte das zerknüllte Fax wieder glatt gestrichen und hielt es hoch.

»Nun ja«, Alfred stützte müde den Kopf in die Hand, »so genau haben sie wahrscheinlich nicht hingesehen und zudem haben sie ja nur Kopien der alten Pässe aus Russland. Da kann sich das Äußere eines Menschen schon verändern im Lauf der Jahre.«

»Das führt mich zu einer verzwickten Frage«, sagte sie und klatschte das Blatt wieder auf ihre Schreibtischplatte.

»Die da wäre?«

»Was machen wir jetzt?«, Renan ließ ihren Kugelschreiber fallen und sah Alfred herausfordernd an.

»Und, was würdest du darauf antworten?«, spielte der den Ball zurück.

»Dass wir jetzt gerade ziemlich auf dem Trockenen sitzen und nicht viel mehr tun können als zu warten, ob unser Verdächtiger der Fahndung ins Netz geht oder bis dein Ex-Kollege Herbst uns neue Informationen zu diesem Abzeichen liefern kann.«

»Sehr gut«, nickte er, »bis dahin müssen wir eben die bisherigen Hinweise noch mal und noch mal durchgehen. Könnte ja sein, dass wir etwas übersehen haben. Aber nicht hier!«

Sie fuhren auf der Autobahn nach Norden und befanden sich schon fast in Bamberg, als Alfred endlich abfuhr. Er steuerte den roten Alfa an abgeernteten Feldern und verbrannten Wiesen vorbei durch zwei Dörfer. Gunzendorf, las Renan auf dem Ortsschild. Schließlich parkten sie am Fuß eines kleinen Hügels mit Kapelle und erklommen mehrere hundert Stufen bis zu einem Bierkeller. Von hier aus bot sich ein umwerfender Blick in das Tal, hohe Eichen und Kastanien spendeten Schatten und es schien fast so, als wehte ein leichtes Lüftchen.

»Aaahh«, Alfred setzte den mit Mineralwasser gefüllten Maßkrug ab und lehnte sich zurück, »spürst du auch einen Hauch von Freiheit, Kollegin?«

»So würde ich das nicht bezeichnen, aber ich glaube, ich weiß, was du meinst«, Renan hatte den Kopf in die Hände gestützt und blickte versonnen in die Landsenke unter ihnen.

»Ich merke es immer deutlicher«, sagte er, Zigaretten drehend, »eigentlich brauche ich überhaupt keine Arbeit!«

»Geschenkt, Alfred, geschenkt«, Renan nuckelte durch zwei Strohhalme an ihrer Apfelschorle.

Der Keller war noch nicht sehr stark besucht. Außer zwei Wandergruppen saßen nur noch ein Dutzend Mitglieder der freiwilligen Feuerwehr an einem großen Tisch und führten intensive Löschmanöver durch. Der extrem heiße Sommer hatte die Landschaft schon stark herbstlich gefärbt. Das Gelände leuchtete in Braun, Gelb und Rot, während die Sonne von einem hellblauen Himmel brannte. Im Tal quälten sich zwei Traktoren durch ausgetrocknete Ackerfurchen. Direkt unterhalb der Kapelle graste eine Schafherde am Hang. Ab und zu meckerte ein Lamm, bis es vom Blöken der Großen übertönt wurde. Alfred lehnte sich mit dem Rücken an ein Holzgeländer, das an der Stirnseite der Bierbank vorbeiführte und legte die Füße hoch. Seine Kopfschmerzen hatten zwar noch nicht merklich nachgelassen, dennoch fühlte er sich schon besser. Die Flucht aus dem Büro war ein Mal mehr die beste Strategie gewesen. Ab und zu muss man auch mal etwas für die Seele tun, dachte er. Damit würde es ja auch vorbei sein, wenn Herbert sich mit seinen Vorstellungen einer reformierten Polizei-Organisation durchsetzen sollte. Alfred wusste schon jetzt, dass er in diesem Fall den Dienst quittieren würde. Seine Frau war Lehrerin, von daher konnte ihm nichts passieren. Warum sich nicht als Privatdetektiv probieren, dachte er und musterte seine Kollegin mit einem Seitenblick. Um sie täte es ihm dann wirklich Leid, noch dreißig Jahre in so einer Tretmühle ... andererseits würde sie auch eine verdammt gute Privatdetektivin abgeben und durch ihr orientalisches Äußeres und ihre Sprachkenntnisse ließen sich ganz neue Marktsegmente erschließen.

»Nun gut«, er riss sich aus seinem Tagtraum und zündete eine Zigarette an, »dann leg mal los. Welche Hypothesen hättest du anzubieten?«

»Der Tote war ein KGB-Mann, der von der Gegenseite umgebracht wurde«, kam es prompt von Renan.

»Und der andere von 1985?«

»War auch ein KGB-Mann, den die Gegenseite stillgelegt hat.«

»Dann wäre unser Verdächtiger ein Mitarbeiter vom CIA oder von mir aus auch vom BND«, zweifelte Alfred, »schwer vorstellbar.«

»Vielleicht war er nur ein Auftragskiller«, bot Renan an.

»Der sich am Güterbahnhof Arbeit sucht?«

»Vielleicht hat er sich dort Informationen besorgt oder auf sein Opfer gewartet. Wo ist deine Phantasie geblieben?«

»Ein Profi-Killer als Gelegenheitsjobber? Nein.«

»Schon mal was von Schläfern gehört? World Trade Center, Mohammed Dingsda?«

»Nun ja«, er spielte mit dem geleerten Wasserglas, »man hört ja in der Tat immer öfter, dass die Geheimdienste schmutzige Jobs jetzt outsourcen. Möglich ist das, keine Frage!«

»Was sagt uns die Tatsache, dass von den russischen Kollegen noch keine Reaktion auf unser Hilfeersuchen gekommen ist?«, sie schob ihre Sonnenbrille in die Locken und blickte nachdenklich in die Baumkrone einer Kastanie.

»Nicht allzu viel«, er folgte ihrem Blick und entdeckte zwei Eichhörnchen, »es könnte bedeuten, dass unser Opfer eine Verschlusssache ist, es könnte aber auch nur sein, dass die keine Lust oder keine Zeit haben, sich mit ausländischen Anfragen zu beschäftigen.«

»Gut möglich«, beschied sie, »anders herum: der Tote hat für den Westen gearbeitet und wurde vom KGB – oder wie immer das jetzt heißt – kaltgemacht.«

»Aber der Kalte Krieg ist vorbei.«

»Och, ich glaube, die haben immer noch genug zu tun. Denk nur an Tschetschenien. Und es gibt bestimmt noch zehn andere Gebiete, die sich abspalten wollen, von denen wir gar nichts mitkriegen.«

»O. k.«, Alfred lehnte sich nach vorne, »dann wäre unser Mann längst wieder in Russland. Und wir könnten nur dann einen Hinweis bekommen, wenn sich jemand vom BND oder Innenministerium bei uns meldet und uns bittet, doch endlich mit der Stocherei aufzuhören – sehr unbefriedigend!«

»Oder es hängt doch mit der Mafia zusammen«, Renan sprudelte geradezu vor Theorien, »mit Drogen hatte er definitiv was zu tun. Er war irgendjemandem im Weg und wurde neutralisiert.«

»Warum haben sie die Leiche nicht verschwinden lassen?«

»Als Warnung für alle anderen!«

»Warum gab es einen ähnlichen Fall vor siebzehn Jahren?«

»Zufall. Oder sie haben es irgendwie mitgekriegt und den Mord bewusst nachgestellt, um uns zu verwirren.«

»Was ihnen damit durchaus gelungen wäre, hm«, Alfred rieb sich das Kinn. Schließlich stand er auf, um Nachschub zu holen, während sie geistesabwesend begann, ihre Fingernägel zu feilen.

Hätte ihr noch vor wenigen Jahren jemand erzählt, dass sie einmal bei der Mordkommission landen und über die Hälfte der Arbeitszeit in Kneipen, Cafés und Biergärten zubringen würde, sie hätte ihn schallend ausgelacht. Heute musste sie zugeben, dass Alfred nicht ganz Unrecht hatte. Bei wechselnden Umgebungen schien das Denken produktiver. Ihre Arbeit wurde viel durch Intuition beeinflusst und Intuition reagierte wiederum auf Reize aus der Umgebung. Hin und wieder muss man sich von eingefahrenen Vorstellungen verabschieden. Das war bei der Kripo nicht viel anders als bei ihren Haaren. Sie löste den Haargummi und schüttelte die schulterlange Mähne. Jahrelang hatte sie gegen ihre Locken gekämpft, weil sie felsenfest davon überzeugt war, dass ihr glatte Fransen mit Strähnen besser stünden und etwas weniger türkisch aussehen würden. Gegen Ende der Ausbildung hatte sie schließlich kapituliert und der Natur ihren Lauf gelassen. Heute konnte sie keine alten Klassenfotos mehr anschauen, ohne eine Gänsehaut zu bekommen. Im Nachhinein hatte sie nämlich erkannt, dass glattes Haar die – ihrer Meinung nach – viel zu krumme Nase exzellent zur Geltung brachte.

»Weißt du eigentlich, warum sie hier Keller sagen und nicht Biergarten?«, fragte Alfred, als er mit zwei neuen Gläsern zurückkam.

»Nein. Aber ich werde wohl nicht darum herumkommen, von dir aufgeklärt zu werden.«

»Früher gab es noch keine Kühlschränke«, ihre Ironie überhörte er geflissentlich, »da haben die Brauer das Bier den Sommer über in Felsenkellern gelagert. Oben haben sie schattige Bäume gepflanzt und irgendwann ist jemand auf die geniale Idee gekommen, das Bier auch gleich vor Ort auszuschenken. Das war natürlich zu Zeiten, als es noch kein Freiherren-Bräu gab«, er tastete seine Schläfen ab.

»Apropos«, sie setzte ihre Sonnenbrille wieder auf die Nase, »haben die nicht dieses Fass erfunden, das sich selbst kühlt?«

»Das selbst kühlende Bierfass«, Alfred drückte nachdenklich die Kippe aus, »stimmt.«

VIII.
DIE WÄCHTER

»Ich muss gehen«, sagte Nikolai.

»Wohin?«, fragte Valentina.

»Das kann ich dir nicht sagen – noch nicht!«

»Ich habe immer damit gerechnet, dass du eines Tages verschwindest«, sagte sie fast ohne Trauer.

»Ich will es nicht«, sagte Nikolai, seinen Rucksack verschließend, »ich hasse es, dir das anzutun!« Er setzte sich auf die Bettkante und vergrub das Gesicht in den Händen, in der Hoffnung, sie würde ihm durch die Haare streicheln oder sonst irgendwie berühren. Valentina jedoch blieb mit verschränkten Armen vor dem Fenster stehen und blickte hinaus.

»Was würde denn passieren, wenn du hier bleibst?«, fragte sie schließlich.

»Dann sitze ich spätestens in drei Tagen im Gefängnis«, antwortete er, ohne das Gesicht zu heben.

»Ich habe immer öfter den Eindruck, du betrachtest unser Leben als Gefängnis«, seufzte sie.

»Nein, verdammt noch mal«, Nikolai wurde lauter, »wenn ich dich nicht in alles einweihe, dann tue ich das nur zu deiner Sicherheit, zu deinem Schutz!«

»Manchmal ist Ungewissheit grausamer als Unsicherheit«, sie drehte sich um und sah ihm in die Augen.

»Vielleicht«, sagte er, »vielleicht. Aber wenn ich die Wahl habe, ob ich für den Rest meines Lebens als Flüchtling durch die Welt gehetzt werde oder du eines Tages erschossen im Straßengraben liegst, dann gehe ich kein Risiko ein. Dein Leben ist mir das Wichtigste, verstehst du?«

»Nein, ich verstehe nichts«, entgegnete sie energisch, »weil du immer nur in Rätseln sprichst. Damit kann ich nichts anfangen,

Kolja! Entweder du machst endlich den Mund auf und erzählst mir die ganze Geschichte oder …«

»Oder?«

»Oder es ist wirklich besser, wenn du verschwindest und ich dich nicht wieder sehen muss! Du kannst mir ja eine Karte schreiben, aus Kuba oder Bulgarien oder Brasilien oder wo immer du auch hinwillst!«, sie drehte sich abermals zum Fenster um.

»Ich will mich nicht von dir trennen«, sagte er und spürte, wie sich Tränen in seinen Augen sammelten, »ich habe einige Ideen, wo wir sicher leben könnten. Ich muss nur dorthin fahren, mich ein bisschen umsehen und ein paar offene Fragen klären, dann kann ich dich nachholen.«

»Also, manchmal glaube ich, die haben euch auf der KGB-Schule zu viele schlechte Filme gezeigt«, sie lachte hoffnungslos. »Wie soll das funktionieren? Du züchtest Schafe in Albanien und ich stricke die ganze Zeit Pullover, bis du wieder Hals über Kopf verschwinden musst?«

»Valentina, wir sind Russen. Wir können uns überall anpassen und brauchen so gut wie nichts zum Leben. Oder bist du schon zu lange in diesem verfressenen, verweichlichten Land?«, er stand auf und ging auf sie zu.

»Darum geht es nicht«, sagte sie und ging wieder zwei Schritte auf Distanz, »ich würde mit dir überallhin gehen, das weißt du. Ich wüsste nur gerne, warum ich von heute auf morgen ein Land verlassen soll, wo es keine Erdbeben und Überschwemmungen gibt, keine Korruption, keine Mafia und dafür ordentliche Wohnungen, Arbeit, Sicherheit und Ausbildung für meine Kinder und wo der Sommer fast genauso lange dauert wie der Winter. Wenn du mir eine Erklärung dafür gibst, Nikolai, dann werde ich mit dir auch am Südpol leben können!«

»In Ordnung, pass auf«, er kramte mit zitternden Händen in der vorderen Tasche seines Rucksacks und zog ein etwa postkartengroßes Notizbuch heraus, »ich bin gerade dabei, die ganze Geschichte aufzuschreiben. Von der Zeit an, wo ich in die Armee eingetreten bin, bis heute. Ich kann das nicht erzählen, weil ich kein Maulheld bin. Das Schreiben fällt mir auch nicht gerade leicht, aber die Hälfte habe ich schon«, er hielt ihr den schwarzen Pappdeckel vor die Augen.

»Kolja, du …«

»Ich werde in den nächsten Wochen viel Zeit haben«, fuhr er fort, »und sobald ich fertig bin, schicke ich dir das hier. Dann kannst du es lesen und entscheiden, ob die Gründe ausreichen für ein Leben am Südpol!«

»Warum muss das alles so kompliziert sein?«, sie nahm seine linke Hand.

»Das liegt nicht an mir. Kompliziert war nur die Sowjetunion, zumindest wenn man sie etwas genauer kannte«, er versuchte ein Lächeln.

»Ich wünschte mir, es hätte diesen Staat nie gegeben«, sagte sie und blickte zu Boden.

»Ich werde noch ein bis zwei Tage in der Nähe sein«, sagte er, um Sachlichkeit bemüht. »In dieser Zeit wird wahrscheinlich die Polizei hier auftauchen … Sag einfach, ich wäre seit einer Woche spurlos verschwunden.«

»O. k.«, sagte sie und umarmte ihn verzweifelt. Er hielt sie mehrere Minuten lang fest und wünschte sich, Menschen würden wie Computer über Schnittstellen verfügen. Dann könnten sie sich mit einem Datenkabel verbinden und er könnte ihr seinen Gedächtnisspeicher überspielen. Dann brauchte er endlich nichts mehr zu erklären und sich auch nicht mit einem kleinen schwarzen Buch abzuquälen.

»Ich habe einen Mann erschossen«, sagte er schließlich.

»Nur einen?«, sie ließ ihn los und sah ihn an. Sie schien weder entsetzt noch erschrocken zu sein, eher schon ein bisschen neugierig.

»Soviel ich weiß«, antwortete er verunsichert.

»Du hattest deine Gründe«, sagte sie schließlich und schob ihn sanft in Richtung Tür.

Der Himmel hatte sich wieder zugezogen. Mächtige graue Wolken waren aufmarschiert und nahmen dem Abend sein Licht. Es war aber jetzt schon klar, dass es auch heute kein Gewitter geben würde, höchstens ein paar verirrte fette Regentropfen, die zu schwer waren, um sich in den Wolken zu halten. Ausgestoßen landeten sie auf dem überhitzten Asphalt und verdampften innerhalb weniger Sekunden. Die Nacht würde wieder drückend und feucht werden. Renan dachte an ihre Dreizimmerwohnung im schieferverkleideten vierten Stock eines sanierten Altbaus und stöhnte.

»Alles o. k.?«, fragte Mirjam.

»Ach«, Renan winkte ab, »musste nur gerade an mein Schlafzimmer denken, in dem es jetzt wahrscheinlich vierzig Grad hat.«

»Au weh«, sagte ihre Schwester mitfühlend, »stimmt, du hast ja keine Rollos oder so?«

»Hm«, sie pritschelte mit den nackten Füßen im lauwarmen Wasser. Sie saßen am Pegnitzufer auf einem großen Stein, der bei normalen Wasserständen gar nicht zu sehen gewesen wäre, sich aber seit zwei Wochen als Sitzgelegenheit für ein Fußbad geradezu aufdrängte. Alfred hatte sich nach der Landpartie am Nachmittag verdrückt, weil er seine Kopfschmerzen auskurieren wollte, und Renan hatte sich gegen Abend mit ihrer zehn Jahre jüngeren Schwester getroffen, die tags zuvor von ihrer Schulabschlussfahrt aus London zurückgekehrt war.

Mirjam hatte ihr Angebot, gemeinsam noch eine Kleinigkeit zu Abend zu essen, dankend angenommen und binnen kürzester Zeit ein komplettes Schäufele mit Kloß verschlungen, während Renan sich mit einem kleinen italienischen Salat begnügt hatte. Im Gegensatz zu ihr konnte Mirjam in einer Tour essen, ohne zuzunehmen. Zum Glück war Renan dafür fast einen Kopf größer, was diese Ungerechtigkeit zumindest teilweise wieder ausglich. Nach vier Kugeln Eis in der Fürther Straße waren sie schließlich im Pegnitzgrund angekommen.

»Ich verhänge jetzt die Fenster jeden Morgen mit so Transportdecken. Das bringt ungefähr zwei Grad weniger – gigantisch!«, Renan nahm einen Schluck aus der Wasserflasche, die sie unterwegs bei einem griechischen Obsthändler gekauft hatte, und gab sie dann an ihre Schwester weiter.

»Das hört sich an, als brauchtest du einen Deckenventilator«, sagte Mirjam und nahm ebenfalls einen großen Schluck.

»Ausverkauft«, entgegnete Renan, »nicht mal Papa kriegt noch einen her, und der kann sie direkt beim Großhandel bestellen.«

Sie zog das rechte Bein an und stützte ihr Kinn auf das Knie. Sie spürte, wie sich links und rechts je ein Schweißtropfen aus der Achsel löste und an der Seite abwärts Richtung Hüfte lief. Sie fragte sich, welcher wohl als Erster im Ziel wäre, wettete auf links und verlor. Macht nichts, dachte sie, da kommen heute schon noch mehr.

»Und«, fragte sie nach einigen Minuten Stille, »wie war's in London?«

»Nicht unbedingt viel Neues«, beschied Mirjam, »aber ich habe es tatsächlich geschafft, mit jemandem vom Central Saint Martins College zu sprechen.«

»Diese Modedesign-Schule?«

»Ja. Die haben gesagt, dass es natürlich in erster Linie auf deine Mappe und bisherige Entwürfe ankommt und natürlich auf die Aufnahmeprüfung. Im Zweifelsfall wäre eine deutsche Schneiderlehre aber schon von Vorteil«, sie wusste nicht so recht, ob sie begeistert klingen sollte.

»Na ja«, Renan tauchte den rechten Fuß wieder ins Wasser, »dann kannst du dich ja gleich nach dem Abi bewerben und wenn's nicht sofort klappt, machst du eben zuerst die Ausbildung.«

»Das dauert dann wieder drei Jahre«, maulte Mirjam.

»Drei Jahre, mein Gott. Die sind schneller rum, als du glaubst. Dann kannst du immer noch in die große weite Welt hinausziehen.«

»Ich bin mir nicht so richtig sicher, ob ich das wirklich will«, sie blickte ihre Schwester ängstlich an, deren Ausbruch auf den Fuß folgte.

»Ja, was denn nun?«

»Irgendwie gefällt es mir schon ziemlich gut hier«, beichtete Mirjam, »die Stadt ist schön, das Land drum herum, wir haben das beste Essen nördlich der Alpen, meine Freunde sind hier …«

»Jetzt hör mal zu«, befahl Renan, »vor zehn Jahren habe ich diese Chancen nicht gehabt, weil unseren Eltern das nötige Kleingeld gefehlt hat. Ich hatte die Wahl, entweder Raumausstatterin zu lernen und in das Geschäft einzusteigen oder Beamtin zu werden. So, und da bin ich jetzt und komme im Leben nicht mehr nach London. Lass dir das doch nicht entgehen, Mensch!«

»Aber meine Freunde …«

»Erstens sind die schneller weg, als du glaubst, und zweitens kannst du dir woanders neue suchen!«

»Wie sich das anhört«, Mirjam wirkte traurig. Renan zog sie an sich und tätschelte ihren Oberarm. »Eines Tages wirst du wissen, was du willst«, tröstete sie, »so was kann man nicht erzwingen, das kommt von selber.«

»Es ist auch diese scheiß Zukunftsangst«, schimpfte Mirjam leise, »drei Viertel aller Modedesigner sind arbeitslos. Ich habe mir schon überlegt, ob ich nicht doch lieber Innenarchitektur studieren soll. Das hat genauso viel mit Gestaltung zu tun und ich könnte zur Not wirklich mit in das Geschäft einsteigen«, sie löste sich aus der Umarmung, blickte ihrer Schwester in die Augen und zuckte mit den Schultern.

»Scheißzeiten«, sagte Renan und dachte an etliche ähnliche Geschichten aus ihrem Bekanntenkreis. Ihre Schulfreundin Claudia etwa, die immer Pilotin werden wollte und jetzt beim Zoll Importgenehmigungen prüfte, oder Erwins Neffe Andy, der kurz vor Vertragsabschluss als Profi-Fußballer kalte Füße bekommen und stattdessen eine Banklehre begonnen hatte. Einerseits konnte sie, die über keinerlei deutsches Erbgut verfügte, das Sicherheitsbedürfnis dieses Volkes nicht ganz nachvollziehen, andererseits ärgerte sie die Selbstgefälligkeit der Alten, die sich stets damit brüsteten, dieses Land aus dem Nichts wieder aufgebaut zu haben. Es war immer einfach, Risiken einzugehen, wenn man nichts zu verlieren hatte, und einem zerbombten, ausgebrannten Kontinent neue Waren und Dienstleistungen anzubieten, schien ihr kein besonderes Risiko. Ihr Vater hatte schon Recht, wenn er gebetsmühlenartig wiederholte, dass es kein großes Problem gewesen war, ein Geschäft aufzubauen, aber oben bleiben, das war ein Kampf, der täglich neue Kraft kostete. Das musste ihre Generation nun bewerkstelligen.

Mittlerweile war es dunkel geworden. Der Wiesengrund glich jedoch immer noch einer weitläufigen Kirchweih. Sie passierten auf dem Rückweg verschiedene Grills, Roller, Bobby-Cars und Geschicklichkeitsspiele, wobei Mirjam zwei Kindern einen Fußball aus dem Fluss fischte und Renan höchst ungehalten auf eine Frisbee-Scheibe reagierte, die sie an der Schulter traf.

»Und du jagst wieder mysteriösen Verbrechern nach?«, fragte Mirjam schließlich.

»Hm«, Renan schürzte die Lippen, »zwei ähnliche Morde im Abstand von siebzehn Jahren. Immerhin hatten wir innerhalb weniger Tage einen Hauptverdächtigen, aber es wird sehr schwer, ihm was nachzuweisen, wir kennen sein Motiv nicht, außerdem ist er verschwunden …«

»Könnte es derselbe Täter gewesen sein?«, fragte Mirjam.

»Ja, das ist möglich«, nickte Renan »aber es hat wohl auch etwas mit dem KGB zu tun, das ist spätestens seit der Durchsuchung der Wohnung des Mordopfers klar …«

»Der KGB hat wahrscheinlich ziemlich schlimme Sachen getrieben«, mutmaßte Mirjam. »Auf jeden Fall gibt es sicher Tausende von Russen, die gute Gründe haben, sich an KGB-Leuten zu rächen.«

»Bei Mordfällen menschelt es fast immer«, nickte Renan und kickte einen Stein weg.

»Fünfte Hauptverwaltung, Direktion K, Abteilung zehn, ›Die Wächter‹«, ratterte Herbst, griff zum Pfefferminztee und schwieg.

»Ist das alles?«, fragte Alfred, nachdem sie etwa drei Minuten lang auf weitere Erläuterungen gewartet hatten.

»Ideologiedirektorat«, sagte Herbst und stopfte seine Pfeife nach. Er hatte sich geweigert, Alfreds Einladung an seinen alten Arbeitsplatz zu folgen, als er erfahren hatte, dass dort mittlerweile Rauchverbot herrschte. Zu Hause wollte er sich aber auch nicht mit seinen Nachfolgern treffen, weil heute seine Frau von ihrem Malkurs aus der Toskana zurückkehren würde und Herbst es vorzog, bei solchen Anlässen lieber nicht daheim zu sein. Also hatte er Alfred und Renan ins Fürther Stadtparkcafé bestellt. Die Hitzewelle hielt weiterhin an, was Herbst veranlasst hatte, zu seinem kurzärmeligen hellgrünen Hemd eine ärmellose Strickweste und außerdem einen Strohhut zu tragen, den er aufgrund sich ankündigender Kopfschmerzen mittlerweile aber wieder abgesetzt hatte. Alfred und Renan waren zu spät und machten jetzt einen ziemlich gehetzten und verschwitzten Eindruck.

»Wegen fünf Schlagworten hast du uns doch bestimmt nicht hierher bestellt«, sagte Renan schließlich.

»Sicherlich nicht«, erwiderte Herbst, »aber es hat mich vier Tage gekostet, diese Informationen zu bekommen, da werdet ihr doch hoffentlich mal vier Minuten warten können. Ein wenig Ruhe wird euch bestimmt nicht schaden.«

»O. k.«, seufzte Alfred und zog eine Zigarette aus seinem Etui, »warten wir noch vier Minuten.«

Renan nuckelte an ihrem Eistee und klimperte dabei mit den Eiswürfeln. Alfred trank den Rest seines Espressos und nahm ein paar tiefe Züge von der Zigarette. Man hörte Amseln zwitschern, Tauben gurren und konnte Spatzen beim Wettlauf um ein paar liegen gebliebene Kuchenkrümel beobachten. So Unrecht hatte Herbst mit seiner Verzögerung gar nicht, schließlich waren die Zeiten schon hektisch genug. Am übernächsten Tisch rechts diskutierte ein junges Elternpärchen. Sie hatten die letzte Dreiviertelstunde damit verbracht, ihren kleinen Exhibitionisten mühsam daran zu hindern, sich alle Kleider vom Leib zu reißen und nackig durch den Park zu hopsen. Nun war er müde geworden und schlief im Kinderwagen, während seine Eltern angeregt über die peinlichen Hochzeitspläne eines anderen Pärchens diskutierten, das doch tatsächlich seinen Hochzeitstisch virtuell ins Internet gestellt hatte.

»Also«, begann Herbst schließlich und zog das KGB-Abzeichen aus seiner Herrenhandtasche, »diese Plakette hier gehört zu einer KGB-Einheit, die der fünften Hauptverwaltung zuzuordnen ist. Habt ihr euch schon ein wenig mit der Materie beschäftigt?«

»Dafür haben wir ja dich«, sagte Alfred in der Befürchtung, dass ihnen wieder eine langwierige Schnitzeljagd bevorstand.

»Na schön«, Herbst legte seine Pfeife zur Seite und zog ein Notizbuch aus der Handtasche. »Der KGB war in etwa sieben Hauptverwaltungen gegliedert: die erste Hauptverwaltung war für die Auslandsspionage zuständig, die zweite für Spionageabwehr und Kontrolle der Bevölkerung im Inland, die dritte überwachte die sowjetischen Streitkräfte. Die siebte Hauptverwaltung …«

»Was ist mit der vierten?«, fragte Alfred dazwischen.

»Gibt es nicht«, antwortete Herbst knapp.

»Und die fünfte?«

»Zu der komme ich später.«

»Und was ist mit Nummer sechs?«, schaltete sich Renan ein.

»Wer sagt, dass Geheimdienste logisch aufgebaut sind?«, Herbst sah von seinem Notizbuch auf, »eine sechste Hauptabteilung gibt es auch nicht. Die werden sich schon irgendwas dabei gedacht haben, früher. Also, die siebte Abteilung war für Überwachung und Analyse zuständig, die achte hat Codes und Geheimschriften sowohl entwickelt als auch geknackt und die neunte war für die Sicherheit von Parteiführern und wichtigen Einrichtungen verantwortlich.«

»Und uns interessiert jetzt vor allem die fünfte«, folgerte Alfred.

»Zuständig für Nonkonformisten«, nickte Herbst, »sie wurde erst 1968 vom damaligen KGB-Vorsitzenden Andropow gegründet …«

»… dem späteren Generalsekretär«, warf Alfred ein.

»… der 1956 als Botschafter in Budapest mit eigenen Augen verfolgen musste, wie die Ungarn während des Aufstandes einige Dutzend ihrer eigenen Geheimdienstoffiziere an Laternenpfählen aufknüpften. Seitdem war er fest davon überzeugt, dass die …«, Herbst blätterte sein Notizbuch um, »ideologische Subversion die Hauptgefahr für den Ostblock darstellte. Diese Angst wurde für ihn durch den Prager Frühling nochmals bestätigt, woraufhin er die fünfte Hauptverwaltung ins Leben rief.«

»Und was war jetzt genau die Aufgabe von dieser Abteilung?«, fragte Renan stirnrunzelnd.

»Sie sollte gegen jede Art von abweichenden Meinungen vorgehen«, Herbst nahm einen Schluck Pfefferminztee. »Sie war zuständig für die Überwachung folgender Gruppen: Studenten, Intellektuelle, ethnische Minderheiten, Nationalisten, Gläubige, Künstler, Schriftsteller und Juden.«

»Ein paar Intellektuelle konnten doch einer Supermacht nichts anhaben«, protestierte Renan.

»Supermacht?«, wiederholte Herbst.

»Da gab es schon einige, die ihnen zumindest international ordentlich zugesetzt haben«, Alfred hatte Angst, dass Herbsts unerwarteter Erzählfluss ins Stocken geraten könnte, »Sacharow zum Beispiel oder Solschenizyn. Beides Nobelpreisträger, die öffentlich ihre Heimat kritisieren, Menschenrechte einfordern, dem Ausland die Zustände in der Sowjetunion ungeschminkt schildern … so was macht gewaltig Ärger!«

»Sacharow war der Vater der russischen Atombombe«, fuhr Herbst zu Alfreds Erleichterung fort, »außerdem dreifacher Held der Arbeit, und plötzlich gründet er ein Komitee für Menschenrechte. 1975 bekommt er den Friedensnobelpreis und ein Jahr später erklärt ihn Andropow zum Staatsfeind Nummer eins. Aber das waren nur die ganz großen Fische. Es gab ja noch Tausende von Unbekannten, die heimlich Zeitschriften herausgegeben haben, Menschenrechtsverletzungen dokumentierten, Schriften in den Westen schmuggelten oder westliches Propagandamaterial in der UdSSR verbreiteten. Ja, und für diese Gefahr war die fünfte Hauptverwaltung zuständig.«

»Denn mehr als das Blei in den Kanonen hat das Blei in der Druckerpresse bisher die Welt verändert«, sagte Alfred langsam.

»Hört, hört«, Herbst nahm seine Pfeife wieder auf, »das kann aber nicht von dir stammen, mein Lieber.«

»Da hast du Recht. Ich weiß aber beim besten Willen nicht mehr, wo ich das aufgeschnappt habe«, erwiderte Alfred nachdenklich. »Na ja, egal. Auf jeden Fall hat Andropow aus seiner Sicht gut daran getan, sich um diese Zielgruppe besonders zu kümmern.«

»Also haben die dann hauptsächlich Schriftsteller, Journalisten, Künstler und so weiter gejagt und eingesperrt«, folgerte Renan.

»Das schon auch«, Herbst stopfte seine Pfeife nach, »aber am meisten haben sie damit zu tun gehabt, diese Gruppen zu unterwandern, bzw. dem Ruf der bekannten Regimekritiker zu schaden. Jetzt kommen wir zu der Sache mit dem Auge.«

»Ich glaube, ich muss langsam anfangen mitzuschreiben«, Renan kramte ein zerknautschtes Blatt Papier aus ihrer Tasche und gab Alfred mittels energischer Zeichensprache zu verstehen, dass sie einen Kugelschreiber brauchte.

Herbst hantierte noch einige Zeit mit seinem Pfeifenstopfer und fuhr schließlich fort:

»Solschenizyn beispielsweise wurde 1974 aus der UdSSR ausgewiesen und ließ sich daraufhin in Zürich nieder. Er kam dort in Kontakt mit einer Gruppe von tschechischen Emigranten, aus deren Mitte er sowohl eine Sekretärin als auch einen Lektor für die tschechische Übersetzung seines Buches *Archipel Gulag* anstellte. Dummerweise waren beide Mitarbeiter der fünften Hauptverwaltung. Sie lieferten dem KGB jahrelang wertvolle Informationen über die Kontakte Solschenizyns zu

Oppositionellen in der UdSSR. Mehrere Dutzend Regimegegner sind dem KGB dadurch ins Netz geraten, illegale Druckereien wurden zerstört, ganze Redaktionen sind aufgeflogen.«

»Also war die wichtigste Arbeit dieser Abteilung, sich an einzelne große Fische heranzumachen, ihr Vertrauen zu gewinnen und dadurch ganze Schwärme zu fangen«, folgerte Alfred.

»Verstehe«, sagte Renan und blickte von ihrem Blatt auf.

»Das war die vornehmste und kniffligste Aufgabe«, nickte Herbst, »aber die fünfte Hauptverwaltung war kein erlesener Kreis von Spezialisten. Sie hatten natürlich auch Tausende von Mitarbeitern in der Verwaltung, der Logistik, den Gefängnissen und so weiter. Die ein- bis zweihundert Agenten, die Kontakte zu den verschiedenen Personen und Gruppen herstellten und teilweise jahrelang unbemerkt ihr Vertrauen missbraucht haben, jedoch galten durchaus als eine Elitetruppe innerhalb des KGB.«

»Und ihr Erkennungszeichen war die Plakette mit dem Auge«, Renan deutete mit Alfreds Stift triumphierend auf Herbst, »stimmt's?«

»Nein«, Herbst schenkte sich langsam eine Tasse Tee nach.

»Nein?«, Renan zog leicht entgeistert die Augenbrauen hoch.

»Fünfte Hauptverwaltung, Direktion K, Abteilung zehn«, wiederholte Herbst. »Direktion K bezeichnete die, sagen wir mal, verdeckten Ermittler. Abteilung eins war dann für die Schriftsteller zuständig, zwei für die Studenten, drei für die Gläubigen et cetera et cetera, bis hin zur Abteilung neun mit Zuständigkeit für die Juden …«

»Das waren die Profis in Sachen Täuschen, Hintergehen und Denunzieren«, sagte Alfred.

»Mussten jahrelang ausgebildet und geschult werden«, erklärte Herbst, »intern hat man sie auch die Telegraphen oder Parasiten genannt – waren wohl nicht sonderlich beliebt beim Rest vom KGB …«

»Und was ist jetzt mit dem Auge?« Renan zappelte mit dem linken Fuß am Tischbein, so dass Konrads Pfefferminztee gefährlich ins Schwappen geriet.

»Das waren die Wächter«, panisch griff Herbst nach seiner Tasse, »Abteilung zehn!«

»Und worüber haben die dann noch gewacht?« Alfred runzelte verwirrt die Stirn.

»Die Wächter haben aufgepasst, dass keiner von den Telegraphen mit den Staatsfeinden gemeinsame Sache gemacht hat«, erklärte Herbst und blätterte wieder in seinem Notizbuch. »Ihr müsst euch das so vorstellen: die Telegraphen erfüllten eine der wichtigsten Funktionen beim KGB, indem sie die Opposition innerhalb und außerhalb der UdSSR kontrolliert und weitgehend neutralisiert haben. Diese Hand voll Agenten hat die zweitgrößte Gefahr nach den amerikanischen Langstreckenraketen vom Ostblock ferngehalten. Auf der anderen Seite stellten sie auch die zweitgrößte Bedrohung dar.«

»Du redest von Doppelagenten«, Alfred kreiselte mit seiner Zigarette in Konrads Richtung.

»Gewissermaßen«, Herbst hatte seine Tasse nun über die Hälfte geleert und lehnte sich entspannt in seinen Stuhl zurück, »es kommt regelmäßig vor, dass Agenten umgedreht werden, und diese Oppositionellen waren weder auf den Kopf noch auf den Mund gefallen. Die Gefahr, dass einer der Telegraphen seine Einstellung zur Sowjetunion änderte und dann gewaltigen Schaden anrichtete, konnte nicht ignoriert werden …«

»Aber was genau hätten sie denn anstellen können?«, fragte Renan, »ich habe das Puzzle in meinem Kopf noch nicht ganz komplett.«

»Puzzle?«, fragte Konrad.

»Nun, wie wär's mit Fotos von gefolterten Häftlingen in der westlichen Presse«, Herbsts ungewöhnliches Tempo stimmte Alfred fast euphorisch, »oder Protokollen von Schauprozessen, Dissidentenliteratur in amerikanischen Verlagshäusern, Dokumentationen der schlechten Versorgungslage … Lass deiner Phantasie freien Lauf, Kollegin!«

»Hm«, Renan notierte eifrig.

»Also wareh die Wächter damit betraut, eine ungeliebte Elitetruppe des KGB zu überwachen«, Alfred sah das Bild in seinem Kopf mehr und mehr Gestalt annehmen, »und wenn nun tatsächlich einer von denen aus der Reihe tanzte …?«

»Tanzen?«, fragte Konrad.

»Wenn einer von den Telegraphen zum Feind überlief«, Alfred unternahm einen neuen Anlauf, »was haben die Wächter dann mit ihm gemacht? Verhaftet, gefoltert, erschossen?«

»Woher soll ich das wissen?«, fragte Herbst verwundert.

»Woher weißt du das alles, was du gerade erzählt hast?«

»Wissen tue ich nur sehr wenig«, sagte Herbst philosophisch und zog an seiner Pfeife.

»Bin ich jetzt im falschen Film?«, Renan riss die Augen auf und sah Alfred entsetzt an. Dieser lächelte milde, beugte sich nach vorne und sah seinem ehemaligen Kollegen in die blassblau eingerahmten Pupillen.

»Polizisten wissen nichts und glauben nichts«, sagte er und konnte immer noch nicht umhin, den Alten heimlich zu bewundern, »sie holen lediglich Informationen ein …«

»Guter Junge«, knurrte Herbst.

»… deren Bewertung sie besser anderen überlassen. Auch ich hatte einen Schulmeister, Kollegin«, sagte Alfred in Renans Richtung und tätschelte ihren Unterarm.

»Na, mir soll's recht sein«, sie machte mit dem rechten Zeigefinger eine kreisende Bewegung an der rechten Schläfe.

»Und woher hast du nun diese Informationen?«, wandte Alfred sich wieder an seinen ehemaligen Lehrherrn.

»Tja«, Herbst stieß eine dichte Rauchwolke aus, »Aufbau und Geschichte des KGB kann man in der einschlägigen Literatur nachlesen, das hättet ihr mich auch schon vor zwanzig Jahren fragen können.«

»Und die internen Details über die fünfte Hauptverwaltung?«, Alfred drückte seine Zigarette aus.

»›Forscht, wo ihr was zum Forschen findet, das Unerforschbare lasst unergründet‹«, zitierte Herbst.

»Einen Versuch war's wert«, lächelte Alfred.

»Vielleicht verrate ich es dir auf dem Sterbebett – solltest du zufällig in der Nähe sein.« Herbst betrachtete eine Zeit lang das Mundstück seiner Pfeife, »was hat das eigentlich mit diesem Hartmann auf sich, der plötzlich so viel Platz in der Zeitung braucht?«, fragte er schließlich.

»Prominenter Entführungsfall«, erklärte Alfred, »wichtiger Mann, schwerreich … eine gute Gelegenheit für unseren Direktor, sich zu profilieren. Er hat schon eine hundertköpfige Soko eingesetzt.«

»Na, dann: herzlichen Glückwunsch«, sagte Herbst, »und warum seid ihr nicht dabei?«

»Woher soll ich das wissen?«, grinste Alfred.

»Und muss ich von diesem Hartmann schon einmal etwas gehört haben?«, fragte Herbst unbeeindruckt.

»Der hiesige Biermulti«, sagte Alfred »er ist für das berüchtigte Freiherren-Bier verantwortlich!«

»Bier«, Herbsts Augen wurden klein, »Bier ist gar nicht gut!«

IX.
PERSÖNLICHER GULAG

Nikolai kam im Februar 1982 in der DDR an. Der Zug lief in den frühen Morgenstunden in den verlassenen Bahnhof einer Kleinstadt nahe Potsdam ein. Er war gemeinsam mit einem weiteren Neuling namens Koschinin in den ostdeutschen Bruderstaat abkommandiert worden. Nach der dreitägigen Zugfahrt fühlten sie sich müde und gelähmt. Nikolai war Angehöriger der dritten Hauptverwaltung und sollte sich um eine Division der Roten Armee kümmern, die ja so nahe am Klassenfeind einer besonderen Überwachung bedurfte.

Sie wurden von einem Fahrer abgeholt und nach Potsdam in die Kaderabteilung des KGB-Direktorats gebracht. Diese befand sich in einem heruntergekommenen Herrenhaus aus dem 19. Jahrhundert an einer unbefestigten Straße. Man führte sie ins Offizierskasino, wo sie mehrere Stunden warten mussten. Nikolai saß in dem dunklen Raum und fragte sich, ob er sich in diesem Teil der Welt jemals wohl fühlen würde. Gegen Mittag schließlich wurden sie zu Oberst Gorkow befohlen, einem grauhäutigen Apparatschik, der ihnen zunächst ihre genauen Posten mitteilte: Sie würden beide zur sechsten motorisierten Gardeschützendivision kommen, stationiert in Bernau, etwa zwanzig Kilometer nordöstlich von Berlin. Nach Erledigung der Formalitäten widmete sich Gorkow ausführlich der Ehrung des sowjetischen Systems. Das Politbüro und die Regierung kämpften täglich einen glorreichen Kampf gegen den Imperialismus. Dem KGB fiel dabei die ehrenvolle Aufgabe zu, den Siegeszug des Sozialismus gegen seine Feinde im In- und Ausland abzusichern. »Durch die heldenhafte und ehrenvolle Arbeit Tausender treuer Tschekisten erleidet der Block der revisionistischen und antisozialistischen Kräfte in der Welt tagtäglich neue Niederlagen.

Freut euch, Genossen, dass ihr hier an der vordersten Front dazu beitragen könnt, unsere Truppen vom zersetzenden Geist des Kapitalismus reinzuhalten«, blökte Gorkow und erging sich daraufhin in ausführlichen Lobhudeleien über den Generalsekretär sowie den Vorsitzenden des KGB. Als er nach zwei Stunden jede seiner Phrasen mindestens dreimal wiederholt hatte, blickte er den beiden Neulingen streng in die Augen. Nikolai und Koschinin hatten es während der ganzen Zeit kaum gewagt, sich auf ihren Stühlen zu bewegen, saßen mit durchgedrücktem Kreuz vor dem Oberst und nickten ohne Unterlass. »Nun geht, Genossen, und macht der großen Sowjetunion Ehre«, beendete der Oberst seine Predigt und entließ sie mit einem Kopfnicken.

In der Offiziersmesse erwartete sie bereits ein Oberleutnant, um sie zu ihren Divisionen zu bringen. Er weigerte sich jedoch abzufahren, ohne dass sie eine Flasche guten russischen Wodka mit ihm geteilt hätten. Nikolai verspürte wenig Lust auf weitere Verzögerungen und spendierte eine Flasche aus seinem Koffer, in der Hoffnung, bald von hier wegzukommen. Es wurde Nachmittag, bis sie endlich nach Bernau aufbrachen. Da sie Berlin umfahren mussten, kamen sie erst abends im Quartier ihrer Sonderabteilung an, das in einer kleinen Villa untergebracht war. Die Villa war von einem Garten umgeben und dieser von einem hohen Zaun. Nikolai und sein Reisegenosse waren vom langen Warten, Zuhören, Trinken und Fahren ziemlich müde und legten sich sofort in ihre Betten. Nach dieser Odyssee wünschte sich Nikolai nichts mehr als einige Stunden erholsame Nachtruhe.

Diese dauerte jedoch nur bis etwa zwei Uhr, als sie durch ein lautes Klopfen an der Tür geweckt wurden. »Aufstehen, ihr Lumpen! Wir müssen Bekanntschaft schließen!«. Es war ein Hauptmann, der schon ordentlich einen sitzen hatte. Sein Uniformmantel war verkehrt zugeknöpft und die Mütze drohte, ihm jeden Moment vom Kopf zu fallen. »Ich bin Konstantin, aber ihr könnt mich Kostja nennen«, lallte er und hielt ihnen eine Flasche Kognak hin. Es war billiger DDR-Fusel und schmeckte schauderhaft. »Macht euch nichts daraus«, wieherte Kostja, als die beiden angewidert die Gesichter verzogen, »ihr werdet euch schon daran gewöhnen!« Danach umarmte er sie und verschwand. Mit einem abstoßend saueren Geschmack im Mund ließ Nikolai sich wieder auf seine Matratze fallen und sank in einen tiefen, traumlosen Schlaf.

Die Aufgaben der KGB-Offiziere in den im Ausland stationierten Sonderabteilungen bestanden darin, die Anwerbung von Sowjetbürgern durch westliche Geheimdienste zu verhüten. Sollten schon Personen angeworben worden sein, mussten sie identifiziert und neutralisiert werden. Außerdem galt es, Agenten feindlicher Spionagedienste im Umfeld der zu schützenden Truppenteile ausfindig zu machen, ebenso alle Gegner und Feinde der Sowjetunion. Um diese Aufgaben erfolgreich zu bewältigen, brauchte man ein leistungsfähiges Netz von Informanten und Agenten. Der KGB litt an Personalknappheit. Die Einheiten, welche Nikolai zugeteilt wurden, waren bisher noch von keinem KGB-Offizier bearbeitet worden. Er erhielt die Vorgabe, innerhalb von drei Monaten mindestens zehn Agenten zu rekrutieren: zwei Offiziere, zwei Unteroffiziere, zwei gemeine Soldaten, zwei Offiziersfrauen und zwei Deutsche.

Derartige Zielvorgaben zwangen einen KGB-Mann, ausschließlich mit Druck und Drohungen zu arbeiten. Mit Bürgern der UdSSR hatte der KGB meist leichtes Spiel: Niemand konnte ohne Zustimmung des KGB Offizier werden, Berufssoldaten unterhalb der Offiziersränge konnten aus den Streitkräften ausgestoßen werden, wenn sie sich nicht kooperativ verhielten. Auch Zivilpersonen drohte die Entlassung aus der Erwerbstätigkeit und damit die Verfolgung als »arbeitsscheues Element«, die Verweigerung der Aufnahme in Forschungs- und Lehranstalten oder auch das Verbot von Auslandsreisen. Die unglaubliche Macht eines KGB-Offiziers wurde Nikolai unheimlich. In der ihm zugeteilten Division war vom Kommandeur bis zum letzten Rekruten jeder von ihm abhängig. Er entschied über die politische Zuverlässigkeit der Männer, musste Beförderungen zustimmen und konnte das künftige Schicksal Hunderter Menschen und Familien lenken. Die kriecherische und gleichzeitig ängstliche Freundlichkeit, mit der Majore und Obersten ihm begegneten, war ihm zunächst peinlich, später widerte sie ihn an.

Nikolai begann mit der Anwerbung von oben. Zunächst brauchte er einen zuverlässigen Informanten im Kommandostab des Regiments, der ihn mit allen wichtigen Details über die ihm unterstellten Offiziere versorgen musste. Seine Wahl fiel auf Major Jakutskin. Er besaß viele Freunde im Regimentskommando, die ihm ihr volles Vertrauen schenkten und ihn häufig um Rat und Hilfe ersuchten. Ebenso pflegte er gute Beziehungen zu seinen Vorgesetzen. Beides gleichzeitig anzutreffen war ein Glücksfall für den KGB. Nikolai trug alle verfügbaren Informationen über Jakutskin aus den Akten des KGB und der Streitkräfte zusammen und schloss Bekanntschaft mit ihm. Sie trafen sich mehrmals im Offizierskasino zum Billard- oder Schachspielen. Nikolai plauderte dabei über alltägliche Themen und spürte hinter der aufgesetzten Kameradschaftlichkeit Jakutskins Argwohn. Eines Abends schließlich bat er ihn um ein paar Minuten seiner Zeit und zog sich mit ihm an einen abgelegenen Tisch zurück.

»Haben Sie schon einmal daran gedacht, mit dem KGB zusammenzuarbeiten?«, eröffnete Nikolai das Gespräch im unverfänglichen Ton.

»Wissen Sie, Genosse Leutnant«, erwiderte der Major steif, »ich bin hier so sehr beschäftigt, dass ich darüber wirklich noch nie nachgedacht habe.«

»Ja, Sie leisten hervorragende Arbeit«, sagte Nikolai, »aber Sie könnten Ihrem Mutterland noch viel mehr helfen, wenn Sie künftig mit mir kooperieren würden.«

»Ihr Angebot ehrt mich«, Jakutskin öffnete den obersten Knopf seiner Uniform, »aber ich glaube, Sie überschätzen mich, Genosse. Meine Gesundheit ist nicht so gut, wie es den Anschein hat, es kann sein, dass ich demnächst um meine Versetzung zurück in die Heimat bitten muss und nur noch unwichtige Schreibtischarbeit übernehmen kann.«

»Ich habe mich etwas eingehender über Sie informiert«, Nikolai lehnte sich in seinem Stuhl zurück, »Sie haben einen Bruder, der wegen Raubüberfalls im Arbeitslager sitzt …«

»Bitte sprechen Sie etwas leiser, Genosse«, der Major sah sich hektisch im Raum um.

»Ihr Vorgesetzter weiß davon nichts«, Nikolai beugte sich wieder nach vorne.

»Ich kann doch nichts dafür, wenn sich mein Bruder in kriminelle Machenschaften verstrickt!«

»Und dann wäre da noch Ihre kleine Nebentätigkeit«, fuhr Nikolai fort.

»Genosse Leutnant, ich versichere Ihnen, das ist ein Missverständnis«, der Major zog ein Taschentuch heraus und fuhr sich damit über die hohe Stirn.

»Sie organisieren den illegalen Verkauf von Kaffee, Tee und elektrischen Geräten aus Armeebeständen an Deutsche«, Nikolai verzog angewidert das Gesicht.

»Also schön«, seufzte Jakutskin, nachdem er sich zwei Minuten lang das Taschentuch vors Gesicht gedrückt hatte, »ich werde mit Ihnen zusammenarbeiten. Es darf aber niemand sonst etwas davon erfahren!«

»Geheimhaltung ist unsere Spezialität, Genosse«, sagte Nikolai ohne jede Regung, »kommen Sie doch bitte morgen Abend in mein Büro, da sind noch einige Papiere zu unterschreiben.«

Nach zwei Monaten hatte Nikolai die acht verlangten Sowjetbürger angeworben. Trotz der oftmals erpresserischen Methoden verspürte er keine Gewissensbisse. Genauso wenig war er stolz auf das, was er tat. Es war ein Auftrag und als Soldat war Nikolai darauf trainiert, so gut wie möglich Befehle auszuführen. Wenn sie ihn nur nicht wieder in den Kugelhagel afghanischer Rebellen führen würden. Seinen ersten Coup landete er vier Wochen später, als er den ersten Deutschen für den KGB gewann.

Egon Rausch war einer der wenigen selbstständigen Handwerker, die in der DDR noch ein Geschäft betrieben. In einem

Nachbarort von Bernau unterhielt er eine Reparaturwerkstatt für alle Arten von elektrischen Geräten. Es wunderte Nikolai, dass noch niemand vom KGB auf ihn aufmerksam geworden war, denn ein selbstständiger Unternehmer war im Ostblock seltener als Bananen. Rausch war ein guter und zuverlässiger Geschäftsmann, seine Werkstatt war ständig ausgelastet und er leistete sich zwei Trabants und einen Wartburg. Durch seine unsozialistische Lebensführung war Rausch den DDR-Behörden natürlich ein Dorn im Auge. Die Staatssicherheit hatte schon mehrmals versucht, ihn dazu zu bringen, seine Werkstatt zu schließen und in einem Staatsbetrieb zu arbeiten. Nikolai forderte sämtliche Akten über Rausch von der DDR-Staatssicherheit an und bekam sie umgehend per Expressbote. Gleichzeitig musste Nikolai persönlich mit seinem Kandidaten bekannt werden. Er stöberte so lange in den Hinterzimmern und Lagerräumen der Kaserne herum, bis er ein defektes Transistorradio fand. Mit diesem Gerät fuhr er eines Abends zu Rausch in die Werkstatt und fragte, ob es noch zu reparieren sei. Er gab sich als Infanterieoffizier aus und da Rausch sehr gut Russisch sprach, kamen sie gleich ein wenig ins Plaudern. Eine Woche später holte Nikolai das reparierte Radio wieder ab. Dummerweise hatte er das Geld vergessen, so dass er sich mit dem Handwerker für den nächsten Abend noch einmal verabredete. Zu diesem Termin brachte er die Konstruktionszeichnung einer Hochleistungsantenne mit, die er in einer ostdeutschen Radio-Zeitschrift entdeckt hatte, und fragte an, ob Rausch ihm beim Bau dieses Gerätes behilflich sein wollte. Der Deutsche studierte den Plan und versprach, die Konstruktion für seinen russischen Freund vorzunehmen, es würde jedoch drei bis vier Wochen dauern, bis er das erforderliche Material auftreiben könnte, besonders Kupferdraht sei schwer zu bekommen. Nikolai bedankte sich überschwänglich und versprach, sich das nächste Mal mit einer Flasche russischem Wodka für Rauschs Bemühungen erkenntlich zu zeigen.

Wieder drei Tage später stand Nikolai mit einer Rolle Kupferdraht und einer Flasche Wodka bei Rausch in der Werkstatt.

»Es ist doch längst Feierabend«, sagte er, »und ich wollte mich auf echt russische Art für Ihre Mühen bedanken.«

»Ich habe noch keinen Russen kennen gelernt, der nicht irgendeinen Anlass zum Trinken gefunden hätte«, lächelte Rausch und sperrte seine Werkstatt zu. Er stellte zwei Gläser auf eine Werkbank und Nikolai schenkte großzügig ein. Rausch war sehr offen und interessierte sich für das Leben der Menschen in der Sowjetunion, denen es angeblich noch viel schlechter ging als ihnen hier in der DDR. Nikolai schilderte die Verhältnisse ungeschminkt und nahm Rausch das Versprechen ab, niemandem etwas davon zu erzählen, weil er sonst in große Schwierigkeiten kommen könne. Dies sei eine Frage des Vertrauens. Rausch erzählte im Gegenzug von der DDR, seinen Freunden und Verwandten und so war die Flasche schnell geleert. Es war bereits spät in der Nacht, als sie sich verabschiedeten und Rausch den russischen Offizier einlud, jederzeit wiederzukommen, schließlich wüssten auch Deutsche, wie man Gäste zu bewirten habe.

Nikolai kam noch mehrmals auf diese Einladung zurück. Rausch wartete jedes Mal mit einer Flasche schwarz gebranntem Korn auf, der tatsächlich wesentlich besser schmeckte als alles, was man offiziell in der DDR kaufen konnte. Etwa einen Monat nach dem ersten Wodka war Egon Rausch »reif«. Nikolai lud ihn zu sich nach Hause ein. Bei den Räumlichkeiten handelte es sich um eine sichere KGB-Wohnung. Nikolai hatte Rausch mit einem Gasik abgeholt und betrat gemeinsam mit ihm die Wohnung, in der schon Nikolais direkter Vorgesetzter wartete.

»Darf ich dir Major Kynduschenko vorstellen«, begann Nikolai, »er möchte auch ein bisschen mit uns feiern.«

»Sehr angenehm«, Rausch schüttelte dem Major die Hand und war noch immer ahnungslos.

»Es freut mich sehr« sagte Kynduschenko, »dass Sie so großes Interesse an unserer sozialistischen Freundschaft und an der Arbeit des KGB zeigen.«

»KGB!«, rief Rausch entsetzt und blickte Nikolai panisch an.

»Oh, hat der Genosse Leutnant wohl vergessen zu erwähnen, dass er für den KGB arbeitet?«, fragte der Major scheinheilig.

»Hören Sie«, Rausch rang um Fassung, »ich will das alles gar nicht hören. Ich dachte, ich wäre zu einem Freund nach Hause eingeladen worden!«

»Es gibt keinen Grund sich aufzuregen«, Kynduschenko lehnte sich in seinem Sessel zurück, »sehen Sie denn nicht, was für eine große Ehre Ihnen hier zuteil wird. Man hat Sie als würdig erachtet, mit dem Geheimdienst der großen Sowjetunion zu kooperieren. Sie können uns helfen, den Siegeszug gegen den Imperialismus erfolgreich weiterzuführen. Sie halten Ihre Augen und Ohren offen und erweisen uns einige kleine Dienste. Das Ganze wird für Sie kein Schaden sein.«

»Und ich habe gedacht, du wärst mein Freund«, wandte sich Rausch an Nikolai, »ich glaube, jede weitere Unterhaltung ist hier sinnlos«, enttäuscht stand er auf und wollte die Wohnung verlassen.

»Bleiben Sie sitzen«, brüllte Kynduschenko in einer Lautstärke, die den Deutschen rücklings wieder in seinen Sessel drückte.

»Ich kann dir wirklich helfen«, beschwichtigte Nikolai, der den Mut des Mannes insgeheim bewunderte, »ist dir eigentlich klar, dass die Staatssicherheit der DDR dich im Visier hat? Ich habe die Unterlagen gesehen, das sind fünf dicke Aktenordner!«

»Wenn ich zwischen euch und der Stasi wählen muss, fällt mir das nicht schwer«, er schüttelte den Kopf.

»Die DDR-Behörden machen dir deinen Laden zu«, beharrte Nikolai, »spätestens nächstes Jahr. Wir können dir helfen, dass du so weiter arbeiten kannst wie bisher. Hilf uns und wir helfen dir!«

»Der Genosse Leutnant meint es wirklich gut mit Ihnen«, Kynduschenko zündete sich eine Prima an, »man könnte aber auch sagen, dass jeder echte Bürger des sozialistischen Lagers, den wir um Kooperation bitten, verpflichtet ist, uns zu helfen. Wer nicht für uns ist, ist gegen uns.«

»Wir wollen doch nur, dass du dein Geschäft behältst«, sagte Nikolai, »dein Haus, deine Autos und was dir sonst noch lieb ist. Du hast mit so vielen verschiedenen Leuten zu tun – Deutsche und Russen –, auf die du ein kleines Auge haben solltest. Unsere Feinde schlafen nicht!«

»Und ich habe immer gehofft, so etwas würde mir erspart bleiben«, Rausch vergrub sein Gesicht in den Händen.

»Sie sind Geschäftsmann«, sagte der Major rau, »ziehen Sie Bilanz. Wenn Sie sich weigern, werden wir die Gespräche, die Sie mit dem Genossen Leutnant geführt haben, auswerten und alle Bekannten und Freunde überzeugen, dass Sie schon lange als Informant für uns tätig sind. Das Leben dürfte dann ziemlich unangenehm für Sie werden. Noch dazu als Arbeiter in einem Staatsbetrieb. Außerdem glaube ich gehört zu haben, dass Ihr Sohn und Ihre Tochter auf der Universität studieren möchten?«

Egon Rausch hatte dicke Schweißperlen auf der Stirn und seine Hände zitterten. Die Ausweglosigkeit seiner Situation war ihm klar. Ebenso wusste er, dass einer Familie noch viel mehr zustoßen konnte als nur der Ausschluss der Kinder von einer Hochschule.

»Entscheiden Sie sich jetzt, Genosse!«, befahl Kynduschenko. »Wollen Sie mit uns kooperieren, ja oder nein?«

»Ich habe wohl keine andere Wahl«, stöhnte Rausch.

»Na, bitte. Ich wusste doch, dass Sie ein intelligenter Mann sind«, schmeichelte der Major.

Egon Rausch unterschrieb ein Papier, in dem er seine freiwillige Mitarbeit erklärte. Die Einladung auf ein Gläschen Wodka lehnte er ab und verließ schnellstens die Wohnung.

Major Kynduschenko schenkte zwei Gläser ein und bot Nikolai ein Zigarette an.

»Das war sehr gute Arbeit, Genosse«, lobte er.

»Ich tue nur meine Pflicht, Genosse Major«, entgegnete Nikolai.

»Wie viele Agenten sollten Sie im ersten Vierteljahr anwerben?«

»Zehn, Genosse Major!«

»Sie wissen aber, dass diese Zielvorgaben immer zu hoch angesetzt werden.«

»Das ist mir nicht bewusst, Genosse Major!«

»Lügner«, grinste Kynduschenko, »fünf sind realistisch, wenn Sie gut sind, sieben. Und Sie haben bereits neun rekrutiert. Es fehlt nur noch ein weiterer Deutscher.«

»Noch habe ich ja zwei Wochen Zeit, Genosse«, sagte Nikolai unschuldig.

»Unter uns, Nikolai«, der Major wurde vertraulich, »es wird nicht mehr lange dauern, bis man an höherer Stelle auf Sie aufmerksam wird. Ich glaube, Sie haben eine große Zukunft vor sich.«

Nikolai bemühte sich, so etwas wie Ehre zu empfinden. Er war sich aber nicht sicher, ob diese große Zukunft überhaupt erstrebenswert war.

Herbert Göttler hatte die Pressekonferenz auf sechs Uhr abends angesetzt. Außer ihm befanden sich noch der zuständige Staatsanwalt, der Pressesprecher der örtlichen Kriminalpolizei sowie ein Vertreter des LKA auf dem Podium. Die Konferenz fand im PR-Saal des Präsidiums statt. Der Raum verfügte über behördengrau gebeizte Wandverkleidungen, eine abgehängte Akustikdecke, alle Schikanen moderner Präsentationstechniken sowie über eine funktionierende Klimaanlage. Es war schwer zu sagen, ob die Brisanz des Falles oder die kühlen zwanzig Grad Raumtemperatur die Pressevertreter in Scharen angezogen hatte, auf jeden Fall war der Saal mit fünfzig Besuchern gut gefüllt. Alfred hatte mit Renan in der letzten Reihe Platz genommen. Er kühlte sein Gesicht noch zusätzlich mit einer Flasche Wasser, die er eben aus dem Automaten im Foyer geholt hatte. Außer ihnen hatten sich noch fünf Mitglieder der Soko Hartmann an den Rändern der Bestuhlung verteilt. Göttler hatte das Jackett seines gestreiften Anzuges abgelegt und die Hemdsärmel hochgekrempelt, um seine unbändige Tatkraft zu unterstreichen. Er tuschelte noch kurz mit dem LKA-Mann und eröffnete dann die Veranstaltung:

»Meine sehr geehrten Damen und Herren, ich darf Sie herzlich zu unserer heutigen Pressekonferenz begrüßen. Wie Sie wissen, haben wir uns zum Ziel gesetzt, Nürnberg zur sichersten Großstadt der Republik zu machen …«

»Letztes Jahr hat er sich noch mit Bayern begnügt«, raunte Alfred seiner Kollegin zu.

»… und ich kann Ihnen versichern, dass dieser widerliche Fall von Menschenraub in wenigen Tagen Geschichte sein wird. Dank der Mithilfe unserer LKA-Kollegen, als deren Vertreter ich Herrn Hauptkommissar Schwaanke hier ebenfalls herzlich willkommen heißen möchte, konnten wir binnen drei Tagen den Tathergang minutiös rekonstruieren und ein Täterprofil erstellen, das den Kreis der Verdächtigen im Prinzip auf eine Person begrenzt«, Herbert nickte Hofmann, seinem Pressesprecher, zu, der sich sofort eifrig an einem Notebook zu schaffen machte. Auf der Projektionswand hinter Göttler tauchte eine blauer Windows-Hintergrund auf, in dessen Mitte sich ein Dialogfenster befand, das die Vorbereitung der Netzwerkverbindung meldete.

»Präsentiert er Fahndungsfotos jetzt online?«, flüsterte Renan ungläubig.

»Ich habe keine Ahnung, was Hofmann da treibt«, Alfred zuckte mit den Schultern, »wo doch jeder weiß, dass unsere Computer am liebsten dann abstürzen, wenn man sie am dringendsten braucht.«

»Unser Hauptverdächtiger ist ein ehemaliger Mitarbeiter der Freiherren-Brau AG. Sein Name ist Michael Gruner«, Göttler blickte erwartungsvoll zu Hofmann, der trotz Klimaanlage bereits zu schwitzen begonnen hatte und auf Herberts Blick mit einem verängstigten Kopfschütteln reagierte.

»Herr Gruner war Abteilungsleiter für den Vertrieb«, der Kriminaldirektor blickte kurz über seine Schulter und fuhr dann fort, »wir werden Ihnen sein Foto in Kürze zeigen können.

Er wurde vor etwas über einem halben Jahr von Herrn Hartmann persönlich fristlos entlassen. Vorletzte Woche hat er die Kündigungsschutzklage vor dem hiesigen Arbeitsgericht verloren.« Er blickte wieder auf die Projektionswand, wo das Dialogfeld beharrlich die Vorbereitung der Netzwerkverbindung verkündete.

»Das kann doch noch nicht ausreichen, um die Zahl der Verdächtigen nur auf ihn zu begrenzen«, meldete sich die Vertreterin der *Nürnberger Nachrichten*.

»Gruner hat sowohl unserem Opfer als auch dem Richter am Ende der Verhandlung offen gedroht«, antwortete Göttler, »er ist am nächsten Tag spurlos verschwunden und hat seitdem weder seine Familie noch irgendwelche Bekannte kontaktiert … Hofmann, wird das jetzt bald«, zischte er leiser nach rechts.

»Der Scheiß funktioniert schon wieder nicht, keine Ahnung, was da los ist«, Hofmanns Mikrofon war schon eingeschaltet. Er erbleichte und veranlasste die versammelten Reporter zu einem mittelschweren Ausbruch von Heiterkeit. Göttler stand auf, raunte Schwaanke etwas zu und zog Hofmann von seinem Stuhl zum Hinterausgang des Podiums.

»Wir haben das Täterprofil sorgfältig mit dem psychologischen Profil von Herrn Gruner abgeglichen«, Schwaanke sprach in perfektem Hochdeutsch, »es gibt viele Details, die auf einen Amateur hinweisen. Außerdem ist bis heute keine Lösegeldforderung bei der Familie des Entführten eingegangen. Das Motiv scheint also nicht von einer finanziellen Absicht getragen zu sein, was den Kreis der Verdächtigen schon sehr stark verkleinert …«

»Seine Frau soll ein ziemlicher Drachen sein«, meldete sich ein Vertreter der Abendzeitung, der lokalen Yellow-Press, »es heißt, er wäre vor ihr nach Südamerika geflohen.«

»Solche Vermutungen kennen wir bei jedem prominenten Entführungsfall«, erwiderte Schwaanke ungerührt, »und wir sind uns auch nicht zu blöde, selbst solchem Unsinn nachzugehen. Es fanden sich jedoch bis zum heutigen Tage keine Hinweise, die Ihre These untermauern könnten.«

»So, vielen Dank, Herr Kollege«, meldete sich Göttler wieder zurück, »ich entschuldige mich für die kleine Panne und versichere Ihnen, dass Frau Gruner eine ganz reizende Dame ist, deretwegen man sich nicht ins Ausland abzusetzen braucht. Wir haben auch schon Europol in Lyon eingeschaltet, um ganz sicherzugehen.«

»Dann hoffen wir mal, dass dort die Computer besser funktionieren«, konterte der Mann von der Abendzeitung sehr zur Belustigung seiner Kollegen.

»Ja, diese Hitze macht eben nicht nur uns Menschen zu schaffen«, knirschte Göttler, während Hofmann einen Overhead-Projektor hereinschob und das Fahndungsfoto von Gruner auf einer Folie an die Wand projizierte.

»Das wäre ja der Hammer«, sagte Gerd Rötlein, während er den Text nochmals überflog.

»Ist bei euch wirklich noch niemand auf diese Vorfälle aufmerksam geworden?«, fragte Alfred ungläubig.

»Keine Ahnung«, Gerd schüttelte den Kopf, »Göttler hat uns alle strikt angewiesen, ausschließlich den so genannten Profis vom LKA zuzuarbeiten. Wer Alleingänge wage, könne mit einer Versetzung an die tschechische Grenze rechnen!«

»Ja, ja, der Bayerische Wald«, Alfred nickte wissend, »Herberts persönlicher Gulag. Hat er mir auch schon ein paar Mal angeboten.«

Alfred und Rötlein saßen auf dem Podium des nunmehr leeren PR-Saals und ließen die Füße baumeln. Rötlein zündete sich ebenfalls eine Kippe an.

»Ein Bierfass, das sich selbst kühlt, war mir schon immer unheimlich«, sagte Rötlein, die Papiere überfliegend.

»Na, ja«, Alfred schnippte seine Asche auf den grauen Filzboden, »auf jeden Fall macht die Brauerei ordentlich Reibach damit. Da kann so ein Streit um die Urheberschaft schnell teuer werden.«

»Allerdings«, nickte Gerd.

»Was werdet ihr jetzt damit anfangen?«, fragte Alfred und deutete auf die Unterlagen, »dem Herrn Direktor vorlegen oder dem Herrn Dingsbums vom LKA?«

»Auf keinen Fall«, rief Rötlein und schüttelte den wirren Haarschopf, »da könnten wir es gleich in den Reißwolf stecken! In solchen Fällen führt der Dienstweg nicht zum Ziel, da muss man sich einen diskreten Trampelpfad suchen. Das krieg ich schon hin«, er nickte selbstsicher.

»Ich dachte ja nur wegen der tschechischen Grenze und den Alleingängen«, Alfred legte den Kopf schief.

»Wer sagt, dass ich alleine gehe?«, grinste er.

Als er ins Büro zurückkam, fand Alfred eine barfüßige Renan vor. Sie hatte ihren Bürostuhl in Kipplage gebracht und die Beine auf ihrem Schreibtisch geparkt. Auf der Ablage an der gegenüberliegenden Wand wirbelte ein Tischventilator und aus dem Radiorekorder tönte türkische Popmusik.

»Ah, meine Kollegin in ihrer bevorzugten Arbeitshaltung«, sagte Alfred.

»Hab ich alles von dir gelernt«, erwiderte Renan, ohne die Augen zu öffnen.

»Wo hast du denn dieses Gerät her?«, Alfred musterte die ihm unbekannte Windmaschine. Sie schien schon einige Jahre auf dem Buckel zu haben. Der untere Teil des Fußes bestand aus blaugrauem Plastik, der obere Teil war gelblich-weiß. In der Mitte prangte das Logo der Firma *Progress*. Die Rotorblätter waren dunkelgrau und nicht von einem schützenden Gitter umgeben.

»Kopierraum, letzter Schrank links, oberstes Fach, ganz hinten«, Renan nahm die Füße von der Tischplatte und griff zur Teetasse.

»Und der hat noch funktioniert?«, fragte Alfred überrascht, sich auf seinem Stuhl niederlassend.

»Tadellos. Musste nur ein bisschen abgestaubt werden.«

»Und was bringt dich dazu, im hintersten Winkel des letzten Schrankes im Kopierraum herumzustöbern?«, forschte Alfred nach.

»Ich habe Papier gesucht, das größer ist als A3, weil ich unseren Fall mal als grafische Übersicht aufzeichnen wollte. Ich fürchte nämlich, dass mir langsam die Ideen ausgehen«, sie stützte das Kinn in die linke Hand und blickte müde in die Augen ihres Gegenübers.

»Ist das Tarkan?«, fragte Alfred auf das Radio deutend.

»Ja, kennst du ihn?«

»Na, hör mal«, entrüstete er sich, »ich mag ja über fünfzig sein, aber ich kriege schon noch mit, was um mich herum passiert.«

»Das ist meine Not-CD«, erklärte Renan, »er mag nicht toll sein, aber im Radio spielen sie schon wieder Modern Talking rauf und runter«, sie schüttelte sich.

Gerade als Alfred einen größeren Vortrag begonnen hatte, der seiner jungen Kollegin vermitteln sollte, dass sich auf dem Gebiet der Popmusik seit den siebziger Jahren überhaupt nichts mehr getan hätte und die einzig zeitlose Form so genannter U-Musik der Jazz sei, klingelte Renans Telefon.

»Mordkommission Müller.«

»Ja, guten Tag auch. Hier ist Lenzen vom Bundesverwaltungsamt.«

»Herr Lenzen, das freut mich aber, dass Sie anrufen. Ich wollte mich bei Ihnen noch für die schnelle und unbürokratische Hilfe bedanken«, flötete Renan.

»Gern geschehen, gern geschehen. Wie ich höre, haben Sie aber kein Glück gehabt.«

»Ja, es sieht so aus, als wäre unser Mann nicht als Aussiedler registriert. Ist wohl doch irgendwie illegal eingereist.«

»Dann ist natürlich die Kacke am Dampfen. Ich wollte Sie nur zur Sicherheit fragen, ob Sie auch an die jüdischen Kontingentflüchtlinge aus der ehemaligen UdSSR gedacht haben. Die haben natürlich mit den Aussiedlern nichts zu tun.«

»Jüdische was?«

X.
FLUCHT

Valentina Kashevska saß kerzengerade auf ihrem Küchenstuhl. Es war unmöglich zu beurteilen, ob sie dreißig oder fünfzig war. Sie blickte Renan aus dunkelgrünen Augen an, schenkte ihr ungefragt eine Tasse Kaffee ein und zündete sich eine Zigarette an, was Alfred ebenfalls zum Etui greifen ließ. Die Wohnung befand sich in einem sanierten Viertel, dessen Bewohner überwiegend der deutschen Mittelschicht angehörten. Die Küche erinnerte Renan an ihre Kindheit, als Einbauküchen noch nicht üblich beziehungsweise noch sehr teuer waren. Es gab einen allein stehenden Gasherd, einen Spülschrank sowie zwei Hängeschränke mit glatter weißer Oberfläche. Auf der anderen Seite stand ein cremeweiß gestrichenes Küchenbuffet aus der Vorkriegszeit. Sie saßen an einem Tisch mit winzigklein karierter Resopalplatte und massivem Buchengestell. Der Raum verfügte über eine Fenstertür, die auf einen kleinen Balkon führte. Die Wohnung wirkte auf Renan irgendwie stilsicherer als die der Balenkows, wenngleich sie auch hier dasselbe Gefühl beschlich: als ob die Zeit langsamer verginge und die Uhrzeiger kaum von der Stelle kämen. Frau Kashevska hatte keine entsetzten Fragen gestellt, als die Polizei vor ihrer Wohnungstür stand. Sie hatte ihre Besucher lediglich in die Küche gebeten, einen Stapel kyrillisch bedruckter Blätter vom Tisch geschoben und drei Tassen hingestellt. Sie sprach sehr gut Deutsch, mit einem harten slawischen Akzent.

»Frau Kashevska«, sagte Alfred sanft, »Sie tun Ihrem Mann keinen Gefallen, wenn Sie ihn decken. Er sollte sich schnellstmöglich stellen, das wird sich strafmildernd auswirken.«

»Ich habe ihn seit Tagen nicht mehr gesehen«, antwortete sie mit einem leichten Kopfschütteln, »ich weiß nicht, wo er ist, er meldet sich nicht. Ich kann Ihnen nicht helfen, tut mir Leid.«

»Hat er vielleicht ein Handy?«, fragte Renan.

»Nikolai, ein Handy!«, lachte Valentina. »Sie wissen nicht viel über russische Männer, glaube ich.«

Es entstand eine Pause. Valentinas grüne Augen hefteten sich an Renans dunkelbraune und übertrugen verschlüsselte Botschaften. Renan war nicht bereit, sie zu dechiffrieren oder ihren Blick als Erste zu senken. Blicke konnten manchmal Waffen sein und sie schoss fleißig zurück, wenn auch nicht mit scharfer Munition. Diese Frau mochte auf der anderen Seite stehen, aber sie verdiente Respekt, dieses Gefühl wurde Renan nicht los.

»Frau Kashevska«, mischte sich Alfred ein, »Ihr Mann steht unter Mordverdacht!«

»Das haben Sie schon zwei Mal gesagt«, erwiderte sie, ihren Blick von Renan abwendend.

»Wollen Sie dazu nicht Stellung nehmen?«, er beugte sich nach vorne.

»Wenn Sie ihn verdächtigen, werden Sie Gründe haben«, sie schüttelte wieder leicht den Kopf, »die Polizei in Deutschland ist sehr korrekt. Nicht so wie bei uns zu Hause.«

»Wo ist denn das, Ihr Zuhause?«, fragte Renan.

»Das ist endlich eine gute Frage«, lächelte Valentina, »gute Fragen können aber nicht so einfach beantwortet werden … Geboren und aufgewachsen bin ich in Leningrad.«

»Und Ihr Mann?«

»Nikolai kommt aus einem Dorf im Ural«, sie nahm einen Schluck aus der Kaffeetasse.

»Wo haben Sie Ihren Mann kennen gelernt?«, Alfred zückte Kuli und Notizblock.

»In St. Petersburg, 1993.«

»Was haben Sie beide dort gemacht?«

»Wir versuchten zu leben.«

»Und wovon?«, Renan spürte, dass sie sich der Wellenlänge dieser Frau langsam annähern konnte.

»Ich habe als Journalistin gearbeitet und Nikolai war Hilfsarbeiter auf einer Werft.«

»Das ist nicht gerade eine alltägliche Paarung«, provozierte Renan.

»Wie meinen Sie das?«, fragte Valentina und lehnte sich mit verschränkten Armen zurück.

»Als Journalistin sind Sie doch gebildet, haben wahrscheinlich sogar studiert – und dann ein Hilfsarbeiter?«

»Wir haben uns das erste Mal in der St. Petersburger Staatsbibliothek getroffen.«

»Tatsächlich?«, fragte Renan, um einen arroganten Tonfall bemüht.

»Nikolai war nicht immer ein Werftarbeiter.«

»Sondern?«

»Offizier in der Armee.«

»Und warum hat er die Armee verlassen?«, fragte Alfred, dem die Dynamik zwischen seiner Kollegin und der Russin noch weitgehend entgangen war.

»Fragen Sie ihn selbst«, Valentina nahm einen tiefen Zug von ihrer Zigarette und blies den Rauch durch die Nasenlöcher hinaus.

»Das würde ich ja gerne«, Alfred wurde langsam ungeduldig.

Valentina Kashevska zuckte mit den Schultern.

»Wann sind Sie dann nach Deutschland gekommen?«, fragte Alfred sachlich weiter.

»1997.«

»Wer wollte denn weg, Sie oder Ihr Mann?«, übernahm Renan wieder das Ruder.

»Ich hatte schon mit dem Gedanken gespielt«, sie kippte ihre Kaffeetasse leicht und betrachtete die ölige schwarze Flüssigkeit, »aber es war Nikolai, der darauf gedrängt hat, dass wir fortgehen.«

»Ihr Mann hätte ohne Sie keine Chance gehabt, nach Deutschland einzuwandern, richtig?«

»Da!«

»Und Sie selbst sind keine Deutschstämmige, sondern als eine von 10.000 jüdischen Einwanderern gekommen, die jedes Jahr hier einreisen dürfen.«

»Richtig.«

»Und wie ist das genau bei Ihnen vor sich gegangen?«, fragte Alfred interessiert.

»Wir haben uns beim deutschen Konsulat in St. Petersburg gemeldet. Ich habe mit meiner Geburtsurkunde und meinem alten sowjetischen Pass nachgewiesen, dass ich jüdischer Abstammung bin, und erklärt, dass ich gerne nach Deutschland ziehen und meinen Glauben wieder ausüben möchte«, Valentina drückte ihre Zigarette aus, »wir sollen nämlich helfen, Ihre jüdischen Gemeinden wieder zu beleben.«

»Und wie machen Sie das?«, fragte Renan.

»Gar nicht«, Valentina lächelte zynisch. »Ich galt in der Sowjetunion als Jüdin, weil mein Vater jüdischer Abstammung war. Die israelitische Gemeinde hier würde mich aber nur anerkennen, wenn ich eine jüdische Mutter hätte. Außerdem müsste ich jeden Sabbat in die Synagoge gehen, mich aktiv in der Gemeinde engagieren und Hebräisch lernen …«

»Dann müsste ja auch jeder Katholik das große Latinum haben«, scherzte Alfred.

»Mir war es auf jeden Fall wichtiger, richtig Deutsch zu lernen«, die Russin nippte an ihrem Kaffee, »wie sollte ich sonst meinen Beruf ausüben?«

»Also arbeiten Sie hier auch als Journalistin?«, fragte Renan überrascht.

»Ich schreibe regelmäßig für eine russischsprachige Zeitung, die hier erscheint. Außerdem nehmen deutsche Zeitungen auch alle paar Wochen einmal Artikel von mir an. Zudem arbeite ich noch als Übersetzerin.«

»Sie haben aber schon in Russland Deutsch gelernt«, hakte Alfred nach.

»Nein. Ich konnte kein Wort, als wir hier ankamen. Das war keine Voraussetzung für die Einreise.«

»Alle Achtung«, Alfred nickte anerkennend, »Sie sprechen perfekt, und das in … sechs Jahren!«

»Ich tue, was ich kann«, antwortete sie, ohne dabei bescheiden zu klingen.

»Spricht Ihr Mann Deutsch?«, fragte Renan.

»Er kommt ganz gut zurecht.«

»Haben Sie es mit ihm zusammen gelernt?«

»Nein. Er sprach schon vorher etwas Deutsch.«

»Ach, und woher konnte er es?«

»Er war früher eine Zeit lang in der DDR stationiert.«

»Wirklich«, Alfred schien elektrisiert, »wann war denn das und wie lange?«

»Ich weiß es nicht«, sagte Valentina und zwirbelte eine Haarsträhne zwischen Daumen und Zeigefinger.

»Sie scheinen überhaupt nicht viel von Ihrem Mann zu wissen«, Renan kniff die Augen zusammen.

»Da könnten Sie Recht haben!«

»Warum sind Sie ausgerechnet hierher gekommen?«, wechselte Renan das Thema. »Konnten Sie sich aussuchen, in welcher Stadt Sie leben würden?«

»Zuerst kamen wir in eine zentrale Stelle nach Berlin. Dort muss man warten, bis man endgültig als Kontingentflüchtling anerkannt wird. Wenn man dann irgendwo Arbeit findet, kann man dorthin ziehen«, die Russin schien der Erklärungen etwas müde, doch Renan ließ nicht locker.

»Also kamen Sie nach Nürnberg, weil Sie hier bei dieser Zeitung arbeiten konnten?«

»So ist es.«

»Oder wollten Sie unbedingt weg aus Berlin?«

»Mein Mann wollte nicht mehr in einer Großstadt leben. Ich halte es auf dem Land nicht aus, da war diese Stadt der beste Kompromiss.«

»Warum nicht Dresden, Kiel, Freiburg?«, fragte Alfred. »Es gibt bestimmt nicht nur hier eine russischsprachige Zeitung.«

»Mein Mann hat den Atlas aufgeschlagen und auf Regensburg gezeigt«, erklärte Valentina. »Er fährt gerne nach Tschechien, weil ihm die Sprache vertraut vorkommt und es dort billige Zigaretten gibt. Von daher kam für ihn nur der Ostteil von Bayern in Frage. Nürnberg lag am nächsten.«

»Warum nicht Ostdeutschland?«, Alfred hob die Arme. »Wenn er früher schon mehrere Jahre in der DDR gelebt hat …«

»Vielleicht gerade deswegen nicht«, sie legte den Kopf zur Seite und blickte die Besucher abwechselnd an.

»Und wie oft ist er dann nach Tschechien gefahren?«, fragte Alfred.

»Nicht so oft, drei oder vier Mal im Jahr. Meistens dann, wenn wir wieder Zigaretten gebraucht haben.«

»Waren Sie manchmal dabei?«

»Ich bin nicht aus Russland ausgewandert, um Kurzurlaub in Tschechien zu machen«, sie nahm einen Schluck Kaffee.

Es entstand abermals eine Pause. Renan erhob sich und inspizierte den Raum mit unverhohlenem Interesse. Zu entdecken gab es jedoch nichts Außergewöhnliches: den Abfuhrplan des gelben Sacks, mit Tesafilm an einen der Hängeschränke geklebt, eine Pinnwand mit russisch beschrifteten Notizzetteln und ebensolchen Postkarten … Wahnsinn, dachte Renan, der könnte ihr hier eine Karte aus Rio geschrieben haben und wir würden es nicht erkennen! In dem Buffet befand sich eine Ansammlung von Tellern und Gläsern aus Kristallglas und auf der Ablage stand neben einer Schale mit Äpfeln ein großes Glas mit eingelegten Gurken und kyrillischem Etikett. Scheint ja eine echt russische Spezialität zu sein, dachte Renan, sich an den Abend bei den Balenkows erinnernd.

»Kennen Sie diesen Mann?«, Alfred hatte mittlerweile zwei Fotos aus seinem Jackett gefischt.

»Nein«, sagte Valentina nach einer kurzen Bedenkzeit, »ist das der Mann, den Nikolai ermordet haben soll?«

»In der Tat«, seufzte Alfred und legte ihr das zweite Bild vor, »und was ist mit dem hier?«

»Tut mir Leid«, antwortete sie, das Foto hoch haltend »nie gesehen. Wer soll denn das sein?«

»Das frage ich mich seit siebzehn Jahren«, er rutschte seinen Stuhl nach hinten und schlug die Beine übereinander.

»Er ist auch tot«, stellte Valentina fest.

»Ziemlich. Er wurde 1985 ermordet.«

»Soll das auch mein Mann gewesen sein?«, sie schien eher interessiert als verärgert zu sein.

»Da bin jetzt ich mal ahnungslos«, antwortete Alfred mit unüberhörbarem Unterton, »wenn er sich zu der fraglichen Zeit in Westdeutschland aufgehalten hätte, würden mir schon ein paar Fragen einfallen.«

»Halten Sie Ihren Mann für fähig, einen Mord zu begehen?«, fragte Renan, die ihre Inspektion mittlerweile auf dem kleinen Balkon beendet hatte.

»Nein«, antwortete Valentina, ohne sich zu ihr umzudrehen.

»Sind das Salzgurken da in dem Glas?«, rief Renan durch die offen stehende Fenstertür.

Jetzt drehte sich die Russin um und sah sie herausfordernd an: »Wollen Sie eine?«

»Nein, danke«, Renan winkte ab, »ich hatte erst letzte Woche das Vergnügen. Ist nicht mein Geschmack.«

»Dann sind wir schon zwei.«

»Gibt es etwas, das Ihnen hier fehlt, das Sie vermissen?«, Renan verließ den Balkon und lehnte sich gegen das Küchenbuffet.

»Momentan vermisse ich meinen Mann.«

»Das tun wir auch«, entgegnete Renan scheinbar ungerührt. »Aber ich meinte, dass Sie ja aus bestimmten Gründen hierher gekommen sind. Würden Sie jetzt sagen, dass diese Entscheidung richtig war? Würden Sie es wieder tun?«

»Warum wollen Sie das wissen?«, die Augen der Russin verrieten erstmals eine Spur von Verwirrung.

»Ich bin neugierig«, Renan hob die Hände.

»Wenn man die Umstände direkt vergleicht, leben wir hier im Luxus«, Valentina steckte sich eine weitere Zigarette an. »Wenn Sie hart arbeiten und ehrgeizig sind, gibt Ihnen dieses Land eine Chance – manchmal. Aber diese Gesellschaft ist ängstlich, hysterisch und unfähig, sich selbst zu helfen. Die Menschen schimpfen und klagen, aber sie bewegen sich nicht aus eigener

Kraft. Man fühlt sich oft gelähmt. Es gibt zu wenig Vertrauen in die Zukunft. Das ist es, was mir fehlt – außer Nikolai.«

»Ja, gut, Frau Kashevska«, Alfred blickte Renan fragend an, die knapp nickte, »wir müssen Sie bitten, die Stadt bis auf weiteres nicht zu verlassen, da wir Ihre Mithilfe in den nächsten Tagen wahrscheinlich noch öfter benötigen.«

»Vielleicht sollten Sie mich einsperren«, sie drückte ihre Zigarette aus und stand auf.

»Das wird nicht notwendig sein«, versicherte Renan.

1983 wäre der russische Bürgerrechtler Igor Myschinski beinahe für den Friedensnobelpreis nominiert worden. Dass es so weit kam, verdankte er einem gegen ihn inszenierten Schauprozess in Moskau. Nikolai verfolgte diesen Fall interessiert, da er wusste, dass Jewgenji in der fünften Hauptverwaltung damit zu tun hatte. Myschinski war einer der bekanntesten Führer der so genannten Helsinki-Gruppen. Diese Menschenrechtsorganisationen hatten sich gegründet, nachdem die UdSSR 1975 die Schlussakte der Konferenz für Sicherheit und Zusammenarbeit in Europa unterzeichnet hatte. Sie sahen es als ihre größte Aufgabe an, fortan auf jeden Verstoß des Systems gegen die Menschenrechtsbestimmungen der KSZE öffentlich hinzuweisen. Myschinskis ukrainische Helsinki-Gruppe tat dies so erfolgreich, dass sogar der Westen auf ihn aufmerksam wurde, was schließlich 1981 zu seiner Verhaftung führte. Es gehörte zur Strategie des KGB, verhaftete Dissidenten in Schauprozessen zu mehrjährigen Haftstrafen oder Arbeitslager zu verurteilen. Dies konnte nur dann richtig Wirkung zeigen, wenn die Angeklagten im Laufe der Prozesse ihre Schuld öffentlich zugaben und sich von ihren Taten distanzierten. Außerdem sollten sie andere Dissidenten verraten und sie auffordern, ihre staatsfeindlichen Aktivitäten einzustellen. Dazu bedurfte es der Kooperation der Angeklagten und es war Aufgabe der fünften Hauptverwaltung, sie in den Monaten, bevor es zum Prozess kam, weich zu kochen. Oft brachte schon die lange Trennung von Frau, Kindern und anderen nahe stehenden Personen etwas. Des Weiteren konnte gedroht werden, dass genau diesen Menschen furchtbare Dinge zustoßen würden. In anderen Fällen wurden den Inhaftierten gefälschte Pressemeldungen aus dem Westen vorgelegt, die zum Beispiel die Existenz von Menschenrechtsverletzungen in der UdSSR in Abrede stellten und die Dissidenten zu Putschisten erklärten. Sehr gerne wurden auch KGB-Spitzel als Zellengenossen eingeschleust und Nikolai war sich sicher, dass sein alter Freund Jewgenji mehrere Wochen mit Myschinski in dessen Verlies verbracht hatte. Im Großen und Ganzen war der Phantasie der fünften Hauptverwaltung keine Grenze gesetzt und sie schaffte es in vielen Fällen, stolze und zähe Bürgerrechtler in wimmernde Schatten ihrer selbst zu verwandeln.

Er erinnerte sich an das KGB-Musterbeispiel des Untergrundverlegers Piotr Jakowlew, der noch kurz vor seiner Verhaftung ein Schreiben veröffentlicht hatte, dass alle Geständnisse, die ihm in der Haft abgepresst würden, als ungültig zu betrachten seien. Im Gefängnis weigerte sich Jakowlew wochenlang überhaupt irgendwelche Aussagen zu den gegen ihn erhobenen Vorwürfen zu machen. Ein KGB-Spitzel in seiner Zelle überzeugte ihn schließlich, dass er sich äußern müsse, um so seine profunde Kenntnis der sowjetischen Gesetze an die Öffentlichkeit zu bringen. Er könne so ein leuchtendes Beispiel für andere verhaftete Dissidenten werden. Sein Chefvernehmer vom KGB hieß Alexandrowski, der ihm mit fast unmenschlicher Geduld zunächst gestattete, sämtliche Fragen schriftlich mit mehreren Tagen Bedenkzeit zu beantworten. Später bekam Jakowlew im Gefängnis eine Lungenentzündung. An diesem Punkt brachte Alexandrowski seine Frau Sonja ins Spiel. Diese war vom Anblick ihres leichenblassen, abgemagerten und zitternden Mannes so verschreckt, dass sie ihn nach seiner Genesung überredete, mit dem KGB zu kooperieren.

Kurz vor Weihnachten brach er schließlich völlig zusammen und verfasste eine über hundertseitige Aussage, in der er 60 andere Dissidenten mit Namen nannte und belastete. 57 von ihnen wurden verhaftet und ihrem Verräter gegenübergestellt.

Der Prozess war dann nur noch eine Formalität. Der Angeklagte wurde zu fünf Jahren Zuchthaus verurteilt und gab folgende Schlusserklärung ab: »Wir begannen mit der Forderung, dass die Gesetze beachtet werden müssten, und endeten damit, sie zu brechen.«

Anders verhielt es sich im Fall Myschinski, für den Nikolai eine gewisse Bewunderung empfand. Dieser konnte nicht dazu gebracht werden, im Vorfeld der Gerichtsverhandlung seine Schuld einzugestehen. Sämtliche Tricks der fünften Hauptverwaltung schlugen fehl oder konnten nicht angewandt werden. So war Myschinski ein Einzelgänger ohne Angehörige, er hatte keine Frau und es waren keinerlei Informationen über sonstige nahe stehende Personen zu bekommen. Nach fünfzehn Monaten Untersuchungshaft blieb nichts anderes übrig, als das Verfahren ohne ein vorheriges Geständnis des Angeklagten zu eröffnen. Der Prozess drohte für die UdSSR zu einer großen Pleite zu werden. Gleich am ersten Tag konfrontierte ihn der Staatsanwalt mit dem Vorwurf, mehrere Manuskripte von Untergrundschriftstellern in den Westen geschmuggelt zu haben. Myschinski belehrte den Ankläger daraufhin, dass es nach geltendem Recht nicht verboten sei, Manuskripte ins Ausland zu schicken, weshalb er diesen Anklagepunkt nicht anerkenne. Im weiteren Verlauf des Verfahrens brachte Myschinski sowohl die Anklage als auch die Richter in Verlegenheit, indem er sie in definitorische Widersprüche verwickelte.

»Ihre Handlungen hatten nur ein Ziel«, wetterte der Staatsanwalt, »und zwar, das Sowjetregime zu untergraben!«

»Es trifft sich gut, dass Sie das erwähnen«, antwortete Myschinski, »dann kann ich Sie endlich fragen, wen Sie mit Sowjetregime meinen.«

»Was soll das heißen?«, stotterte der Staatsanwalt, »damit ist natürlich unser Staat gemeint, die Partei, die Regierung, der Sozialismus!«

»Ja, was denn nun?«

»Das ist einerlei«, schaltete sich ein Richter ein, »in unserem System ist das Volk eins mit der Partei und somit auch mit der Regierung.«

»Und wie soll ich eine derart abstrakte Vorstellung untergraben?«, fragte Myschinski weiter.

»Indem Sie das System diskreditieren«, brüllte der Staatsanwalt.

»Wenn Volk und System eins sind«, erklärte Myschinski, »kann ich das System nicht diskreditieren, indem ich auf Menschenrechtsverletzungen hinweise, die vielen Teilen des Volkes widerfahren. Damit helfe ich dem System!«

»Im Gegenteil«, beharrte der Ankläger, »damit richten Sie Schaden an!«

»Können Sie das beweisen?«

Nikolai hatte über einige Ecken eine Kopie des Prozessprotokolls erhalten und hatte diese Passage respektvoll rot markiert.

Schließlich ließ die Anklage zwanzig Zeugen aufmarschieren, die behaupteten, dass es in der Sowjetunion keine Menschenrechtsverletzungen gäbe und den Bürgern alle in der KSZE-Schlussakte enthaltenen Freiheiten garantiert seien.

Myschinski wurde daraufhin zu zehn Jahren Zuchthaus und anschließendem Arbeitslager verurteilt. Gleichzeitig gelangten weitere Abschriften der Prozessprotokolle in den Westen. Sie beschäftigten sowohl die Presse als auch die internationale Diplomatie über Monate hinweg. Etwa ein halbes Jahr nach der Verhandlung sollte Myschinski in ein Gefängnis nahe Murmansk verlegt werden. Aufgrund eines falschen Marschbefehls wurde er jedoch nach Moskau in die KGB-Zentrale gefahren. Dort erhielt er über unbekannte Kanäle Zivilkleidung sowie gefälschte Papiere und bestieg ein Taxi, das ihn zum Flughafen Scheremetjewo brachte. Er nahm einen Linienflug nach Kuba, von wo aus er in die USA gelangte. Andropow schäumte vor Wut, war aber nicht in der Lage den oder die wahren Verantwortlichen auszumachen. Schließlich mussten zwei Abteilungsleiter zurücktreten und ein General wurde degradiert. Jewgenji gelang es zu verhindern, dass Myschinski vom Nobelpreis-Komitee für den Friedensnobelpreis nominiert wurde, wofür er befördert und mit einem Orden geehrt wurde.

Nikolai arbeitete während dieser Zeit in Ostdeutschland. Er war zu einem der besten »Anwerber« des KGB in der DDR geworden, so dass sein oberster Chef, General Simranow, befahl, ihn auch für die Anwerbung Westdeutscher einzusetzen.

Als Zielpersonen dienten ihm mehrere Westdeutsche, die entweder Verwandte in der DDR hatten oder Geschäftsbeziehungen dorthin pflegten. Eine von ihnen war Hildegard, eine Lehrerin aus West-Berlin. Sie besuchte regelmäßig ihre Tante in einem der Nachbarorte von Bernau. Nikolai ließ sich routinemäßig die Einreiselisten vorlegen und hatte Hildegard ausgewählt, weil sie relativ häufig in den Osten kam, allein erziehende Mutter und Beamtin war. Als sie eines schönen Herbsttages mit ihrer Tante spazieren ging, stiftete Nikolai zwei Volkspolizisten an, die Reisedokumente von Hildegard zu kontrollieren, zu beanstanden und sich anzuschicken, die Frau auf der Stelle zu verhaften. Zufällig kam gerade in diesem Moment ein Oberleutnant des KGB vorbei, der aufgrund seiner guten Deutschkenntnisse den Disput mitbekam. Er ließ sich die Papiere zeigen und erklärte, sie wären vollkommen in Ordnung. Er befahl den Vopos, sich bei der Frau zu entschuldigen, und ließ sie dann wegtreten. Die zwei Frauen flossen über vor Dankbarkeit und luden Nikolai sogleich zu Kaffee und Apfelkuchen in das Häuschen von Tante Agnes ein. Dort kamen sie ausgiebig ins Gespräch und Nikolai zeigte sich tief beeindruckt davon, wie sich eine allein stehende Frau mit einem Kind in der harten und kalten Welt des Westens durchschlug. Hildegard erklärte, wie sehr sie die russische Kunst und Kultur schätzte. Besonders die Literatur hatte es ihr angetan, sie hatte sogar schon begonnen, *Krieg und Frieden* im russischen Original zu lesen.

Bei ihrem nächsten Besuch trafen sie sich wieder und Nikolai schenkte ihr eine wertvolle russische Ausgabe von *Anna Karenina*. Hildegard war so beeindruckt, dass sie das Geschenk zunächst nicht annehmen wollte. Nach einer halben Stunde zäher Verhandlungen willigte sie ein, bestand aber darauf, Nikolai aus dem Westen ein Dankeschön zu schicken. Nikolai verlangte nur eine Stange amerikanische Zigaretten und vielleicht ein paar Zeilen auf Russisch, in denen sie aber bitte nichts von dem Buch erwähnen sollte, schließlich war Tolstoi ein imperialistischer Schriftsteller.

Mit dieser Erkenntlichkeit an einen KGB-Offizier wurde Hildegard erpressbar. Wären ihre Zeilen dem westdeutschen Verfassungsschutz in die Hände gefallen, wäre sie mit Sicherheit aus dem Schuldienst geflogen und hätte als Lehrerin kaum noch eine halbwegs bezahlte Arbeit gefunden.

Der Barockhof der Nürnberger Stadtbibliothek war pittoresk wie immer. Zwischen erhabenen Fensterbögen und Kreuzgängen hatte das Zeitungscafé *Hermann Kesten* seinen Außenbereich eingerichtet. Abgesehen von den obligatorischen Spatzen konnte man hier ungestört einen ganzen Tag verbummeln und stundenlang die internationale Presse lesen. Die alten Mauern spendeten wohltuenden Schatten und schnitten ein harmonisches Rechteck aus dem unwirklich blauen Himmel. Renan konnte ihren Blick nicht von der Wespe ablenken, die seit Minuten Herbsts Kopf umkreiste, ohne dass dieser davon Notiz zu nehmen schien. Jetzt sticht sie zu, dachte sie, als sich das Insekt auf seiner Glatze niedergelassen hatte, und war fast etwas enttäuscht, als nichts passierte. Dass das Tier schließlich unverrichteter Dinge schlingernd und stockend wieder abhob, lag wohl an Herbsts lähmendem Charisma – oder an der Hitze. Auf dem Bistrotisch in ihrer Mitte stapelte sich ein Dutzend größtenteils vergilbter Druckwerke und der Pensionär ließ es sich nicht nehmen, jedes einzeln vorzustellen.

»*Geheimimperium KGB*«, zitierte er über seine Hornbrille linsend, »*Totengräber der Sowjetunion*. Hier könnt ihr eindrucksvoll nachlesen, wie der KGB in und nach der Ära Gorbatschow die politische und wirtschaftliche Zerrüttung ausnutzte, um zur geheimen Führungsmacht aufzusteigen. Sehr gelungen ist auch die Analyse der herrschenden Nomenklatura vor und nach dem Putsch von 1991.«

»Konrad«, flehte Alfred, während Renan sich schwor, nicht als Erste die Geduld zu verlieren.

»Das *Schwarzbuch des KGB*«, fuhr Herbst unbarmherzig fort, »850 Seiten, das ist ein wenig ausführlicher, vor allem die Kapitel 19 bis 27 kann ich empfehlen. *Sibirische Odyssee* beschreibt die Geschichte eines deutschen Soldaten, der zehn Jahre lang in einem Gulag ums Überleben gekämpft hat. Ist nicht unmittelbar relevant, bietet aber sehr gute Hintergrundinformationen und liest sich recht flüssig, hat ja nur 350 Seiten …«

»Konrad, ich muss dir ein Geständnis machen«, unterbrach Alfred verlegen.

»Ja?«, Herbst legte das Buch weg und griff zur Pfeife. Alfred nahm seine Lesebrille ab und begann langsam, die Gläser zu putzen, während Herbst ihn ausdruckslos anblickte. Schließlich steckte Alfred die Brille in die Brusttasche seines Sakkos und begann, eine Zigarette zu drehen. Renan spielte ernsthaft mit dem Gedanken, die beiden umgehend in die Psychiatrie einweisen zu lassen, als Alfred endlich sagte:

»Wir haben keine Zeit, diese Bücher alle zu lesen.«

»Nicht?«

»Nein.«

»Warum sagst du das nicht gleich?«

»Eigentlich wollte ich ja nur, dass du uns ein bisschen hilfst die Fakten zu ordnen und schließlich wollte ich deine Meinung hören, ob du es für möglich hältst, dass unser Mann sich noch hier in der Nähe aufhält.«

»Er ist wahrscheinlich noch hier, aber nicht mehr lange«, kam die prompte Antwort.

»Ach«, Renan erstarrte in der Bewegung mit einem Eisteeglas vor den Lippen.

»Demnach glaubst du auch nicht, dass er ein aktiver Geheimdienstler ist, der hier sozusagen als Schläfer gelebt hat?«, Alfred tupfte sich erleichtert den Schweiß von der Stirn.

»Schläfer?«, fragte Herbst.

»Jemand, der jahrelang unerkannt im feindlichen Ausland lebt und zu einem bestimmten Zeitpunkt aktiviert wird.«

»1991 wurde in der Sowjetunion gegen Gorbatschow geputscht«, Herbst bearbeitete seine Pfeife mit dem Stopfer, »das Volk belagerte tagelang die KGB-Zentrale und wollte sie stürmen ...«

»Genau wie bei der Stasi in der DDR«, warf Renan ein.

»Und genau wie die Stasi hat der KGB in dieser Zeit tonnenweise Akten vernichtet oder in unterirdischen Bunkern vergraben«, Herbst sank in seinem Stuhl nach hinten und gestikulierte behäbig mit dem Mundstück der Pfeife. »In dieser Zeit ist euer Mann untergetaucht. Der KGB wurde aufgelöst und hat sich nach und nach neu formiert. Gegen Mitte der Neunziger ist es wieder zu heiß geworden und unser Kandidat hat diese Jüdin geheiratet und ist mit ihr nach Deutschland ausgewandert. Anscheinend hat es ihm hier gefallen – bis er das Mordopfer getroffen hat. Das hat ihn überrascht. Er musste ihn erschießen. Dann hat er abgewartet, ob sich die Polizei überhaupt für den Fall interessiert – schließlich könnte es ja auch sein, dass etwas Wichtigeres ansteht, wie zum Beispiel ein entführter Bierbrauer. Er wollte offensichtlich nicht fliehen, aber jetzt muss er und das heißt ...«

»Er kann nicht Hals über Kopf abhauen«, übernahm Alfred das Ruder, »er ist ein Profi und weiß genau, wie heutzutage eine internationale Fahndung funktioniert. Er hat keinen deutschen Pass, er ist immer noch russischer Staatsbürger. Da kann man nicht so einfach durch Europa spazieren. Er muss sich falsche Papiere und Visa beschaffen und Geld braucht er auch noch. Wenn er sich wirklich in Sicherheit bringen will, muss er ja weiter weg, wahrscheinlich irgendwo nach Übersee – soll er durch den Atlantik schwimmen?«

»Verdammt, da könnte was dran sein«, grübelte Renan auf ihrem Kuli kauend, »aber er könnte sich das alles doch auch schon längst besorgt haben. Es muss ihm doch klar sein, dass wir ihn zur Fahndung ausschreiben, sobald wir sein Gesicht kennen.«

»Eben«, Alfred wurde langsam wieder lebendig, »und diese Chance hätte er gleich nach der Tat wahrnehmen müssen. Hat er aber nicht getan, sondern sich lieber an den Güterbahnhof gestellt. Jetzt abzuhauen ist eigentlich zu riskant. Wenn er wirklich clever ist, versteckt er sich hier in der Nähe und wartet ab, bis sein Fall in den Hintergrund gerät.«

»Heißt das, dass wir jetzt jedes Mauseloch im Großraum durchsuchen müssen?«, Renan blies die Backen auf.

»Wilder Aktionismus hat keinen Sinn«, beschied Alfred. »Wir sollten lieber gut überlegen. Was meinst du, Herbst?«

Doch Konrad war mit dem Kinn auf die Brust gesunken und schnarchte in einem langsamen Crescendo.

Nikolai rieb sich die Augen und klappte sein Notizbuch zu. Die Erinnerung an eine längst untergegangene Welt strengte ihn mehr und mehr an. Er hatte die letzte Zeit teils bei den Pennern im Burggraben verbracht, sich auf sehr belebten Plätzen aufgehalten oder im Freibad gelegen, wo er tagsüber schlief und in sein Notizbuch schrieb. Es gab in der Tat kaum einen Ort, wo er sich sicherer fühlte. Man legte sich einfach zwischen Tausende anderer fast nackter Körper in den Schatten, zog die Mütze über die Augen und konnte beruhigt vier bis sechs Stunden schlafen. Nikolai machte sich keine Illusionen, er wurde mittlerweile im ganzen Land gesucht und stand wohl auch schon bei Interpol auf der Fahndungsliste, aber hier hatte er noch nie einen Polizisten gesehen. Er hatte seine Fluchtroute auf zwei mögliche Varianten festgelegt und dabei die Option Südosteuropa schweren Herzens wieder verworfen. Er wäre gerne nach Rumänien oder Bulgarien ans Schwarze Meer gegangen, konnte aber die Verflechtung der dortigen Behörden mit den russischen Nachfolgeorganisationen des KGB nicht richtig einschätzen. Es gab immer noch einige Personen in Moskau, die sich an ihn erinnerten, und diese Personen hatten noch vor fünfzehn Jahren enge Kontakte zu den Kollegen in anderen Staaten des Ostblocks gepflegt – dieses Risiko konnte er nicht eingehen. Blieb die nächste Option: Südamerika. Paraguay schien Nikolai als erste Station am geeignetsten. Es gab kein Auslieferungsabkommen mit Deutschland, ein Putsch jagte den anderen, die Behörden waren korrupt, dass es zum Himmel stank, und das Land stand weniger im Fokus internationaler Beobachtung wie etwa Kolumbien oder Nicaragua. Er würde noch ein paar Tage warten, bis an den deutschen Grenzen genug neue Fahndungsfälle aufgelaufen waren, sich dann zum nächstgelegenen Autobahnrasthof begeben und dort per Anhalter in Richtung Holland aufbrechen. Kurz vor der Grenze würde er aussteigen und auf einem abgelegenen Pfad zu Fuß nach Holland gelangen. Dann wieder per Autostopp nach Rotterdam. Für diesen Teil des Weges hatte er einen finnischen Pass, der ihn als Aki Kaumismannem auswies. Damit war er EU-Bürger eines Landes, dessen Sprache kaum ein Mensch verstand oder auch nur zuordnen konnte, und die Chancen standen gut, dass bei einer Kontrolle nicht weiter nachgefragt würde. In Rotterdam würde er sich schließlich auf seinen Instinkt verlassen: Entweder würde er sich neu einkleiden und als deutscher Geschäftsmann Heinrich Schindler den in fünf Tagen gebuchten Flug nach Asunción antreten, was die schnellere und riskantere Variante war. Oder er würde im zweitgrößten Hafen der Welt auf einem Frachter anheuern, der Süd- oder Mittelamerika anlief. Es gab genug verrostete Kähne, die unterbesetzt waren und deren Kapitäne gerne auf alle Formalitäten und Fragen verzichteten, wenn sie ein weiteres Besatzungsmitglied in Aussicht hatten. Insgeheim hoffte Nikolai sogar darauf, einen kaum noch schwimmtauglichen russischen Tanker zu finden, dessen versoffener Kapitän ohne zu zögern einen Landsmann aufnehmen würde. Auf die Heuer brauchte er keinen Wert zu legen, Verpflegung und Wodka reichten vollkommen aus.

Er verschränkte die Arme unter dem Kopf und blickte in das Laub der Pappel, die ihm einen angenehmen Halbschatten spendete. Links und rechts von ihm roch es nach Sonnenöl. Vom Nichtschwimmerbecken drang das Quieken und Plärren Hunderter kleiner Kinder herauf. Ab und zu ertönte eine erboste Ermahnung des Bademeisters aus einem Lautsprecher. Nikolai war seit seiner Militärzeit ein begeisterter Schwimmer, die 27 Grad des trüben Wassers im Sportbecken waren ihm jedoch deutlich zu warm. Die Hälfte wäre genau richtig gewesen bei dieser Hitze, so wie der Fluss, in den sie immer als Kadetten getrieben worden waren.

Irgendwie fühlte er sich zufrieden. Er hatte in wenigen Tagen eine perfekte Flucht organisiert und außer an jenem Tag am Güterbahnhof war noch kein Polizist auch nur in seine Nähe gekommen und die waren ihm nun wirklich nicht gefährlich geworden. Seine einzige Angst war, dass Valentina nicht nachkommen würde, wenn er sich für einen sicheren Aufenthaltsort entschieden hätte. Aber diese Sorge musste er zunächst zurückstellen. Jetzt galt es abzuwarten und dann Rotterdam zu erreichen.

XI.
SALZIGE GURKEN

»Das wird ein harter Brocken«, Heinrich wischte sich mit einem Stofftaschentuch über die Stirn.

»Vielleicht sollten wir doch langsam seine Frau holen?«, Alfred schwitzte ebenfalls. Die Temperatur im Verhörzimmer und im Beobachtungsraum dahinter lag bei 30 Grad.

»Damit rechnet er doch«, seufzte Heinrich, »mir ist nur nicht ganz klar, was er mit seinem Verhalten bezweckt.«

Der Russe saß auf der anderen Seite des Spiegels und starrte auf die Tischplatte. Seit seiner Verhaftung vor genau vierundzwanzig Stunden hatte er auf keine Frage geantwortet. Da konnte sachlich oder emotional argumentiert, gedroht oder gebeten werden, er zeigte keine Regung und sah seine Gesprächspartner mit ausdruckslosen Augen an. Weder wirkte er zerknirscht, weil sie ihn geschnappt hatten, noch schien er ein Bedürfnis zu verspüren, sich die Tat von der Seele zu reden. Alfred hatte schließlich Heinrich um Unterstützung gebeten, weil er sich immer noch nicht ganz sicher war, ob Kashevski oder sein Opfer nicht doch irgendwie mit der Russenmafia in Verbindung standen. Leider konnte auch Heinrich keine Wunder vollbringen. Allerdings hatte auch er noch mal darauf gedrängt, von den russischen Behörden Informationen sowohl über den Verhafteten als auch über die beiden Toten zu bekommen. Alfred hatte beim LKA eine entsprechende Anfrage auf den Weg gebracht, die erst zum BKA und dann zu Interpol nach Lyon gehen würde. Von dort würde dann Kontakt mit Russland aufgenommen werden und schließlich würde höchstwahrscheinlich nichts passieren. Wenn doch, ging es auf demselben Weg wieder zurück.

»So!«, Renan rauschte mit einem Gurkenglas bewaffnet in den Beobachtungsraum. »Jetzt wollen wir doch mal sehen …«

»Was soll denn das werden, Kollegin?«, Alfred drehte eine Zigarette.

»Ach ja, die kannst du mir auch gleich noch geben«, sie nahm ihm den frisch hergestellten Glimmstängel aus der Hand, »Feuerzeug? … Danke!«

Sie betrat das Verhörzimmer und legte ihre Mitbringsel auf den Tisch.

»Wird wieder eine ziemlich einseitige Unterhaltung werden«, mutmaßte Alfred.

»Schade um die vielen Hundert Meter Tonband«, nickte Heinrich.

»Wird das auf Dauer nicht langweilig?«, fragte Renan.

Der Russe sagte nichts.

»Wir können noch monatelang so weitermachen, wenn Sie wollen!«

Er reagierte nicht.

»Wenn Sie es nicht waren, dann sagen Sie es doch. Wir wollen Sie ja nicht auf Teufel komm raus belasten.«

Keine Antwort.

Renan stand auf und ging in dem kleinen Raum ein paar Schritte auf und ab. Schließlich setzte sie sich wieder, öffnete das Gurkenglas und hielt es dem Russen hin.

»Was zum Naschen?«, fragte sie, selbst eine aus der Brühe herausfischend.

»Danke«, sagte er und griff zu.

»Sie können ja doch reden«, Renan tat überrascht.

»Meine Name ist Nikolai Kashevski, ich bin 48 Jahre alt und arbeitslos«, antwortete er.

»Jaja«, Renan nagte an ihrer Gurke, »das haben Sie meinen Kollegen schon mehrmals erklärt. Aber wir möchten noch ein bisschen mehr von Ihnen wissen.«

Knacks – der Russe biss ein großes Stück Gurke ab und lehnte sich zurück.

Renan hatte den Hörer abgenommen, als Herbst im Büro anrief.

»Bist du alleine?«, hatte er gefragt.

»Sieht so aus«, entgegnete sie.

»Wo ist denn Albach?«

»Der musste mit seinem Alfa in die Werkstatt und wollte danach noch zum Staatsanwalt.«

»Kannst du jetzt gleich probieren, ob er an sein Mobiltelefon geht?«, Herbst wirkte überraschend resolut.

»Jetzt sofort?«

»Sofort jetzt.«

Sie griff zu ihrem Handy und wählte Alfreds Nummer, jedoch ohne Erfolg.

»Wahrscheinlich ist er gerade bei der Staatsanwaltschaft und hat es ausgeschaltet«, sprach sie wieder in den Festnetz-Hörer.

»Dann werden wir das alleine erledigen müssen«, er wirkte ein wenig zurückhaltend.

»Ja, was denn um Himmels willen?«, rief Renan.

»Hier im Fürther Freibad liegt euer Russe …«

»Was?«

»Ist das dein erster ehemaliger KGB-Agent?«

»Natürlich ist das mein erster! Glaubst du, das ist eine Nummer zu groß für mich?«, Renan hasste es, unterschätzt zu werden.

»Du nimmst besser deine Dienstwaffe mit«, erwiderte Herbst ungerührt, »Badekleidung brauchst du auch, ein großes Handtuch und außerdem mindestens zwei Streifenwagen. Die sollen sich auch Badezeug besorgen, auf jeden Fall aber draußen warten. Wir treffen uns gleich am Eingang hinter dem Drehkreuz.«

Renan hatte hektisch ihre Pistole aus der Schublade gekramt, Alfred eine SMS geschickt und den Streifendienst alarmiert. Sie fuhr in einem der Einsatzfahrzeuge mit und versuchte sich während der ganzen Fahrt an verschiedenen Entspannungsübungen. Es war ganz sicher nur Besorgnis von Herbst gewesen, dass er lieber Alfred bei dieser Aktion dabeigehabt hätte. Heimlich musste sie sich eingestehen, dass dieser Täter ihr schon einiges Unbehagen bereitete. Sie hielten mit quietschenden Bremsen vor ihrem Haus und Renan spurtete in den vierten Stock, um ihre Badesachen zu holen. Sie packte einen Badeanzug, zwei Handtücher, eine Bastmatte und überflüssigerweise auch noch Sonnencreme in eine Tasche. Wieder im Auto, fragte sie der fahrende Polizeiobermeister:

»Wo sollen wir denn so schnell Badehosen herkriegen, Frau Müller?«

»Ruft die Fürther Kollegen an und gebt eure Größen durch«, befahl Renan kurz entschlossen, »ist mir egal, wo die das herholen. Und dass mir keiner von euch in Uniform das Bad betritt. Ihr müsst euch draußen umziehen, verstanden?«

Es war bereits fünf Uhr abends und absehbar, dass der Badebetrieb in den nächsten zwei Stunden zu Ende gehen würde. Renan mochte gar nicht daran denken, was wäre, wenn der Kerl eine Waffe dabeihätte, und das im überfüllten Freibad …

Sie traf Herbst gleich hinter dem Kassenhäuschen. Er trug eine zeltgroße Hawaii-Short in knalligen Farben, dazu ein beiges kurzärmeliges Hemd und eine überdimensionale Sonnenbrille. Seine Füße steckten in bunten Badeschlappen und er hatte sich ein grün-weiß kariertes Schnupftuch über die Glatze gebunden. Am liebsten hätte sie laut losgelacht, aber ihr Herz war ihr schon längst in die Hose gerutscht. Renan zog sich um und folgte Herbst auf die Liegewiese hinter dem Schwimmerbecken. Das Gelände war immer noch stark bevölkert. Er deutete mit einer leichten Kopfbewegung auf einen Mann, der zehn Meter weiter an einem leichten Abhang lag und mit einer Mütze über den Augen zu dösen schien. Renan breitete ihre Bastmatte und ein Handtuch gut zwei Meter neben Herbsts Lager aus.

»Wie in drei Teufels Namen hast du ihn gefunden?«, flüsterte Renan.

»Siehst du den Rucksack links neben ihm?«, brummte Herbst leise.

»Klar.«

»Davor steht ein Glas mit russischem Etikett.«

»Gurken!«, sie hatte Mühe nicht laut zu werden.

»Ich habe in allen Freibädern der Gegend nur einen einzigen Mann gesehen, der russische Gurken zu Mittag isst.«

»Du hast aber doch hoffentlich auch mal sein Gesicht gesehen«, zischte sie und griff zur Sonnencreme.

»Klar«, sagte er und setzte sich in seinen Klappstuhl.

»Wir sollten warten, bis er geht, und ihn dann verfolgen«, sie cremte sich fleißig ein und übersah dabei fast ihre viel zu blasse Hautfarbe. »Das ist doch viel zu gefährlich hier drin. Hier kann er gleich dutzendweise Kinder als Geiseln nehmen.«

»Das stimmt schon«, murmelte Herbst, »aber Geiseln findet er auch draußen. Es wird schwer, ihn unauffällig zu verfolgen, und er kann in alle Himmelsrichtungen davon. Hier drin kommt er schlechter weg und wenn wir ordentlich arbeiten, kann er keine Waffe ziehen.«

»Ich weiß nicht …«

»Na, wo kann er sie denn schon haben?«

»Eigentlich nur im Rucksack.«

»Eben.«

Zwanzig Minuten später holte Renan die umgezogenen Kollegen vom Eingang ab und konnte sich ein Grinsen nicht verkneifen. Die ebenfalls käsig weißen Streifenbeamten waren von den Fürther Kollegen mit einer ganz erstaunlichen Auswahl an Badehosen versorgt worden. Renan weihte die Beamten in Herbsts Plan ein. Sie legten sich jeweils fünfzehn Meter links und rechts von der Zielperson in die Wiese. Vor dem Russen waren Herbst und Renan, etwas hinter ihm ein hoher Zaun. Die ganze Zeit über hatte sich der Mann kaum gerührt. Als sich die letzten Kinder aus der unmittelbaren Umgebung entfernt hatten, stand Herbst ächzend auf und bewegte sich langsam auf ihn zu. Um ihn nicht zu erschrecken, sprach er den Mann schon von weitem an:

»Entschuldigung, junger Freund.«

Er blickte auf und Renan stockte der Atem, als sie die Züge des Phantombildes wiedererkannte. Sie stand auf, streckte sich und schaute sich scheinbar suchend um.

»Hätten Sie vielleicht ein Stückchen Kautabak für mich?«, fragte Herbst und ließ sich ungewöhnlich schnell neben dem verdutzten Mann nieder.

»Sie sitzen auf meinem Rucksack«, entgegnete der Russe in gutem Deutsch.

»Tatsächlich? Oh, das tut mir Leid ...«

»Herr Kashevski«, plötzlich war Renan vor ihm aufgetaucht. Sie hielt ein Frottee-Knäuel in der rechten Hand, aus dessen Mitte der Lauf ihrer Dienstwaffe ragte. »Kriminalpolizei. Sie sind hiermit wegen Mordverdachts verhaftet. Bitte machen Sie keine Dummheiten!«

Gleichzeitig hatten ihn die Kollegen von links und rechts mit vier ähnlichen Handtuch-Wülsten umstellt.

Jetzt saß ihr der Russe im Verhörzimmer gegenüber und sagte nichts außer seinem Namen, Alter und sozialen Status. Renan lehnte sich zurück und betrachtete den Mann eingehend. Er war fast zwanzig Jahre älter als sie und hatte so gut wie keine grauen Haare. Die Nase war etwas spitzer als auf dem Phantombild und die Augen waren von einem hellen, aber dennoch tiefen Blau. Er war etwa eins siebzig groß und gut gebaut, leichter Bauchansatz – nicht unattraktiv. Seine Hände waren etwas zu groß und sehr kräftig. Im Großen und Ganzen wirkte er nicht unsympathisch.

»Na, Ihr Pflichtverteidiger tut mir jetzt schon Leid«, sagte sie nach einer guten Viertelstunde Schweigen.

Er sagte nichts.

»Rauchen Sie?«, sie nahm Alfreds Zigarette und hielt sie hoch.

Der Russe musterte den Eigenbau kurz, akzeptierte dann und ließ sich Feuer geben.

»Spasibo«, sagte er.

»Poschaluista«, entgegnete sie und entlockte ihm damit ein leichtes Lächeln.

»Guten Abend, meine Herren«, Anna Schwarz betrat den Raum, als Heinrich gerade wieder gehen wollte und Alfred sich eine neue Zigarette drehte.

»Frau Staatsanwältin«, Alfred sprang auf, »jetzt sagen Sie bloß, dass Sie hierfür zuständig sind!«

»In der Tat, Herr Albach«, sie setzte sich und legte eine Akte auf den Tisch. »Das ist ja mörderisch heiß hier!«

»Darf ich Ihnen ein Glas Wasser anbieten?«

»Gerne«, die Staatsanwältin öffnete die Akte, »der Kollege Klatte liegt mit einer schweren Sommergrippe im Bett, deswegen habe ich diesen Fall vorerst übernommen. Jetzt wollte ich mich mal nach den Fortschritten erkundigen.«

»Sehen Sie selbst«, Alfred deutete auf den durchsichtigen Spiegel, auf dessen anderer Seite Renan und der Russe sich schon seit fünf Minuten anschwiegen.

»Ist das nicht Ihre Kollegin, die den Mann fast im Alleingang verhaftet hat?«, fragte die Staatsanwältin.

»Um Gottes Willen«, Alfred hob die Hand, »erinnern Sie mich nicht daran, ich habe jetzt noch weiche Knie!«

»Das war doch sehr mutig«, sie schüttelte leicht den Kopf.

»Ich hätte es mir trotzdem nie verziehen, wenn ihr etwas zugestoßen wäre.«

»Zum Glück war er unbewaffnet«, sagte Heinrich, »andernfalls hätte das böse enden können.«

»Unterschätzen Sie die Frauen nicht!«, mahnte Anna. »Und jetzt weigert er sich auszusagen, oder wie?«

»Das Einzige, was er immer wieder sagt, ist sein Name, sein Alter und dass er arbeitslos ist«, seufzte Alfred.

»Wie früher bei Kriegsgefangenen«, ergänzte Heinrich, »Name, Rang und Dienstnummer, mehr wird nicht gesagt.«

»Wobei ihm die Kollegin Müller vor kurzem schon ein danke entlocken konnte«, Alfred hob den Zeigefinger.

»Schlecht«, schloss Anna, »ganz schlecht. Will er keinen Rechtsbeistand?«

»Vielleicht will er einen«, Alfred zuckte mit den Schultern, »aber das müsste er uns ja mitteilen.«

»Wie lange wird er das noch durchhalten?«

»Schwer zu sagen«, Alfred legte die Stirn in Falten, »aber wenn's drauf ankommt, kann der noch Monate so weitermachen, glaube ich.«

»Der ist stur«, stimmte Heinrich zu.

»Vielleicht auch nur clever«, entgegnete Anna nachdenklich. »Die Beweislage ist sehr dürftig, und das wird er wissen oder zumindest ahnen. Wir haben nur die Angabe dieses Handwerkers, aus der hervorgeht, dass er das Mordopfer einmal gesehen hat …«

»Immerhin, ist er kurz danach untergetaucht«, sagte Alfred, »nicht mal seine Frau wusste, wo er steckt. Und er führte mehrere tausend Dollar in bar mit sich.«

»Richtig. Das ist aber nicht strafbar«, sagte Anna, »es ist nur ein Indiz. Seiner Verhaftung scheint er sich ja auch nicht großartig widersetzt zu haben. Zum Glück haben Sie wenigstens diesen gefälschten Pass bei ihm gefunden.«

»Na, für ein paar Wochen Beugehaft wird das doch reichen, wenn er sich hartnäckig weigert zu kooperieren. Noch ein Glas Wasser, Frau Schwarz?«, Alfred stand auf und ging zum Kühlschrank im Nebenzimmer.

»Ja, danke«, sagte sie, »von Wochen würde ich nicht ausgehen, Herr Albach. Wenn er so weitermacht, können wir ihn wegen Urkundenfälschung drankriegen, aber mehr auch nicht!«

»Das ist schon klar«, Alfred stellte das Wasserglas auf den Tisch, »aber ich bin sicher, dass wir ihn zum Reden bringen. Fragen Sie mich nur nicht, wie – wir werden improvisieren müssen.«

»Haben Sie Kontakt zu Interpol aufgenommen?«, die Staatsanwältin trank das Glas in einem Zug aus.

»Naja. Sie wissen ja, wie das geht«, Alfred machte eine hilflose Geste. »Ich frage das LKA, die fragen das BKA und die fragen dann bei Interpol, ob jemand mal in Russland fragen könnte.«

»Hoch lebe der Föderalismus! Na, dann will ich mal sehen, ob ich Sie dabei noch etwas unterstützen kann. Die Polizei hat ihre Kanäle und die Staatsanwaltschaft wieder andere.«

»Wir sind für jede Hilfe dankbar«, sagte Alfred.

»Das glaube ich«, lachte sie, »auf jeden Fall sollten wir bis Ende nächster Woche Ergebnisse vorlegen können. Sonst müssen wir ihn früher oder später laufen lassen – das ist immer noch ein Rechtsstaat.«

»Du musst meine Tasche holen«, sagte Nikolai.

»Erzähl du mir nicht, was ich tun muss«, zischte Valentina.

»Bitte, das ist sehr wichtig!«

»Bist du dir überhaupt sicher, dass dein Wachhund hier kein Russisch versteht?«, sie deutete mit einer leichten Kopfbewegung auf den Vollzugsbeamten, der etwa vier Meter entfernt an der Tür stand.

»Nur die Ostdeutschen haben Russisch gelernt und das ist einer von hier ... stimmt's du Hurensohn«, er erhob seine Stimme etwas, doch der Mann zeigte keine Regung. »Siehst du, keine Gefahr. In diesem Land fragen sie dich sogar, ob ein Tonband mitlaufen darf, wenn sie dich verhören.«

Sie saßen in einem Besuchszimmer unweit der U-Haft-Zelle, die Nikolai jetzt bewohnte. Der Raum war kahl, bis auf einen Tisch mit dunkelgrauem Metallgestell und ebensolchen Stühlen. Durch die zwei vergitterten Fenster brannte die Morgensonne.

»Überschätz dich nicht, mein Lieber«, raunte sie, »das wäre ja offenbar nicht das erste Mal!«

»Glaub mir, es hätte mich nur ein Augenzwinkern gekostet und das Mädchen und der Greis wären am Boden gelegen«, beteuerte er, »aber ...«

»Was?«

»Ich hatte plötzlich die Schnauze voll. Ich wollte nicht mehr weglaufen und ich wollte auch diese Polizisten nicht verletzen und ...«, seine Stimme wurde leiser, »ich wollte in deiner Nähe sein.«

»Das sind die ersten vernünftigen Worte, die ich seit langem von dir höre«, ihre Augen verrieten Mitgefühl, doch ihre Stimme blieb hart.

»Hör zu«, er nahm ihre rechte Hand und sie ließ es geschehen.

»Bitte, kein körperlicher Kontakt«, mischte sich der Beamte von der Tür aus ein.

»Soll ich dir die Fresse einschlagen?«, antwortete Nikolai auf Russisch.

»Hör auf damit«, sagte Valentina und drückte noch einmal kurz seinen Daumen.

»Also«, Nikolai stützte sich auf den Tisch und fixierte ihre grünen Augen, »ich habe dir versprochen, dass du eines Tages erfährst, warum ich in diesem Schlamassel stecke.«

»Ja!«

»Und ich habe die ganze Geschichte aufgeschrieben, und zwar in dem schwarzen Notizbuch, du weißt schon«, er deutete mit den Händen die Größe einer Postkarte an.

»Gut«, nickte sie, »wo ist es?«

»In meiner Tasche«, sagte er, jedes Wort betonend, »ich habe sie im Fundbüro abgegeben, kurz bevor sie mich verhafteten. Ich wollte sie morgen wieder abholen. Sie ist schwarz und wasserdicht, es sind ein paar Wäschestücke drin und Waschzeug. Außerdem noch eine Karte vom deutsch-holländischen Grenzgebiet und eben das Notizbuch.«

»Hoffentlich bekomme ich sie so einfach«, sie blickte ihm in die Augen, »wenn da nur Männerzeug drin ist!«

»Sag einfach, sie gehört deinem Mann. Er musste auf Geschäftsreise und hat sie auf dem Weg verloren oder liegen lassen … dir fällt schon was ein. Wenn du die Tasche und den Inhalt genau kennst, bekommst du sie schon.«

»Na gut«, sie beugte sich nach vorne und zog eine Schachtel Zigaretten heraus.

»Darf ich rauchen?«, fragte sie den Aufpasser.

»Auf dem Fensterbrett steht ein Aschenbecher«, nickte er.

»Ich habe etwas innen ins Futter eingenäht«, Nikolai zündete sich ebenfalls eine Zigarette an, »da ist ein gefälschter deutscher Pass und einige Visa. Verbrenn das Zeug, bitte.«

»In Ordnung«, sagte sie, ohne zu zögern.

»Und pass auf, dass dich keiner verfolgt!«, mahnte er.

»Ich mach das schon.«

XII.
DR. SCHIWAGO

»Also, ich muss sagen, mit der Zeit gewöhnt man sich daran«, Herbst musterte die Gurke, von der er soeben abgebissen hatte, und reichte das Glas an Renan weiter.

»Ich habe im Geschäft gefragt, ob man die eher abends oder zum Frühstück isst«, sagte sie, ebenfalls kauend.

»Und«, fragte Alfred, der als Einziger verzichtete.

»Der Mann hat gemeint, das wäre egal, Hauptsache man trinkt viel Wodka dazu!«

»Auch das noch«, Alfred verzog das Gesicht, »ich habe vor einigen Jahren mal eine Flasche geschenkt bekommen, die hat dann ewige Zeiten im Küchenschrank gestanden, bis ich sie letzten Winter als Frostschutz in die Scheibenwischanlage geschüttet habe.«

»Wodka ist gar nicht gut«, nickte Herbst.

Sie saßen zu dritt im Büro und hielten Kriegsrat. Die Außentemperatur betrug heute 36 Grad und es gab in der Zeitung die ersten Spekulationen über Wasserengpässe. Vorsorglich wurden die Bürger schon mal aufgefordert, jeden unnötigen Verbrauch wie Autowaschen, Rasensprengen und so weiter zu vermeiden. Die Feuerwehr hatte Alarmstufe Rot wegen Waldbrandgefahr ausgerufen.

»Wir müssen ihn jetzt schmoren lassen«, sagte Herbst.

»Ich nehme an, du redest von Nikolai Kashevski«, Alfred drehte mal wieder Zigaretten.

»Mit jedem erfolglosen Versuch, etwas aus ihm herauszukitzeln, wird er stärker«, fuhr Herbst fort, »er muss jetzt einige Tage in seiner Zelle bleiben, ohne dass einer von uns mit ihm redet, vielleicht beunruhigt ihn das wenigstens etwas.«

Auch Herbst hatte sich in den letzten Tagen an Kashevski die Zähne ausgebissen. Einmal war er mit einer aktuellen Ausgabe der Wirtschaftswoche gekommen und hatte ihm eine Meldung vorgelesen, wonach der Bierkonsum in Russland sich in den letzten Jahren von 23 auf 53 Liter pro Kopf und Jahr erhöht habe. Die Politik hätte nun dem Gerstensaft den Kampf angesagt, der Rechtspopulist Schirinowski spräche gar von einem »abscheulichen Getränk«, das ungesund sei und dick mache. »Schauen Sie, wie hässlich die Tschechen und die Deutschen sind«, wurde Schirinowski zitiert.

Doch Kashevski ließ sich davon genauso wenig beeindrucken wie von Herbsts Versuchen, ihm deutsche Klassiker näher zu bringen. Er hatte ihm *Maria Stuart* und *Götz von Berlichingen* vorgestellt. Er lud ihn ein, mit ihm *Die Räuber* in verteilten Rollen zu lesen. Doch der Russe blieb verstockt.

»Erster Akt, zweite Szene«, hatte Herbst langsam und eindringlich gebrummt, »ich bin jetzt Karl von Moor und Sie der Spiegelberg … *Mir ekelt vor diesem tintenklecksenden Säkulum, wenn ich in meinem Plutarch lese von großen Menschen.*«

»Mein Name ist Nikolai Kashevski, ich bin 48 Jahre und arbeitslos.«

»Das steht da aber nicht«, insistierte Herbst und gab nach weiteren fünf Versuchen auf.

Ein Achtungserfolg gelang ihm mit Pasternaks *Doktor Schiwago*. Als er vorlas: *kratze an einem Russen und der Bauer kommt zum Vorschein,* ergänzte ihn Kashevski mit den Worten: »dann hat Stalin aus den Bauern Schlosser und Maschinisten gemacht«. Den Rest des Tages sagte er jedoch gar nichts mehr.

»Mindestens drei Tage Pause«, ordnete Herbst an.

»Auch wenn wir morgen neue Informationen aus Russland kriegen?«, fragte Renan.

»Auch dann!«

»Wir hätten seine Frau rund um die Uhr beschatten sollen«, ärgerte sie sich.

»Bleibt nur die Frage, von wem«, entgegnete Alfred sarkastisch, »drei Viertel unseres Personals sind damit beschäftigt, Hartmann oder seine Entführer zu finden. Herbert stellt mir nicht einen Mann mehr zur Verfügung, als wir jetzt sind …«

»Sie haben doch anscheinend mit Herrn Herbst schon eine volle Kraft zusätzlich«, äffte Renan Göttler nach.

»Genau«, fuhr Alfred fort, »uns beide hat seine Frau schon gesehen und Konrad ist ihm bekannt. Die Frau hat ihn schon einmal besucht, da kann er ihr beschrieben haben, vor wem sie sich in Acht nehmen soll. Wir müssen uns eben damit abfinden, dass unser Fall nur nachrangig ist!«

»Das ist gar nicht gut«, sagte Herbst.

Nikolai saß auf der Pritsche in seiner Zelle und las. Der alte glatzköpfige Polizist hatte ihn daran erinnert, dass er schon immer mal etwas von Pasternak lesen wollte. Dieser war in der Sowjetunion in Ungnade gefallen, weil sein Welterfolg *Doktor Schiwago* den Beginn des Systems und die bolschewistische Revolution als totalitär und menschenverachtend darstellte. Bei seinem Begräbnis 1960 kam es zum ersten Mal nach Stalin zu einer Art politischer Demonstration in der UdSSR.

Die Justizvollzugsanstalt an der Fürther Straße erschien Nikolai tatsächlich wie ein Luxushotel. Man bekam drei ordentliche Mahlzeiten am Tag, konnte sich in einer Bibliothek Bücher ausleihen, durfte sich täglich eine Stunde im Hof bewegen und konnte sogar einen Fitnessraum benutzen. Dass man das Hotel nicht verlassen durfte, war eigentlich nicht so tragisch, schließlich gab es da draußen nichts Erstrebenswertes – außer Valentina. Nikolai hatte schon gehört, dass es in diesem Land Häftlinge gab, die tagsüber hinausdurften, um zu arbeiten, und nur noch zum Schlafen und Essen in die Haft zurückkehrten. Alle zwei Wochen konnten sie für ein Wochenende nach Hause. Ob sie mit verurteilten Mördern auch so großzügig waren? Auf jeden Fall war ihm vollkommen schleierhaft, wie so weichherzige Formen des Strafvollzugs noch irgendeine abschreckende Wirkung haben konnten.

Der alte Polizist war ein gerissener Fuchs. Er gab sich den Anschein, als ob er nicht mehr zurechnungsfähig wäre, fast schon verrückt, geisteskrank. Nikolai konnte sich gut vorstellen, dass diese Methode eine große Wirkung erzielen konnte – bei neugierigen Menschen, die sich selbst zu wichtig nahmen. Leuten, die glaubten, man müsse ihnen mit Ernsthaftigkeit und Respekt begegnen und sich vielleicht sogar noch für sie und ihre Motive interessieren. Auf jeden Fall schien der Alte in seinem Leben noch nicht besonders viel mit russischen Häftlingen zu tun gehabt zu haben. Trotzdem durfte man ihn nicht unterschätzen, zwei Mal hatte sich Nikolai ein Lachen ernsthaft verkneifen müssen.

Nein, in dieser Beziehung konnte ihm niemand etwas anhaben, seine einzige Sorge war Valentina. Würde sie sich von ihm abwenden, nachdem sie die ganze Geschichte kannte, oder würde sie zu ihm stehen, so wie Lara zu ihrem Doktor Schiwago? Wenn sie nichts mehr von ihm wissen wollte, konnten sie ihn auch gleich lebenslänglich einsperren.

Er döste leicht ein und sah vor seinem geistigen Auge jene Nacht, in der er Jewgenji zum letzten Mal gesehen hatte. Am zweiten Tag seines Spontanbesuches in Bernau hatte Jewgenji ausgepackt und seinem Freund gestanden, dass er aufgeflogen war und sich auf der Flucht in den Westen befand. Nikolai meldete sich krank, requirierte einen Wartburg von der ostdeutschen Staatssicherheit und fuhr gegen Abend mit seinem Freund in Richtung Tschechoslowakei. Kurz vor der Grenze tauschten sie die Uniformen. Nikolai befand sich nun im Majorsrang und Jewgenji im Kofferraum.

»Warum halten Sie mich auf?«, herrschte er den deutschen Grenzsoldaten am Schlagbaum auf Russisch an, »Sie sehen doch, dass ich vom KGB bin!«

»Verzeihung, Genosse Major, aber ich muss Ihre Papiere überprüfen«, stotterte der Junge in schlechtem Russisch.

»Ich bin Major Mylnikow«, Nikolai zückte kurz seinen KGB-Ausweis, »und ich muss auf schnellstem Wege nach Prag. Geheimsache des KGB-Direktorats in Potsdam.«

Der Junge salutierte und die Schranke hob sich. Die tschechischen Posten schüchterte er ein, indem er sich von jedem der Kerle Namen und Dienstnummer nennen ließ. In der Nähe der Ortschaft Tachov stieg Jewgenji aus.

»Hier ist eine Karte des Grenzgebietes«, Nikolai überreichte ihm einen Umschlag, »und etwas westdeutsches Geld. Besser, du versteckst dich noch bis morgen im Wald. Es wird bald hell.«

»Danke, alter Freund«, Jewgenji steckte den Umschlag ein.

»Am besten, du gehst drüben sofort zur nächsten Polizeistation.«

»Nein«, Jewgenji schüttelte den Kopf, »das wäre gefährlich, so nahe an der Grenze. Irgendwelche Dorfpolizisten verstehen die Tragweite der Angelegenheit nicht. Die würden mich wahrscheinlich noch zurückschicken«, er lachte heiser.

»Wohin willst du dann?«

»Ich muss mich bis Bonn durchschlagen, zur amerikanischen oder britischen Botschaft. Ich muss als Erstes mit einem Geheimdienstoffizier sprechen.«

»Na gut«, Nikolai gab seinem Freund noch zwei Schachteln Zigaretten.

»Du musst mir eines versprechen«, Jewgenji packte ihn am Arm, »du musst die Westmedien verfolgen. Wenn Drugajew mich noch kriegt, wird entweder er mich töten oder ich ihn. Wenn es mich erwischt, musst du dafür sorgen, dass der Hund das bekommt, was er verdient. Du tust damit der Menschheit einen Gefallen!«

»Ich schwöre es«, sagte Nikolai und umarmte seinen Freund zum letzten Mal.

»Na, Herr Kashevski, haben Sie uns vermisst in den letzten Tagen?«, der Polizist, der immer mit dem Zeigefinger herumfuchtelte, weckte ihn aus seinem Tagtraum. Er ließ sich die Zelle aufschließen und setzte sich ihm gegenüber auf den Stuhl. Er hatte eine Akte dabei und roch nach herbem Rasierwasser.

»Mein Name ist Nikolai Kashevski, ich bin 48 Jahre und arbeitslos«, antwortete Nikolai.

»Beeindruckend«, sagte der Polizist, zog einen Notizblock samt Stift aus der Sakkotasche und schrieb etwas auf.

Nikolai schlug das Buch zu, lehnte sich zurück und verschränkte die Arme vor der Brust.

»Ich wollte Ihnen noch dafür danken«, sagte der Polizist wieder in seinen Taschen kramend, »dass Sie meine Kollegen bei Ihrer Verhaftung nicht verletzt haben«, er öffnete ein silbernes Etui und bot ihm eine Zigarette an. Nikolai griff zu und ließ sich Feuer geben.

»Mir liegt sehr viel an ihnen. Vor allem an ihr, müssen Sie wissen«, der Polizist rauchte ebenfalls, »sie ist fast wie eine Tochter für mich. Aber … dass das nur Gutmütigkeit von Ihnen war, darüber machen wir uns doch keine Illusionen, nicht wahr?«

Nikolai antwortete nicht.

»Manchmal ist Schweigen auch ein Antwort«, der Fingerfuchtler zog ein albernes kleines Döschen aus der Tasche, das er als Aschenbecher verwendete, und öffnete die Akte, »das ist bei Ihnen dasselbe wie bei den Behörden in Ihrem Heimatland.«

Waren sie also endlich auf die Idee gekommen, einmal in Russland nachzufragen!

»Der Tote hieß Boris Drugajew«, er legte ein Foto des Bastards auf den Tisch, »wir haben seine ganz Vita: Schule, Militärdienst, Militärakademie. 1972 existiert er dann plötzlich nicht mehr. In diesem Jahr muss er zum Geheimdienst gekommen sein. Die Akten des KGB werden von der russischen Regierung immer noch unter Verschluss gehalten, aber was erzähle ich das Ihnen?«

Nikolai sagte nichts.

»Und Sie«, fuhr der Polizist mit erhobenem Finger fort, »hießen vor Ihrer Eheschließung mit der charmanten Frau Kashevska Nikolai Fjodorowitsch Mylnikow. Sie wurden in einem Dorf im südlichen Ural geboren, haben die Schule sehr erfolgreich hinter sich gebracht und landeten schließlich auf einer Offiziersschule in …«, er blätterte, »Rjasan. 1978 verliert sich auch Ihre Spur.

Wir gehen davon aus, dass Sie seit dieser Zeit ebenfalls in den Diensten des KGB standen. Und jetzt«, er stand auf und klopfte gegen die Zellentür, »möchte ich Ihnen noch etwas zeigen.«

Sie verließen das Gebäude. Im Hof des Gefängnisbaus wartete der alte Polizist und rauchte Pfeife. Sie stiegen in einen roten Alfa und der jüngere Polizist setzte sich ans Steuer, während der Alte auf dem Rücksitz weiterrauchte. Der Jüngere bat Nikolai, sich ebenfalls auf den Rücksitz zu setzen, machte aber keinerlei Anstalten, ihm Handschellen anzulegen.

»Du hast also immer noch deine Abneigung gegen Dienstfahrzeuge«, stellte der Kahlköpfige fest.

»Du weißt doch, wie das ist«, antwortete der andere, »Immer nur Opel Vectras und Omegas!«

»Ja wie, gibt es denn keine BMWs mehr?«

»Nicht mehr viele, sind in der Anschaffung zu teuer, heißt es. Außerdem haben die neuen auch nicht mehr die Stilsicherheit und den Esprit von früher.«

»Stilsicherheit, Esprit?«

»Na ja, früher war das ja immer so eine Sache mit dem Funk. Aber seit es diese praktischen Mobiltelefone gibt, kann ich mich doch fortbewegen, wie ich will«, er zog ein Handy aus der Tasche und reichte es dem Alten nach hinten.

»Sieht aus wie ein Taschenrechner«, sagte der.

»Rechnen kann es auch«, freute sich der Fahrer, »du musst erst die Menütaste drücken, dann Büro & Freizeit und dann Taschenrechner.«

»Teufelszeug«, sagte der Alte und man hörte ihn einige Minuten lang auf dem Telefon herumdrücken. »Wurzeln ziehen kann es aber nicht«, stellte er schließlich fest, »Sinus und Cosinus berechnen geht auch nicht!«

Sie hielten vor dem Eingang des Südfriedhofs im absoluten Halteverbot und stiegen aus. Nikolai bot dem Polizisten seine Hände an, weil er erwartete, spätestens jetzt Handschellen verpasst zu bekommen. Doch der Mann winkte ab.

»Besteht denn Fluchtgefahr?«, fragte der Polizist verwundert.

Nikolai zuckte mit den Achseln.

»Wo sollten Sie denn hin?«

Nikolai schüttelte leicht den Kopf und hob abermals die Schultern.

»Es reicht doch, dass wir Sie ein Mal erwischt haben, oder?«

Nikolai nickte langsam und sie passierten das Eingangsportal.

Der Friedhof war angenehm schattig, die Hitze des Tages hatte sich noch nicht bis in seine hintersten Winkel ausgebreitet. Von den Kastanien und Erlen fiel bereits farbiges Laub. Amseln zwitscherten, Tauben gurrten und die ganze Zeit roch es nach Pfeifentabak und Rasierwasser. Kreativ waren sie, das musste man ihnen lassen. Nicht mal die Verhörspezialisten des KGB waren jemals mit ihren Gefangenen auf einen Friedhof gegangen – höchstwahrscheinlich deswegen, weil es keinen Sinn gehabt hätte. Nikolai betrachtete die trostlosen Grabsteine des katholischen und protestantischen Christentums und wunderte sich, dass die Menschen hier anscheinend auch nicht nennenswert älter wurden als in seiner Heimat. Nach zehn Minuten Fußweg kamen sie zu einem ziemlich verwilderten Feld, auf dem etliche schlichte Holzkreuze standen. Die Kreuze waren in verschiedenen Stadien der Verwitterung, je nach Alter und Herstellungsart. Auf jedem Kreuz befanden sich ein Name und zwei Datumsangaben. An einigen Stellen klafften größere Lücken zwischen den Gräbern.

»So, Herr Kashevski«, sagte der Polizist mit dem herben Rasierwasser, »dass wir uns auf einem Friedhof befinden, dürften Sie schon bemerkt haben. Hierbei«, er deutete auf das Feld, »handelt es sich um Grabstätten der Ärmsten beziehungsweise Einsamsten, meist ohne Angehörige, die ihnen einen Grabstein spendieren.«

»Erde drauf, Kreuz rein, fertig«, brummte der Alte.

»Genau«, nickte der andere und sie gingen etwas weiter in das Feld hinein. »Hier ruhen auch diejenigen, die keine Namen haben. Pro Jahr kommt es zwei, drei Mal vor, dass Tote im Leichenhaus liegen und nicht identifiziert werden können. Meistens sind es Landstreicher oder andere Obdachlose. Kein Personalausweis, keine Vermisstenanzeige, Fingerabdrücke nicht registriert, Zahnersatz Fehlanzeige … und schon bleibt der Stadtverwaltung nichts anderes übrig als eine anonyme Beisetzung. In Deutschland muss nämlich jeder Tote beerdigt werden. Es kann also niemand einfach ins Meer geworfen oder verbrannt werden.«

»Zwei Friedhofsarbeiter, ein Pfarrer, fertig«, kommentierte der Alte, »aber ein Kreuz gibt's nicht. Wird einfach zugeschüttet und dann wächst Gras drüber.«

»Wissen Sie eigentlich, dass das Rote Kreuz heute noch Gräber aus dem Zweiten Weltkrieg öffnet und versucht, die Unbekannten zu identifizieren?«, redete der Jüngere weiter. »Nach sechzig Jahren, das muss man sich mal vorstellen! Nur damit die Toten einen Namen bekommen und ihre Angehörigen, oder besser gesagt Nachfahren, sie ordnungsgemäß bestatten können. Dieser Aufwand – Wahnsinn!«

»Der Umgang mit den Toten hat in allen Kulturen der Welt schon immer eine entscheidende Rolle gespielt«, der Alte klopfte seine Pfeife über einem nahen Abfalleimer aus.

»Herr Kashevski«, der andere hielt ihm ein Foto von Jewgenji unter die Nase, »dieser Mann wurde 1985 im Wald nahe dem Tiergarten unter mysteriösen Umständen erschossen …«

»Hingerichtet«, warf der Alte ein.

»Und nun raten Sie mal, wer diesen Fall damals bearbeitet hat?«

Nikolai sagte nichts.

»Genau«, fuhr der Polizist mit erhobenem Finger fort, »Herr Herbst und Herr Albach. Nach einigen Wochen mussten wir die Ermittlungen ohne Ergebnis einstellen. Es war wie verhext, es gab keinerlei Anhaltspunkte oder Hinweise. Er war nackt, als er gefunden wurde. Das Einzige, was man mit einiger Sicherheit sagen konnte, war, dass er ein Osteuropäer sein musste!«

»Wir haben sein Foto natürlich den Kollegen in der Sowjetunion übermittelt«, sagte der Alte, »aber … es gab da so einen Vorhang, unsichtbar und eisern«, er zog eine kleine Plastiktüte aus der Tasche seiner Strickweste. In ihr befand sich ein offenbar altes Brötchen, das er nun zerbröselte, um damit drei Spatzen zu füttern, die erwartungsvoll um ihn herumhüpften.

»Wir haben niemals wieder etwas gehört«, sagte der andere nach einer kurzen Pause, »und wissen Sie, was das Merkwürdigste ist?«

Nikolai antwortete nicht.

»Dass wir selbst heute noch nichts über ihn erfahren! Sowohl von Ihnen als auch von dem aktuellen Mordopfer haben wir immerhin die Namen und einige grundlegende Daten, dieser Mann jedoch«, er hielt wieder das Foto hoch, »bleibt namenlos!«

»Wir können zwei und zwei zusammenzählen«, der Alte gesellte sich, von gut zwei Dutzend Spatzen und Tauben verfolgt, wieder zu ihnen, »wenn es sein muss können wir auch multiplizieren und dividieren …«

»Und Sinus und Cosinus berechnen«, warf der andere ein.

»Ja, ja«, sagte der Alte gedehnt, »und am Schluss bekommen wir ein Ergebnis, das stimmt, auch wenn wir es nicht beweisen können. Wie in der Mathematik, ich weiß, dass zwei und zwei vier ist, aber beweisen kann ich es nicht.«

»Wir hatten jetzt vierzehn Tage Zeit zu rechnen und sind zu folgendem Ergebnis gekommen«, der Jüngere drehte sich um und sah Nikolai in die Augen, »Drugajew war Mitglied einer KGB-Truppe, die sich ›Wächter‹ nannte. Seine Aufgabe war es, auf die Top-Spezialisten aufzupassen, die als V-Männer gegen Dissidenten eingesetzt wurden. Unser Opfer von 1985 war so ein Spezialist, doch offensichtlich hatte er es sich mit dem KGB oder mit Drugajew persönlich verscherzt. Auf jeden Fall ist er geflohen und Drugajew hat ihn verfolgt, bis hierher. Siebzehn Jahre später wird Drugajew ebenfalls hier auf dieselbe Weise ermordet. Sie haben diesen Mann gerächt«, er hielt das Foto von Jewgenji hoch, »Sie kannten ihn also sehr gut. Er war Ihr Freund, vielleicht Ihr Bruder oder Ihr Kriegskamerad, wir wissen es nicht.«

Nikolai sagte nichts.

»Wissen Sie«, fuhr der Polizist fort, »eigentlich geht es mir nicht so sehr darum, dass Sie diesen Mord gestehen. Es geht mir hauptsächlich um den Fall von vor siebzehn Jahren. Hier«, er ging ein paar Schritte zu einem leeren Platz zwischen zwei Kreuzen, »hier befinden sich seine sterblichen Überreste und irgendwo in Russland wartet seit siebzehn Jahren eine Familie auf Gewissheit. Vielleicht leben seine Eltern noch, vielleicht hat er Geschwister oder sogar Kinder, und ich möchte vor allem eins: dass diese Menschen ihren Angehörigen zurückbekommen und ordnungsgemäß begraben können, mitsamt seinem Namen und seinem Geburtsdatum, einem Gottesdienst, einer Totenfeier und was sonst noch alles dazugehört. Wenn Sie diesen Mann also gekannt haben, sagen Sie uns seinen Namen und wir kümmern uns um den Rest!«

Die beiden Polizisten ließen ihn vor zwei Quadratmetern Gras, Löwenzahn und Gänseblümchen stehen und setzten sich auf eine Bank, wo sie sich eine Pfeife und eine Zigarette anzündeten.

»Ich möchte mit meiner Frau sprechen«, sagte Nikolai, als er zehn Minuten später zu ihnen kam.

XIII.
ABKÜHLUNG

»Habe ich Ihr Wort, dass alles, was wir hier sprechen, unter uns bleibt?«, fragte Valentina.

»Frau Kashevska«, Renan schüttelte den Kopf, »das kommt darauf an, was Sie mir erzählen. Aber natürlich können Sie später wieder alles abstreiten, wir sind nur zu zweit und wie Sie sehen, bin ich nicht verkabelt«, sie zog an ihrem dünnen T-Shirt, das beim besten Willen kein Mikrofon samt Drähten verborgen hätte.

»Na schön«, Valentina sah sich um, »ich werde hypothetisch sprechen.«

»Gut«, sagte Renan. Sie befanden sich in der Rosenau unweit des Präsidiums. Große alte Bäume spendeten angenehmen Schatten. Die Russin hatte vor einer Stunde angerufen und ausdrücklich um ein Treffen mit Renan gebeten, an einem neutralen Ort.

»Nehmen wir an, mein Mann hätte eine große Dummheit begangen«, sie setzte sich auf eine Bank in den Schatten einer Eiche, »und diesen Mord tatsächlich verübt.«

»Nehmen wir es an«, sagte Renan und setzte sich ebenfalls.

»Könnten Sie es ihm jemals nachweisen, wenn er weiterhin nicht mit Ihnen redet?«

»Gute Frage«, Renan sah Valentina misstrauisch in die Augen, »ich würde mich an seiner Stelle nicht darauf verlassen, dass die russischen Behörden ewig dichthalten.«

»Was heißt das?«, Valentina schlug die Beine übereinander und stützte sich mit dem Ellbogen in Renans Richtung auf die Rücklehne.

»Wir haben verschiedene Kanäle«, Renan entledigte sich ihrer Stoffschuhe, »auch informelle. Dieser alte Kollege von meinem Kollegen kennt da was weiß ich wen … Wir vermuten, dass es einen Zusammenhang zwischen diesem Mord und einem von vor siebzehn Jahren gibt.«

»Ja, das haben Sie schon einmal erwähnt.«

»Genau. Noch haben wir keine Ahnung, wer der Tote von 1985 war, aber es ist nur eine Frage der Zeit, bis wir zumindest seinen Namen herauskriegen. Dann werden wir zusammen mit den Kollegen in Russland nach Verbindungen zwischen Ihrem Mann und den zwei anderen suchen. Wir sind uns sicher, dass alle drei beim KGB waren.«

»Tatsächlich«, Valentina nahm eine Schachtel Zigaretten aus ihrer Handtasche und zündete sich eine an.

»Hm«, Renan zog das rechte Bein an und stützte sich mit dem Kinn auf das Knie. Sie blickte in die Mitte der Anlage, wo sich ein kleiner Spielplatz befand. Trotz der Hitze waren etwa zwanzig Kinder an den Schaukeln, Rutschen und im Sandkasten zugange. Die dazugehörigen Mütter sowie zwei Väter suchten verzweifelt Schutz unter bunten Sonnenschirmen. Ein paar Unverbesserliche lagen sogar fast nackt in der prallen Sonne.

Renan verspürte eine seltsame Form von Mitgefühl für diese sperrige Russin. Wahrscheinlich gäbe sie viel darum, ebenfalls mit einem Kind diesen Spielplatz zu bevölkern, während ihr Mann einer geregelten Arbeit nachging. Stattdessen war sie die Hauptleidtragende in einem Versteckspiel ihres Gatten, eines Arbeitslosen mit KGB-Vergangenheit.

»Wollen Sie eigentlich keine Kinder, Sie und Ihr Mann?«, fragte Renan unvermittelt.

»Wir sind bis jetzt nicht dazu gekommen«, Valentina blies einen Rauchschwall aus der Nase, »wir mussten ja zuerst ausreisen und uns hier einigermaßen zurechtfinden.«

»Das scheint Ihnen ja mittlerweile ganz gut gelungen zu sein.«

»Ich hätte überhaupt nichts gegen Kinder«, die Russin winkte ab, »aber Nikolai redet nicht gerne über dieses Thema.«

»Nicht nur über dieses«, sagte Renan und streckte das Bein wieder aus.

»Also«, Valentina drückte den Rücken durch, »angenommen, Sie können meinem Mann jetzt nichts beweisen, dann müssen Sie ihn wieder rauslassen.«

»Vorerst ja«, nickte Renan, »wobei da noch die Sache mit dem gefälschten finnischen Pass wäre, das reicht schon mal für eine Vorstrafe.«

»Und dann?«

»Wir würden natürlich weiter ermitteln und ihn dabei im Auge behalten«, Renan scharrte mit dem großen Zeh im Gras, »wenn wir irgendwann genügend Nachweise haben, wird er wieder verhaftet und vor Gericht gestellt.«

»Für Mord gibt es lebenslänglich, nicht wahr?«, Valentina warf ihre Kippe auf den Boden und trat sie aus.

»Richtig.«

»Warum sollte mein Mann dann jetzt gestehen?«, sie schüttelte den Kopf und sah Renan in die dunklen Augen, »dann bekommt er sofort lebenslänglich. Wenn nicht, hat er immer noch die Chance, dass Sie überhaupt keine Beweise finden – falls er es war, meine ich!«

»Es gibt da schon Unterschiede«, Renan presste die Lippen aufeinander, »lebenslänglich kann fünfundzwanzig Jahre dauern oder nur zehn, das kommt darauf an, ob ein Täter von sich aus gesteht, ob er sich selbst stellt, ob er Reue zeigt, ob er seine Tat irgendwie erklären kann, ob er vorbestraft ist, wie gut er sich in der Haft führt und und und.«

»Wollen Sie mir wirklich erzählen, dass man in diesem Land für lebenslänglich nur zehn Jahre ins Gefängnis muss?«, sie schien fast entsetzt.

»Im allergünstigsten Fall«, Renan hob die Hände, »aber nageln Sie mich bitte nicht auf eine genaue Zahl fest.«

»Es wird regnen«, sagte die Russin nach längerem Schweigen.

»Daran glaube ich nicht mehr«, lachte Renan auf, »es zieht doch jeden Abend zu, ohne dass ein Gewitter kommt. Es wird nur noch schwüler!«

»Heute nicht«, sie schüttelte den Kopf, »das wird ein Sturm!«

»Ihr Wort in Gottes Ohr«, seufzte Renan.

»Sie hätten mir das alles nicht erzählen dürfen, oder?«, fragte Valentina, als sie sich wieder auf den Rückweg gemacht hatten.

»Natürlich darf ich Ihnen sagen, dass es in Deutschland unter bestimmten Umständen Hafterleichterungen gibt«, Renan blies sich eine Locke aus der Stirn.

»Nein, ich meine das, was Sie alles vermuten, die Zusammenhänge der Mordfälle, der KGB und so weiter.«

»Ja, da könnte ich mich vielleicht etwas weit aus dem Fenster gelehnt haben«, lächelte sie.

»Und warum haben Sie das getan?«, die Russin blieb stehen und berührte Renan leicht am Unterarm.

»Weil es auch bei den Russen meistens die Jungs sind, die Scheiße bauen. Die Mädchen sind in der Regel ganz vernünftig«, Renan zog die Augenbrauen zusammen, »sagt zumindest ein Kollege von mir!« Sie drückte Valentina ebenfalls leicht am Unterarm und ging zurück zum Präsidium.

Etwa zweihundert Meter vor dem Haupteingang piepste das Handy an ihrem Hosenbund.

»Hallo Alfred«, sie überquerte die Straße, »was, er will mit ihr reden? Das trifft sich gut, ich glaube, sie auch mit ihm!«

»Meine sehr geehrten Damen und Herren, ich freue mich, Ihnen heute gleich die Aufklärung von drei Kriminalfällen verkünden zu dürfen«, Göttler hatte sein weißestes Zahnpastalächeln aufgesetzt, »zunächst wäre da der Mord an einem bisher unbekannten Mann osteuropäischer Herkunft«, auf der Projektionsfläche hinter ihm erschien ein Foto von Drugajew. »Mittlerweile haben wir nicht nur seine Identität, sondern auch seinen Mörder ermittelt, was ein Mal mehr beweist, dass das Verbrechen in unserer schönen Stadt keine Chance hat.«

Der PR-Saal war brechend voll. Neben den üblichen Pressevertretern hatten sich auch der Bayerische Rundfunk und das Lokalfernsehen eingefunden. Es war später Vormittag und so stark bewölkt, dass künstliche Beleuchtung nötig war. Während Göttler die Ansprache hielt, freute sich Hofmann wie ein Schneekönig über die funktionierende Verbindung zwischen seinem Notebook, dem Netzwerk und dem Videobeamer. Schwaanke lümmelte auf der linken Seite und blickte teilnahmslos auf die Wolkentürme, die an der Fensterfront vorbeizogen.

»Der Tote hieß Boris Drugajew«, sprach Göttler weiter, »er war russischer Staatsbürger und befand sich illegal in Deutschland. Der Täter heißt Nikolai Kashevski, ein arbeitsloser Kontingentflüchtling, ebenfalls aus Russland«, hinter Göttler tauchte ein Bild von Nikolai auf, »Herr Kashevski hat die Tat gestanden, die Staatsanwaltschaft hat bereits Anklage erhoben. Gibt es Fragen so weit?«

»Was ist ein Kontingentflüchtling?«, schallte es aus der Mitte des Saales.

»In diesem Fall handelt es sich um russische Bürger jüdischen Glaubens, die in die BRD einwandern dürfen, um die hiesigen jüdischen Gemeinden zu verstärken«, Göttler las die Antwort ab.

»Und wovor fliehen sie?«, fragte eine Redakteurin des Lokalfernsehens.

»Ähm, vor, ja … Hofmann?«, Herbert erteilte seinem Pressesprecher das Wort.

»Kontingentflüchtling ist nur ein juristischer Terminus«, erklärte Hofmann, freudig erregt, »es handelt sich in diesem Fall tatsächlich um Einwanderer, durch den Status Kontingentflüchtling sind sie anerkannten Asylbewerbern gleichgestellt. Ihre Zahl ist auf zehntausend pro Jahr begrenzt.«

»Wenn der Täter Jude ist«, fragte der Vertreter der *Nürnberger Nachrichten*, »steht die Tat dann etwa in einem rechtsextremistischen Zusammenhang?«

»Davon kann keine Rede sein«, sagte Herbert, »weder ist das Opfer der rechtsextremen Szene zuzuordnen, noch ist der Täter Jude.«

»Aber Sie sagten doch gerade, er sei jüdischer Flüchtling«, im Saal erhob sich Gemurmel.

»Nein, ähm … Hofmann!«

»Vielen Dank, Herr Göttler. Die Ehefrau des Täters ist jüdischen Glaubens. Der Ehemann darf dann selbstverständlich auch einreisen.«

»Wo liegt das Motiv für die Tat?«, das war Thormann von der *Abendzeitung*.

»Das Motiv liegt in einem privaten Hintergrund und hängt eng mit einem anderen Mord zusammen, der vor siebzehn Jahren hier verübt wurde«, Göttler hatte wieder in die Spur gefunden, hinter ihm erschien ein neues Foto, »wir waren erst jetzt in der Lage die Identität des damaligen Opfers festzustellen. Er hieß Jewgenji Karasow, KGB-Major auf der Flucht.«

»Wo ist der Zusammenhang?«

»Gemach, gemach, Herr Thormann«, Göttler erhob die Hand, »es besteht Grund zu der Annahme, dass unser aktuelles Opfer 1985 Karasow erschossen hat. Er war ebenfalls KGB-Offizier und hatte entweder den Auftrag oder ein privates Motiv, den Mann umzubringen. Kashevski gibt als Motiv an, den Mord an seinem Freund Karasow gerächt zu haben. Kashevski war ebenfalls Hauptmann beim KGB.«

»Also haben wir es mit einer Vendetta ehemaliger Sowjet-Spione zu tun«, folgerte eine Pressevertreterin.

»Wissen Sie«, murrte Göttler, »dieses Wort hört sich immer so nach Mafia an. Davon kann aber in diesem Fall keine Rede sein!«

»Und warum passiert das alles ausgerechnet hier?«, wollte die lokale Filiale der *Bildzeitung* wissen.

»Warum der erste Mord 1985 hier passierte, wissen wir nicht genau. Wahrscheinlich war es Zufall. Kashevski war über die DDR und …«

»Entschuldigung, Herr Direktor«, flüsterte Hofmann, »Karasow war es.«

»Was? Ah, ja. Karasow war über die DDR und die Tschechoslowakei in den Westen geflohen. Warum sein Mörder ihn dann genau hier erwischt hat, darüber kann nur spekuliert werden.«

»Und der jetzige Fall?«

»Drugajew hat sich hier – außerhalb der Russenmafia wohlgemerkt – als Drogen- und Menschenhändler betätigt. Dafür war der Umstand, dass wir die erste Großstadt nach der tschechischen Grenze sind, wohl ebenfalls von Bedeutung.«

»Wie lange tat er das denn schon?«

»Soweit wir vermuten, erst seit ein paar Jahren. Wahrscheinlich hat er sich bis Ende der neunziger Jahre noch in Russland oder einem anderen ehemaligen Ostblock-Staat kriminell betätigt«, Göttler war jetzt wieder ganz der große Garant der inneren Sicherheit.

»Wie können Sie dann eine Verbindung zur Mafia ausschließen?«

»Erstens sind uns die Mafia-Strukturen hier in der Gegend bestens bekannt und wir sind dabei, sie endgültig zu zerschlagen. Zweitens weist die Lebensweise Drugajews in eine andere Richtung. Er schien sich hier das Geld für einen bequemen Lebensabend sichern zu wollen und in ein paar Jahren hätte er sich abgesetzt. Für seine Machenschaften hat er sich offensichtlich alter Kontakte zum Ostblock bedient. Es dürfte auch Ihnen bekannt sein, dass viele ehemalige Mitarbeiter von Geheimdiensten des Warschauer Paktes sich in den neunziger Jahren in die Kriminalität begeben haben, weil man da besser verdienen kann.«

»Was genau haben die Männer denn beim KGB getrieben?«, fragte die *Bildzeitung* weiter, »aus welchen Grund ist dieser … Karasow geflohen? Wollte er interne Geheimnisse preisgeben?«

»Meine Herrschaften«, Göttler erhob die Stimme, um das Raunen der Journalisten zu übertönen, »ich bitte um Verständnis, dass wir Ihnen hier und jetzt noch nicht auf alle Fragen eine Antwort geben können. Und es ist gut möglich, dass wir viele

Einzelheiten nie werden klären können, da es sich um Angelegenheiten der Geheimdienste handelt, die zum größten Teil unter Verschluss gehalten werden oder einer anderen Form der Geheimhaltung unterliegen. Wir haben zwei Morde aufgeklärt, das muss für heute reichen.«

Wenn die wüssten …, dachte Renan. Das Protokoll von Kashevskis Geständnis umfasste über sechzig Schreibmaschinenseiten. Aus Gründen, die sie selbst nicht so richtig verstanden, war er nach dem Besuch des Friedhofs und einem kurzen Gespräch mit seiner Frau bereit gewesen, den Mord zu gestehen. Alfreds und Renans sofortige Nachfragen nach dem genauen Motiv und dem Zusammenhang mit dem Fall von 1985 beantwortete er jedoch nicht. Er bat vielmehr darum, von seiner Frau ein gewisses Notizbuch ausgehändigt zu bekommen, in dem er alle Angaben schriftlich machen wollte. Sie hatten dieses ungewöhnliche Anliegen sofort bei Staatsanwältin Schwarz vorgetragen, die versicherte, dass Geständnisse natürlich auch schriftlich abgegeben werden konnten. »Es könnte nur ein wenig kompliziert werden, wenn er danach jede weiterhin offene Frage auch nur schriftlich beantworten will, und das vielleicht noch auf Russisch und wir müssen es jedes Mal übersetzen lassen«, hatte sie eingewandt, »aber selbst dann … es steht nirgendwo geschrieben, dass ein Tatverdächtiger der Polizei nur mündlich Auskunft zu geben hat.«

Und so bekam Kashevski sein Notizbuch, schrieb zwei Tage und gab es schließlich bei Alfred ab mit der Bitte, es nach der Übersetzung zurückzuerhalten. Der Text wurde von einem beeideten Übersetzer ins Deutsche übertragen und bescherte ihnen einige verblüffende Lesestunden im Brozzi.

»Unglaublich«, Renan schüttelte den Kopf, »das liest sich wie die Geschichte aus einer anderen Galaxie. Was macht man mit so einem Lebenslauf?«

»Aufschreiben«, antwortete Alfred rauchend, »unser Mann scheint gewisse Schwierigkeiten zu haben, mit anderen mündlich zu kommunizieren. Da ist dieses Schreiben wohl so etwas wie eine Therapie für ihn. Wer weiß, was die anderen 75.000 russischstämmigen Mitbürger in unserer Stadt so zu erzählen hätten?«

»Also, wenn ich das richtig verstanden habe, war der Tote von 1985 …«, sie blätterte kurz, »Karasow, ein hoher KGB-Offizier in der fünften Hauptverwaltung und somit für die Bekämpfung von Dissidenten zuständig. In Wirklichkeit hat er aber mit ihnen gemeinsame Sache gemacht und selbst gegen die Sowjetunion gearbeitet. Er war sozusagen ein Doppelagent.«

»Einspruch, Kollegin«, Alfred schüttelte abwehrend die rechte Hand samt Zigarette, »Doppelagenten arbeiten für einen feindlichen Staat, sie verraten militärische Geheimnisse oder Verteidigungsstrategien oder stehlen wichtige Regierungspläne, wofür sie meistens viel Geld bekommen. Karasow war ein Andersdenkender. Er wollte sein Land nicht verraten und hat auch kein Geld dafür gekriegt. Er wollte Transparenz herstellen, er wollte, dass das Volk weniger unter dem Regime zu leiden hat. Und deswegen hat er wichtige Dissidenten unterstützt.«

»Bis hin zu diesem Myschinski, dem er zur Flucht in die USA verholfen hat. Stimmt schon«, sie leerte ihre Teetasse, »und unser Kashevski hat ihm dabei geholfen.«

»Wo steht das?«, Alfred wirkte erstaunt.

»Na, hier«, sie blätterte wieder, »auf Seite 51 beschreibt er, wie er die West-Bürger, die er für den KGB in der DDR angeworben hatte, als Kuriere benutzte.«

»Tatsächlich«, er überflog die Seite, »du hast Recht. Er war also auch so etwas wie ein Dissident.«

»Zumindest ein Zuarbeiter«, grübelte sie.

»Eine Relaisstation«, sagte Alfred, »Karasow hat ihm die Unterlagen auf Mikrofilmen zukommen lassen, meist versteckt in Päckchen, die Kashevski scheinbar von seiner Mutter erhielt, und Kashevski hat sie dann seinen westdeutschen Agenten übergeben mit der Anweisung, sie irgendwo in West-Berlin abzugeben oder zu hinterlegen. Er war wirklich gut getarnt, oder findest du hier eine Stelle, wo klar wird, dass er sich von der Sowjetunion abgewandt hatte?«

»Nö«, Renan überflog ihre Notizen, »es wird wohl während seiner Zeit in Afghanistan gewesen sein. Immerhin ist er dort verwundet worden und hat sich kurz darauf für die Aufnahme in den KGB beworben – zusammen mit seinem Freund Karasow.«

»Du meinst, die beiden haben das seit Afghanistan geplant?« Alfred schien ein Licht aufzugehen. »Ja klar, es war ein überflüssiger Krieg, in dem ein unterentwickeltes Land in die Steinzeit zurückgebombt wurde und außerdem Tausende von kaum zwanzigjährigen Wehrpflichtigen einen sinnlosen Tod starben. Da können sich patriotische Einstellungen schon ändern.«

»Wahrscheinlich«, Renan blickte nachdenklich Richtung Fenster, »die beiden waren einige Wochen zusammen im Lazarett in Kabul, »danach hatten sie ja kaum noch Gelegenheit, miteinander zu reden.«

»Richtig«, bestätigte er, »sie kamen an zwei verschiedene KGB-Schulen und es ist nicht davon auszugehen, dass sie regelmäßig telefonieren konnten oder so. Außerdem wäre das sicherlich abgehört worden.«

»Wie auch immer sie es jetzt genau gemacht haben«, Renan kritzelte ein paar Notizen auf ein Schmierblatt, »schließlich ist dieser Drugajew Karasow auf die Schliche gekommen, der hat das noch rechtzeitig bemerkt und sich aus dem Staub gemacht. Er hat seinen Freund Nikolai in der DDR besucht und der hat ihn in die Tschechoslowakei und in die Nähe der westdeutschen Grenze gebracht. Karasow kam bis Nürnberg, wo ihn Drugajew dann einholte und umbrachte«, erschöpft hielt sie inne und sah ihren Kollegen an. »Das ist ganz schön schwierig mit diesen russischen Namen.«

»Ach«, er drückte die Zigarette aus, »an die habe ich mich mittlerweile gewöhnt. Es bleiben aber noch ein paar Fragen offen«, Alfred blickte auf seine Notizen, »warum hat sich dieser Killer nicht gleich darauf auch Kashevski gegriffen?«

»Und wie hat Kashevski ihn siebzehn Jahre später hier gefunden?«, ergänzte Renan.

»Vielleicht hat er einfach nur Glück gehabt«, mutmaßte Alfred.

»Das glaube ich nicht«, sie schüttelte den Kopf, »genauso wenig wie es Glück war, dass Herbst ihn im Fürther Freibad gefunden hat.«

»Ja, das war wieder mal eine reife Leistung von dem alten Fuchs«, lächelte Alfred.

»Also, ich wäre nie auf die Idee gekommen, einen flüchtigen Mordverdächtigen im Freibad zu suchen«, ihre Stimme verriet eine Spur Bewunderung.

»Ich wäre nie darauf gekommen, ihn in Fürth zu suchen«, entgegnete Alfred.

Schließlich zeigte Kashevski Bereitschaft, noch offene Fragen direkt zu beantworten. Renan hatte ihn zu sich ins Büro bringen lassen, weil sie seine Angaben gleich in den PC schreiben wollte. Seit seiner Festnahme glaubte sie nicht mehr, dass er jemandem gefährlich werden könnte, trotzdem ließ sie die Bürotür weit offen.

»Also, ich fasse noch einmal zusammen«, Renan saß hinter ihrem Bildschirm und der Russe an dem vakanten dritten Schreibtisch in ihrem Büro. »Sie wissen nicht genau, warum Drugajew Sie verschont hat, halten es aber für möglich, dass er sich nicht für die kleinen Fische interessiert hat. Nach dem Mord an Ihrem Freund ist er sofort nach Moskau zurückgekehrt, um sich einen Orden abzuholen.«

»Da!«

»Woher wussten Sie, wie er aussah? Kannten Sie ihn denn schon vorher?«

»Ich kannte seinen Namen. Solange ich noch Offizier beim KGB war, gab es Gelegenheiten, sein Gesicht zu sehen.«

»Welche denn?«, fragte Renan geduldig.

»Es gab Fotografien von vielen hohen Offizieren.«

»Na gut«, Renan hatte bemerkt, dass der Russe ihr gegenüber etwas gesprächiger war als bei Alfred. Deshalb hatte sie ihren Kollegen dazu überredet, dass sie die abschließenden Fragen mit Kashevski alleine klären durfte. »Wie lange nach dem

Mord an Ihrem Freund sind Sie denn noch beim KGB gewesen?«, nahm sie das Verhör wieder auf.

»Bis 1987.«

»Und dann?«

»Ich habe den Dienst beendet und bin ausgeschieden.«

»Und das ging einfach so?«, fragte sie kritisch.

»Natürlich. Ich bin viel krank gewesen in dem Jahr und es gab eine neue Staatsführung.«

Wahnsinn, das waren ja fünfzehn Wörter, dachte Renan, während sie auf ihrer Tastatur tippte, der wird mir noch zur Plaudertasche!

»Was war dann in den Jahren zwischen 1987 und 1993, als Sie Ihre Frau kennen lernten?«

»Ich habe mich versteckt, habe Sicherheit gebraucht, dass mich wirklich niemand verfolgt.«

»Und dann?«

»Habe ich Drugajew gesucht«, er lehnte sich nach vorne und sah sie ausdruckslos an.

»Und dann?«, sie fragte sich, woher sie plötzlich so viel Kondition hatte.

»Ich habe ihn gefunden.«

»Jetzt, hier?«

»Njet. 1991.«

»Und warum haben Sie Ihren Freund dann nicht schon 1991 gerächt?«, Renan war nun völlig überrascht, davon hatte er nichts geschrieben.

»Ein Putsch.«

»Stimmt«, sie lehnte sich grübelnd zurück, »da war was.«

»Die Rechten haben geputscht, Jelzin hat sich auf einen Panzer gestellt, die Sowjetunion war tot und Drugajew verschwunden«, erklärte er.

»Also haben Sie ihn noch einmal gesucht«, sie versuchte, die Geschichte voranzutreiben.

»Ja.«

»Und wie haben Sie ihn dann hier gefunden?«

Er antwortete nicht. Stattdessen blätterte er in der Übersetzung seines Notizbuches und deutete schließlich auf eine Zeile.

»Státní b … bezpecnost«, las Renan stotternd, »was soll das heißen?«

»StB«, sagte der Russe, »das war früher der Geheimdienst von Tschechoslowakei.«

»Mögen Sie auch einen Tee, Nikolai?«, Renan hatte zur Thermoskanne gegriffen. Kashevski sah sie verwundert an. Der Gebrauch seines Vornamens schien ihn zu verwirren.

»Warum nicht?«, sagte er schließlich.

»O. k.«, sie stellte ihm eine Tasse hin und schenkte ein, »so, und wenn Sie mir jetzt noch erzählen, was Drugajew mit diesem tschechischen StB zu tun hatte, sind wir eigentlich fertig und ich lasse Sie in Ruhe.«

»Ich habe mich gefragt, warum Drugajew Jewgenji damals so schnell gefunden hat. Er hatte wahrscheinlich sehr gute Freunde beim StB.«

»Sie meinen, dieser tschechische Geheimdienst hat Drugajew dabei geholfen, Ihren Freund zu fangen?«

»Da. Und viele Leute vom StB haben nach 1989 Schmuggel getrieben. Waffen, Drogen, Menschen«, er nahm einen Schluck aus der Tasse und lehnte sich wieder zurück.

»Also sind Sie aufgrund einer Vermutung mit Ihrer Frau nach Deutschland und dann in die Nähe der tschechischen Grenze gezogen, weil Sie glaubten, dass Drugajew sich dort in die Kriminalität begeben hat«, formulierte sie vor.

»Drugajew war schon immer kriminell«, sagte er.

»Gut, damit hatten Sie ihn vielleicht eingekreist«, folgerte sie, »aber ihn dann zu finden, ist noch mal was anderes.«

»Ich bin rübergefahren, mit einer Fotografie von ihm. Dort gibt es Huren, kleine Drogenhändler … irgendwer musste ihn einmal gesehen haben.«

»Und dann kam Ihnen der Zufall zu Hilfe«, schloss Renan. »Warum haben Sie eigentlich als Hilfsarbeiter bei dieser Fensterbaufirma gearbeitet?«

»Auch wir brauchen Geld«, antwortete er, »und jahrelang nichts tun ist schlimmer als sterben.«

»Das heißt also, Sie hatten ihn in Tschechien noch nicht gefunden, als Sie hier zufällig auf ihn trafen«, sie ließ sich nicht beirren.

»Ich habe ein Hurenhaus in der Nähe von Plana gefunden, wo er öfter war. Es hätte nicht mehr lange gedauert«, er zuckte mit den Schultern, »ein paar Monate.«

»Aber ihn hier zu erledigen, fast genau da, wo er Ihren Freund ermordet hatte, machte die Rache noch ein bisschen perfekter, stimmt's?«, sie sah ihn listig an.

»Sie haben verstanden«, stellte er fest.

»Das schon«, sagte sie, »aber ich kann nicht nachvollziehen, warum diese Rache nach siebzehn Jahren noch sein musste. Das ist doch so eine lange Zeit.«

»Vielleicht in Deutschland«, antwortete er nachdenklich, »aber nicht in Russland.«

»Kommen wir nun zu dem für Sie sicherlich viel interessanteren Entführungsfall Hartmann«, fuhr Göttler in seiner Pressekonferenz fort, »Herr Schwaanke, bitte.«

»Im Fall Hartmann hat sich eine Wende dahingehend ergeben«, schnarrte Schwaanke, ohne sich aus seiner Lümmelstellung aufzurichten, »dass die Tat von einem arbeitslosen Physiklehrer verübt wurde, der vorgibt, der wahre Erfinder des selbst kühlenden Bierfasses zu sein, das die Freiherren AG seit einigen Jahren als Monopolist herstellt und vertreibt. Hartmann selbst ist vor zwei Stunden durch ein Spezialeinsatzkommando befreit worden und befindet sich nun in einer Klinik. Sein Gesundheitszustand ist den Umständen entsprechend gut.«

»Haben Sie uns nicht vor ein paar Tagen noch einen Michael Gruner als dringend tatverdächtig genannt?«, fragte Thormann.

»Das war nach dem damaligen Stand der Ermittlungen auch zutreffend«, Schwaanke nahm seine randlose Brille ab und rieb sich die Augen, »in den letzten Tagen haben sich jedoch die Hinweise in Richtung dieses Herren – Justus Mehmert – verdichtet und schließlich ja auch zum raschen Erfolg der Ermittlungen geführt.« Hinter ihnen erschien nun das Foto des Erfinders. Er hatte ein rundes Gesicht mit listigen Äuglein und rotblonde Haare. Sein Schnauzbart war nach oben gezwirbelt wie einst bei Kaiser Wilhelm. »Herrn Gruner konnten wir mittlerweile auch lokalisieren. Er kreuzt auf einem gemieteten Segelboot vor Trinidad«, trug Schwaanke noch nach.

Heiterkeit im Auditorium.

»Was bezweckte er mit der Entführung?«

»Wurden noch Lösegeldforderungen gestellt?«

»Wo lag das Motiv für die Tat?«

»Bitte, einer nach dem anderen«, beschwichtigte Göttler, »die Tat ist wohl als Racheakt zu sehen. Mehmert will angeblich vor zehn Jahren bereits ein Patent auf dieses Bierfass angemeldet haben. Als die Freiherren-Brauerei kurz darauf mit der Weltneuheit auf den Markt kam, waren Mehmerts Patent und sämtliche dazugehörigen Aufzeichnungen im Europäischen Patentamt verschwunden. Mehmert beschuldigt Hartmann, dabei seine Finger im Spiel gehabt zu haben, und gibt an, dass er Ansprüche von mehreren hunderttausend Euro geltend machen könnte, wenn sein Patent nicht verschwunden wäre.«

»Aber es wurden doch keine Lösegeldforderungen gestellt«, meldete sich Thormann wieder.

»Das hat die Spur zu Mehmert auch etwas verdunkelt«, gab Schwaanke zu, »offensichtlich wollte er Hartmann dazu bringen, eine eidesstattliche Versicherung zu unterschreiben, dass er die Idee für das Fass geklaut hat. Irgendwie wollte er auch noch bewerkstelligen, dass Hartmann ihm nach seiner Freilassung die verschwundenen Dokumente wieder verschafft.«

»Wie hätte denn das funktionieren sollen?«

»Meine Damen und Herren«, mischte sich Göttler wieder ein, »es liegt zwar noch kein abschließendes Gutachten vor, aber wir können wohl davon ausgehen, dass der Täter nicht ganz richtig im Kopf ist. Es ist daher gut möglich, dass Ihnen seine

Handlungsweisen nicht komplett logisch und schlüssig erscheinen. Lassen Sie mich abschließend noch anmerken, dass dieser Fall nur durch die hervorragende Zusammenarbeit von hiesiger Polizei und dem LKA so schnell gelöst werden konnte und wir …«

»Das reicht, wir gehen«, zischte Renan Alfred zu.

Sie gingen zu Fuß durch die Karolinenstraße Richtung Pegnitz und fühlten sich wie neue Menschen. Vor drei Tagen hatte sich ein Tief über den Azoren gebildet und haufenweise kühle Luftmassen nach Mitteleuropa befördert. Es kam zuerst zu schweren Gewittern und Hagelschauern und daraufhin zu einer Abkühlung um etwa 15 Grad. Alfred zog die kühle Luft tief in die Lunge und spürte eine große Erleichterung. Den ungelösten Mord von 1985 hatte er nie ganz verwinden können. Nicht, dass er zwischendurch alle seine Fälle gelöst hatte, aber bei dem toten, nicht identifizierten Russen hatte er immer wieder Gewissensbisse bekommen, weil weder der Staatsanwalt noch seine Vorgesetzten noch Konrad ernsthaft etwas unternommen hatten, um den Mörder zu finden. Er vermutete, dass hier auch die tiefere Motivation für seinen Ex-Kollegen lag, ihnen so stark unter die Arme zu greifen. Ja, auch Konrad besaß wohl ein Gewissen. Alfred blickte zu Renan und legte ihr die Hand auf die Schulter.

»Na, da können wir doch ganz zufrieden sein«, meinte er.

»Ich weiß nicht«, erwiderte sie matt.

»Wenn du dich nicht über deinen Erfolg freuen kannst, dann doch wenigstens über den Wetterumschwung«, versuchte er eine Aufmunterung.

»Ja, der Wetterumschwung ist toll«, ihre Miene verfinsterte sich.

»Ärgerst du dich, weil wieder mal andere unsere Lorbeeren klauen?«, sie waren mittlerweile auf der Fleischbrücke. Er lehnte sich gegen die Steinbrüstung und blickte Renan etwas besorgt an.

»Ach was«, sie machte eine wegwerfende Handbewegung und hockte sich neben ihn auf den Sandstein, »ich finde es nur unmöglich, wie Göttler über Hintergründe und Motive hinweggeht. Vielleicht hat Hartmann diesen Mann ja wirklich in den Ruin getrieben und jemanden im Patentamt geschmiert, damit ein paar Akten verschwinden. Und dann heißt es, der ist nicht ganz richtig im Kopf. Was soll denn diese Scheiße?«

»Renan, ich kann das gut verstehen«, er zog die Augenbrauen zusammen, »aber …«

»Und dann Kashevski«, eiferte sie weiter, »er hat gestanden, Anklage wurde erhoben, fertig. Mein Gott, da steht doch eine Geschichte dahinter!«

»Du hast Mitleid mit Kashevski, oder?«

»Nein, das nicht«, sie winkte ab, »aber seine Frau tut mir Leid. Die hat sich ihr Leben hier bestimmt anders vorgestellt.«

»Hast du den Ostblock jemals selbst gesehen?«, Alfred griff zum Tabak.

»Ich hatte Glück«, sie lächelte etwas versonnen, »wir waren mit der 10. Klasse in Berlin. Sommer '89. Vier Monate vor dem Fall der Mauer. Und ein Tag Ostberlin war damals noch Pflichtprogramm.«

»Und wie war es für dich?«

»Es war merkwürdig«, Renans Miene wurde heller, »du musstest in einer überfüllten unterirdischen Halle zwei Stunden anstehen, 25 Mark umtauschen und warst plötzlich in einer anderen Welt. Irgendwie war fast alles grau und die wenigen Farben, die es gab, waren blass oder abgeblättert. In den Cafés durften immer nur vier Leute an einem Tisch sitzen, überall musste man warten und Schlange stehen … ich habe mich einerseits extrem unwohl gefühlt, andererseits bin ich kaum noch aus dem Staunen herausgekommen.«

»Ich nehme an, wir können uns nicht wirklich in Menschen hineinversetzen, die dreißig Jahre und länger in einer vollkommen anderen Welt gelebt haben«, grübelte er eine Zigarette drehend.

»Da hast du sicher Recht«, nickte Renan und vergrub ihre Hände in den Hosentaschen.

»Ich kann mir gut vorstellen, dass Kashevski zehn oder fünfzehn Jahre viel leichter durchhält als ein Deutscher …«

»Möglich.«

»Und sie empfindet es vielleicht auch als nicht so schlimm. Immerhin weiß sie, wo er steckt und dass er sich nicht in Gefahr befindet.«

»Ich glaube, ihr war am wichtigsten, die Wahrheit zu erfahren!«

»Ja, und vielleicht kann sie dann damit leben, zehn Jahre zu warten. Da drüben haben sie ja wohl auch so lange auf ein Auto gewartet … Verstehst du, was ich meine?«

»Ich fass es nicht«, sagte sie und gab ihm einen Stoß.

Sie trafen Herbst im Café Kröll. Alfred hatte seinen ehemaligen Kollegen zum Dank für die Hilfe zum Mittagessen eingeladen. Sie rauchten und tranken Bier beziehungsweise den obligatorischen Pfefferminztee.

»Die Rechnung geht auf mich«, sagte Alfred, »tut euch also keinen Zwang an.«

»Business-Lunch?«, Konrad legte die hohe Stirn in Falten und musterte die in Goldfarben renovierten Wände, »was soll das denn sein?«

»Ziegenfrischkäse mit Honig, Linguine mit Lachs und Rucolapesto und dazu ein Softgetränk«, zitierte Renan.

»Rucolapesto? Softgetränk?«, wiederholte Herbst langsam.

»Hast du eigentlich mit der Schwarz gesprochen?«, wandte sich Renan an Alfred.

»Nur kurz«, er drückte die Zigarette aus, »aber er bekommt den besten Pflichtverteidiger, den sie auftreiben kann.«

»Wraps mit knackigem Salat und Putenbruststreifen gefüllt«, las Konrad. »So was hat es hier früher aber nicht gegeben, was ist das?«

»Es gibt auch japanische Spezialitäten«, Alfred deutete in Konrads Speisekarte.

»Gomaae«, Herbst begann, unruhig auf dem roten Samtbezug

seines Stuhles herumzurutschen, »blanchierter Blattspinat mit Sesamsauce. Edamame, blanchierte Sojabohnen mit Meersalz.«

»Aber er wollte doch hauptsächlich die Möglichkeit, an Karasows Bestattung in Weißrussland teilzunehmen«, sprach Renan weiter, »wie sieht's denn damit aus?«

»Das ist nichts, was Frau Schwarz entscheiden kann«, Alfred schüttelte leicht den Kopf, »aber immerhin kann er den Angehörigen jetzt schreiben.«

»Leben die Eltern denn noch?«

»Die Mutter Karasow lebt noch«, antwortete Alfred, »außerdem gibt es noch zwei Schwestern.«

Eine Bedienung kam, um die Bestellungen aufzunehmen.

»Haben Sie auch russische Salzgurken?«, fragte Konrad, als er an der Reihe war.

»Ich glaube nicht«, lächelte das Mädchen, »wir haben nur frische Gurken für die Salate.«

»Dann muss ich mir das noch einmal überlegen«, schloss Konrad.

»Ich glaube, da hinten gibt es alle Arten von Gurken«, Renan stand auf und versuchte, die Marktstände vor der Fensterfront in den Blick zu bekommen.

»Wo?«

»Ganz rechts in der hintersten Reihe«, sie deutete mit der Hand einen Bogen an, »kann man von hier aus nicht sehen, aber da war immer ein Stand mit Fässern voller eingelegter Gurken«, sie reckte den Kopf in die Höhe.

»Entschuldigt mich kurz«, Konrad stand auf und schlurfte zum Ausgang.

»Bring mir bitte auch eine mit«, rief Renan ihm nach.

Am Ende einer langen Geschichte erscheint es opportun, darauf hinzuweisen, dass sie frei erfunden ist. Ebenso verhält es sich mit den agierenden und anderweitig erwähnten Personen – mit Ausnahme der real existierenden Bürgerrechtler Andrei Sacharow und Alexander Solschenizyn. Die Existenz einer fünften Hauptverwaltung des KGB, die gegen abweichende Meinungen jeder Art vorzugehen hatte, entspricht den Tatsachen, die innere Struktur samt einer Wächtergruppe zur Überwachung der Spitzel entsprang meiner Phantasie. Schauprozesse gegen Dissidenten fanden ähnlich der im Roman beschriebenen Weise in der Sowjetunion tatsächlich statt, wenn auch überwiegend in den Jahren 1968 bis 1978.

Zudem sei an dieser Stelle allen Personen gedankt, die zum Gelingen dieses Buches beigetragen haben. Dazu gehören eine Vielzahl aus der ehemaligen UdSSR eingewanderter Mitbürgerinnen und Mitbürger, mit denen ich im Laufe der letzten Jahre gesprochen und gearbeitet habe, sowie Hauptkommissar Rainer Seebauer von der Pressestelle des Polizeipräsidiums Mittelfranken.

Besonders erwähnt seien noch Sabine, die unermüdliche und eklatant gewissenhafte Lektorin, meine Mutter Christl und meine Lebensgefährtin Pia.

Veit Bronnenmeyer